Heiße Steine

Impressum

Erstellt 2008 bis 2010 – Titelbild: Ein Vulkan auf Lanzarote

Herstellung und Verlag:

BOOKS on Demand GmbH, Norderstedt

ISBN 978-3-8423-3123-5

Der Energiemarkt

Wie von vielen vorausgesagt, wurden Rohstoffe und Energie kostbare Güter für die Bewohner des Planeten Erde. Die Energieunternehmen, die eigene Rohstoffe besaßen, wurden mächtiger und mächtiger. Es gab zwar noch in fast jedem Land der Erde ein Energieunternehmen, aber es gehörte mehrheitlich einem der Großen.

Die Großen, das waren General Power mit Sitz in New York; Lukgaz in Moskau, China Sun in Shanghai und Arabian Oil in Riad.

Die Giganten waren in der Zwischenzeit sehr reich geworden und wie im Kleinen erhöhten die anderen 3 immer dann den Preis, wenn einer einen neuen Preis vorgab.

Die Unternehmen wussten allerdings ihre Macht geschickt einzusetzen. Dies war auch sehr wichtig, denn die Knappheit der Rohstoffe und die Steigerung der Preise führte zwangsläufig dazu, dass es attraktiv d.h. wirtschaftlich wurde, dass viel in alternativer Energie geforscht bzw. investiert wurde und wird.

Die Strategie der Big Four war nahezu identisch. Neben dieser moderaten Preiserhöhung, forschte man halt im großen Stile mit, aber durch die Marktbeobachtung wurden innovative Ideen und Unternehmen früh genug eingekauft. Damit war die Kontrolle langfristig gewährleistet.

Die Konkurrenz untereinander war viel härter als es der äußere Schein vorgab. Man traf sich gelegentlich zu den großen Gipfeltreffen zum Wohle der Menschheit, aber hinter den Kulissen wurden die Messer gewetzt.

*

Vanessa

Vanessa Trochowski war 11 Jahre alt und wohnte in Hamburg bei ihren Eltern. Sie ging in die Klasse 5b des Pollus-Gymnasiums. Ihre Lieblingsfächer waren Deutsch und Geschichte. Die Freizeit verbrachte sie am liebsten mit Gitarre- oder mit Badmintonspielen beim 1. Badmintonverein Hamburg.

Ihre Eltern waren schwer in Ordnung, jedoch die meisten Wochenenden und viele Ferienwochen verbrachte Vanessa bei ihren Großeltern, zu denen sie Ulla und Wolfi sagen sollte. Komisch alle anderen Großeltern ihrer Freundinnen waren stolz, wenn die Enkel: Oma und Opa sagten.

Vanessas Oldies waren halt ein bisschen anders. Man sagte: Das sind 69er oder Revoluzzer. Vanessa fand sie cool, laufend demonstrierten sie gegen irgendetwas – meist gegen Atomkraft, nukleare Transporte, die G8-Staaten, gegen Walfang und gegen wer weiss was. Es war halt ihr Hobby.

Da Gorleben nicht weit weg war, zelteten die Oldies in letzter Zeit meist dort irgendwo in der Nähe und Vanessa durfte oft mit. Nur wenn sie loszogen zur Demo war Schluss und Vanessa musste sofort schnell nach Hause.

Da Ulla und Wolfi antiautoritär waren, sagten sie dann: „Vanessa, Schätzlein es wäre besser wenn du …“ oder erzählten und erzählten etwas über Risiken und wie gefährlich es sein könnte…

Warum sagten sie nicht einfach: „Vanessa, es ist mal wieder so weit, du musst jetzt nach Hause.“ Erwachsene sind halt kompliziert, auch wenn sie es nicht sein wollen.

*

Vanessa war ein normales Mädchen ihrer Zeit. Nach dem Balletunterricht ging sie zum Kinderturnen, dann zur Leichtathletik. Dem Flötespielen folgten: Schwimmen, Geige, Jazztanz. Sie hatte halt, wie viele andere Zeitgenossen, vieles mal ausprobiert ehe sie vor 3 Jahren mit ihrer Freundin Emily zum Badminton ging. Irgendwie hatte sie ihr Herz an den kleinen Federball verloren. Ihr gefiel das Schnelle hin und her, das abwechslungsreiche Training von ihrer Trainerin Mai Ling. Jeden Monat gab es in ihrem 1. Badmintonverein Hamburg einen Themenabend, z.B. einen Spieleabend, eine Disco, eine Planwagenfahrt und und und.

Selbst mit Mama und Papa konnte sie im Garten spielen, aber so langsam verschlug ihre Mama zu oft den Ball, so dass sie mit Mama nur noch lange Ballwechsel spielte, dass hieß der Ball sollte möglichst lange in der Luft gehalten werden, dabei wurde gezählt, aber mehr als 237 Ballwechsel bekamen sie nicht hin, meist war der Wind schuld – auch wenn Flaute war.

*

General Power (GP)

General Power war ein klassisch gewachsenes Unternehmen, das aus dem Zusammenschluss von Exxon, Conoco, Texaco und Chevron entstand. Es verleibte sich BP und Shell ein, dazu auch die Stromriesen Genereal Electric und Eon und dann folgten fast alle Öl- und Energiekonzerne der klassischen westlichen Welt und aus bestimmten strategischen Ländern.

Die klassischen Ölbarone hatten immer noch das Sagen, denn die Vorstände wurden ausschließlich von Sprösslingen dieser Familien gestellt (nach inoffizieller Quotenliste). Zurzeit bestand der Vorstand aus: Alvin Kennedy und Peter Trump, Bill Bush und Fred Rothschild, Mary Kennedy und Prince Georg von England.

Nach einigen Jahren im Topmanagement, gab's dann eine Beförderung in den Aufsichtsrat. Die Mehrheitsverhältnisse dieser demokratisch geführten Unternehmen waren immer so geregelt, dass zwar die Betriebsräte und Politiker an der langen Leine mitbestimmten, aber echte Entscheidungen dieser Gremien praktisch unmöglich waren.

Die Demokratie fand in den vorherigen Sitzungen statt. Hier wurden immer hart erkämpfte Entscheidungen gefällt, aber dann gab es nur noch ein einheitliches unangreifbares Vorgehen.

Der Bereich Forschung und Entwicklung ist bei GP etwas anders strukturiert als üblich.

James Roover der Vice-President hatte eine klassische FBI-Ausbildung hinter sich. Er hatte dann die interne Sicherheit von Mobil Oil aufgebaut, bevor er diese Position zuerst bei Exxon und dann bei GP bekam.

Mit Verkauf und Märkten kannte er sich nicht sonderlich aus, aber Pete Sailor sein Adjutant, der sich um diese klassischen Bereiche der Unterabteilung Sales-Marketing kümmern durfte. Sailor hatte weitgehend freie Hand und ein Topgehalt; nur manchmal wurden einige Projekte aus strategischen Gründen eingestampft. Er bekam keine Infos warum, dass wurmte ihn. Auch bei Nachfragen wurde ihm mitgeteilt, dass dies immer wieder mal geschehen könnte.

Roover selber war auch gleichzeitig Leiter der Gesamt-Abteilung Marketing, die Unterabteilung Börse und Nature, das war sein Ressort. Focus der Börsengruppe, war es nicht nur zu beobachten wie die Kurse der Energie- und Newtec-Unternehmen absolut stiegen, sondern auch zu erkennen: Wo sind die Steigerungsraten bei kleineren Unternehmen besonders hoch.

Prof. Dr. Angelo Winter hatte seine Fakultät in Harvard verlassen um diese Marktbeobachtungen und Analysen durchzuführen. Sein Analystenstab, den er selbstverständlich selbst rekrutiert hatte, bewertete viele Unternehmen. Die Analysen waren brillanter als die der diversen Fonds-Analysten, aber sie wurden weder veröffentlicht, noch deckten sie alle Branchen des Marktes ab. Prof. Dr. Winters Team konnte mit diesen Analysen selber einige Dollars nebenbei verdienen, (wenn sie die richtigen Schlüsse zogen und sich selber die Aktien und anderen Derivate kauften), doch nach der 1. Teamlesung verschwanden die Berichte meist für einige Tage bei Roover, bevor die erwarteten Entscheidungen durch das Board getroffen wurden.

Meist sah das Ergebnis so aus, dass die Top 3 der Liste aufgekauft wurden, bzw. ggf. die Beteiligung dort aufgestockt wurde.

Bei den Outperformern (Überfliegern) konnte man allerdings kaum verstehen, warum bei den hohen Risiken doch gekauft wurde.

Roover war darüber natürlich bestens informiert, denn die Berichte gingen an Bob Sollom aus seinem Stab, der einen anderen Blick auf die Analysen warf.

Frederick Ducker hatte nach seiner Offizierslaufbahn auch noch Economics und Law studiert. Duckers Gruppe war nur für den 2.Teil der Analystenliste: den Outperformern der New Tec zuständig. Ducker ließ die Analysen je nach Bedarf von Physikern, Chemikern der Patentabteilung oder von Geologen begutachten. Der Hintergrund war immer:

Welche realisierte Idee steckte hinter diesem Unternehmen bzw. der Entwicklung?

Wie gut sind die Zukunftsaussichten?

und

Welches Risiko muss man eingehen?

Die Nature-Gruppe unterstand Major Phil Crütten. Crütten absolvierte Princeton und promovierte als Physiker. Der Offiziersrang war für ihn wichtiger als sein Doktortitel und viele wussten gar nicht, dass er solch einen Titel besaß.

Die Sparten Ressourcen mit Oil und Gas, Gezeiten, Sonne und Geothermik wurden von den erwähnten Spitzenforschern geleitet. Neben der Exploration neuer Felder und der Entwicklung neuer Ideen befassten sich diese Sparten auch damit, die Forschung und Entwicklung in diesen Bereichen auf der ganzen Welt zu beurteilen; dies beinhaltete natürlich auch die geheimen Forschungen der anderen 3 Konkurrenten.

Da sich die Welt nach der Phase des kalten Krieges und der Ölkriege beruhigt hatte, war es relativ einfach westliche und östliche Agenten zu rekrutieren. Wie meistens schaffte GP es die besten abzuwerben (und nicht nur die frei werdenden zu bekommen).

Die klassische Aufteilung ging nach Regionen, wobei die Regionen nicht unbedingt etwas mit Ländern zu tun hatten, so gab es die Region Northern Atlantic Ridge oder Mediteranien Island oder Java Trench, da hier der Vulkanismus bzw. die Geothermik eine Rolle spielen.

Neben der Beobachtung dieser Regionen, gab es auch eine Taskforce, die mit allen technischen Mitteln ausgestattet wurde, um eventuell Firmenstrategien durchzusetzen.

Die eigenen Forschungen wurden selbstverständlich auch mit Argusaugen geschützt.

*

David

David Reersmann wohnte in Stendal und besuchte das dortige Hille-Gymnasium. Er war Schüler der 5. Klasse und 11 Jahre alt. Am liebsten mochte er: Mathe, Erdkunde und Sport. Er kannte die Einwohnerzahlen aller Großstädte über 3 Millionen und er konnte auch die 20 größten Staaten der Erde mit ihren Einwohnerzahlen auswendig aufsagen. Natürlich konnte er sie sofort auf der Weltkarte zeigen. In der Schule ging es in Erdkunde leider nur um Sachsen-Anhalt.

Bei den Reersmanns waren Erdkundestatistiken Familien-Tradition. Opa Klaus hatte ein eigenes Kreuzworträtsel-Lexikon geschrieben und hatte deshalb immer mindestens 10 neue Atlanten, in denen er nach den neuesten Orten suchte. Die meisten Atlanten hatten Statistikteile und Sohn Peer und die Enkel David und Julian schmökerten auch darin herum.

Dann stellte jemand in der Familie die Frage: Wer kennt innerhalb von 15 Minuten die meisten Staaten der USA oder wer kennt die meisten Staaten Europas?

Alle rannten sofort los, suchten einen Zettel und schrieben munter darauf los.

Davids Bruder Julian, war 2 Jahre älter als David; die beiden konnten gut mit einander spielen – am liebsten Räuber und Gendarm. Papa war ja Polizist, aber es bestand keine Chance an dessen Waffe zu kommen, nur die Jacke liehen sie sich manchmal heimlich aus - schade, die beiden hätten so gerne mit der Waffe gespielt.

An einigen Nachmittagen gingen sie zusammen in die Halle zum TSG Stendal 08, und der Federball wurde über das Feld geprescht.

David und Julian hatten Glück, denn Papa Peer ging zu allen Spielen mit, wenn er dienstfrei hatte.

Peer selber war ein guter Leichtathlet und hatte viele Medaillen bei Deutschen Senioren Meisterschaften gewonnen. Er wünschte sich zwar, dass David und Julian Leichtathletik machen würden, aber er hatte sich geschworen, egal was für ein Hobby sich seine Jungs aussuchen würden, er würde sie unterstützen.

Peer hatte diesbezüglich schlechte Erfahrung gemacht, denn sein Papa Klaus war Fußballer. Er hatte ihm schon für den Bolzplatz super Schraubstollenschuhe gekauft und wäre bei jedem Spiel dabei gewesen. Beim Handball bekam Peer zwar noch die Schuhe geschenkt, und Papa schaute sich 2 Spiele an, bei der Leichtathletik war er dann dreimal dabei. Klaus wollte Peer mit seinem Kommentar motivieren: Du bist ein Stümper, die Kugel fällt allein 12 m. War Peer dann bei 11m angelangt, fiel sie dann von allein auf 13m und so weiter. Peer war dadurch schon motiviert (würde das aber niemals zugeben), eine direkte Anfeuerung hatte er halt vermisst.

Der Schwiegervater war eine noch größere Enttäuschung. Er ging zwar zu jedem Spiel seines Sohnes und seines alten Vereines, aber zu einem Besuch eines Wettkampfes seines Schwiegersohns reichte es nicht.

Da sollten es seine Boys besser haben.

David fand zwar, dass Papa nicht cool genug war, aber das Anfeuern und Klatschen, das war schon toll und das immer jemand mitfuhr war auch ganz schön praktisch.

*

GP

Im Headquarter von General Power war mal wieder eine große Strategie-Sitzung anberaumt worden.

Am Vorabend gab es eine Show im Watermark Hotel in San Antonio, der Höhepunkt der Show war eigentlich der Auftritt von 2 Mitgliedern des Vorstandes.

Bis zu diesem Punkt der Veranstaltung saßen die Vorstandsmitglieder getrennt in irgendwelchen Vip-Suiten mit Blick auf die Bühne.

2 Mitglieder des Vorstandes traten verkleidet auf, und die anderen mussten anhand der Darstellung erraten, welches Mitglied denn nun aufgetreten war.

Alvin Kennedy hatte eine schwarze Maske auf und hielt eine Rede als Dr. Martin Luther King. Anstatt der Aussage: „I have a dream", sagte er: „Yes we can." Nach einer kurzen Umkleidepause trat Kennedy als Barak Obama auf und hielt eine Rede in Berlin. Die Rede Obamas von 2008 wurde durch den Satz: Ich bin ein Berliner und die Hintergrundbilder auf der Multimediawand zeigten Berlin im Jahre 1963.

Nun der Schluss: Demokrat, Berlin, John F. Kennedy konnte nur zur Auflösung: Alvin Kennedy führen.

Prince Georg von England lies einen Film vorführen der ihn als Frau verkleidet zeigte, aber so, dass das Publikum die verkleidete Frau nicht zu Gesicht bekam.

Zuerst sah man ein Museum mit einigen Aquarellen, dann eine Fuchsjagd und Proteste dagegen, dann wurde ein Waisenheim gezeigt, in dem Duchy-Kekse verteilt wurden.

Bilder aus Clubräumen folgten und einige verrückte Wetten wurden abgeschlossen. Dann erschien das Wappen des White-Clubs. Danach gab es eine Puppenaufführung in der eine Puppe mit riesigen Ohren sagte: Ich werde eines Tages ?????, ich muss nur ein bisschen warten, dann zeigte der Film das 10 jährige, dann das 25jährige und dann das 50 jährige Jubiläum der Puppenaufführung. Die Hintergrundmusik spielte einige Elton John Lieder, bis bei Englands Rose eine Krone auf die Puppe fiel.

Nun ja das konnte doch nur Prince George ein.

*

Das Kernteam Roover, Dr. Winter, Crütten, Sollom hatte aus den Arbeiten ihrer Teams im Vorfeld 4 Tagesordnungspunkte ausgewählt, die nun dem Vorstand von James Roover präsentiert werden sollten.

Punkt1 :

Das Unternehmen Mauretanien Oil war schon das dritte Mal auf der Präsentationsliste, diesmal aber auf Platz 1 (das war selbstverständlich die Vorauswahl von Dr. Winters-Team).

Das Unternehmen hatte Ölfelder im Atlantik vor der eigenen Küste, mit dem Volumen von ca. 300 Mio. Tonnen Öl. Die ersten Pumpen und Plattformen waren kurz vor der Inbetriebnahme. Die Leistung sollte bei 20 Millionen T Öl im ersten Jahr liegen, das erwartete EBIT (Gewinn vor Steuern) soll 1 Milliarde Weltdollar sein (WD).

Der Kurs lag bei 3 WD 10; Anzahl der Aktien bis zur 50%-Beteiligung ca. 1,5 Mrd Stück.

Die Zielvorgabe sollte 2,50 WD lauten, der Kurs sollte durch Stärkung der Opposition in Mauretanien und durch Ankündigungen dazu in der Presse gesenkt werden.

Es sollte angekündigt werden, dass man mit der Oposition ein Projekt plane. Dadurch würde der Diktator Lepinou unter Druck gesetzt. Er und der Staat zusammen hielten eine 72%-Beteiligung.

Zustimmung 5:0

Nr. 2 der Liste war Santiago Explorers. Das Unternehmen ließ verlauten ein Feld entdeckt zu haben, dass 50 Mio. t Öl enthielt. Die Recherchen der Abteilung Phil Crüttens hatten aber ergeben, dass dieses Feld ca. zehnmal so groß war.

Der Aktienpreis war 7,82 WD; zu einer 50% Beteiligung brauchte man 200 Mio. Stück = 1.6 Mrd.

Das Risiko war hoch.

Der Vorschlag ging jedoch soweit Santiago Explorer komplett zu kaufen und es mit Falkland Energie fusionieren zu lassen, um auch noch Synergien nutzen zu können. Ziel sollte ein Kaufpreis von maximal 7 Wds sein.

Ein Forschungsbericht von Falkland Energie in der Nähe des gefundenen Chilenischen Feldes sollte so aussehen, dass man die Arbeiten einstelle, da das Geologische Risiko bei der Beschaffenheit des Meeresbodens als zu groß eingeschätzt würde. Zielzeitraum der Maßnahme sollte ca. 2 Jahre sein.

Angenommen mit 4:1 –Prinz George hielt die Region für krisengefährdet. Falkland hatte er halt in schlechter Erinnerung.

Der Vorschlag 3 kam von Solloms Forschern. Es war eine Erfindung eines Österreichischen Professors, der eine Keramik erfand, die aus u. a. Recyclingprodukten der Stahl und der Erdölindustrie gewonnen werden konnte. Über einen Kohlenstoff-

Katalysator konnte dann diese Hochtemperaturkeramik erzeugt werden.

Der Effekt wäre: Die Motoren und Getriebe hielten länger, wären verschleißfreier und verbrauchten daher viel weniger Öl.

Kauf des Patents zur Absicherung des Marktes.

5:0

Punkt 4 war Ausbau der strategischen Position in Indonesien. Eine Parzelle auf Anak-Krakatau sollte gekauft und ein Labor errichtet werden, um bald darauf eine geheime Lava-Energie Fabrik zu bauen. Die Position sollte gegen Externe gesichert werden.

Es folgten einige technische Daten.

Heftige Diskussionen wurden geführt. Wie riskant ist denn die Energiegewinnung aus der Lava? Ist das Risiko zu hoch? Andererseits eine riesige Chance.

Man entschied sich mit 3:2 für den Ausbau der Position allerdings mit der Maßgabe, dass die höchsten Stellen ein besonderes Augenmerk auf die Sache werfen sollten. Die Taskforce der Region sollte außerdem verstärkt werden.

*

Bernhard

Bernhard Nienk wohnte in einem schönen Holzhaus in einem kleinen Ort nahe Hameln und arbeitete in Bad Berleburg, das hieß er musste ständig pendeln. Gott sei Dank durfte er häufiger von zu Hause aus arbeiten, aber über die Jahre legte er wahnsinnig viele Kilometer mit seinen Autos zurück.

Eigentlich wollte er nach ein paar Jahren die Firma wechseln, aber irgendwie kam immer etwas dazwischen, so hatte er sich diesem Schicksal ergeben und fand das mittlerweile ganz normal. Es belastete ihn nicht mehr sonderlich.

Er hatte 3 große Leidenschaften: die Familie, das Badmintonspiel und das Zaubern.

Im TSV Barsinghausen spielte er seit Jahren Badminton und war in vielen Funktionen für seinen Verein tätig. Am Wichtigsten für ihn waren seine Spiele in der 6. Mannschaft, die meistens freitags stattfanden, so wie das wöchentliche Freitag-Training. Gerne verfolgte er auch, was aus den jungen Nachwuchsspielern wurde, denn sein kleiner Verein hatte da einige Juwelen vorzuweisen, aus denen mal Superstars werden könnten.

Zaubern war wohl bei den Nienks Familientradition. Bernhards Vater und sein Bruder zauberten schon vor ihm und gehörten dem Magischen Zirkel an. Bernhards Künstlername ist Bernhardini. Zaubern ist, wie er so sagt, keine Hexerei, sondern Schnelligkeit, Technik und Üben, Üben, Üben.

Er trat gerne mal auf kleinen Festen auf, sei es auf einem Kindergeburtstag oder einer Firmenfete.

Leider hatte Zaubern auch etwas mit Geld zu tun. Die meisten

Tricks wurden zwar von einer bestimmten Person, selbstverständlich von einem Zauberer, erfunden, aber diese Person verkaufte dann den Trick anderen Zauberern des Magischen Zirkels. Dieser Verkauf geschieht meist in speziellen Läden.

Bernhards Lieblingsladen lag im Lipperland bei Hannover.

Oh in solchen Läden konnte er sich stundenlang aufhalten.

Er bewunderte die Supertricks, kaufte sich aber meist nur ein paar kleine neue Tricks.

Nun war es mal wieder soweit. Bernhardini fuhr Richtung Lipperland zum Zauberladen Hokus Pokus. Er hatte den ganzen Tag Zeit und soviel Geld, dass er sich einen tollen Trick kaufen konnte.

Er ging in den Laden und sofort die Treppe hoch, denn im 1.Stock gab es die Kartentricks. Z. Zt. war ja Poker sehr in und Bernhardini wollte mal schauen, was es in dieser Sparte für Tricks zu kaufen gab.

‚Poker , Poker – ah da oben'. Er griff zum 1.Buch und plötzlich rutschte aus der Reihe darunter ein Buch heraus. Bernhardini fing es geschickt auf. Er zog seine Augenbraue hoch, als er den Titel des Buches sah: Offene Prophezeiungen stand darauf.

Es war ein dünnes Buch und sah schon sehr alt aus. Er schlug das Buch auf und dort stand: Kapitel 1: Heiße Steine

Das Enkelkind eines Weltverbesserers und das Kind von einem Verteidiger von Recht und Ordnung sollen durch aneinanderlegen ihrer Schatzkarten zu Reichtum gelangen, durch den der Hunger der Welt gemildert werden kann.

Ein bis dahin unbedeutender Hobbymagier soll am 4. Schalttag, des 3. Jahrtausends das Wissen bekommen, den beiden Kindern zu helfen.

Der Magier, der sich am Ende des Abenteuers Fire Allayer

(sinngemäß Beherrscher des Feuers) nennen darf, wird die Kinder an Ostern in Damp 2000 an einer Kasperfigur (die so aussieht) am linken kleinen Finger erkennen können.

Bernhard schüttelte den Kopf, was war denn heute für ein Tag? Der 29.02.2016, Mann oh Mann das war ja ein Schalttag und zwar der vierte in diesem dritten Jahrtausend

Bernhardini drehte sich verlegen um und stellte, damit es keiner sah, schnell das Buch zurück. Da fiel erneut ein Buch an einer anderen Stelle aus dem Regal.

Das Buch hatte ein winziges Bild auf dem Deckel und es stand in goldener Schrift: Beherrscher des Feuers. Er wunderte sich immer mehr und schüttelte den Kopf, er begann zu schwitzen.

Er schaute genauer auf das Bild – es sah aus wie der Kopf einer Kasperfigur. Wieder schaute er sich um – auf der Etage war niemand zu sehen. Er öffnet das Buch und sah nur leere Seiten, das Licht ging aus und die aufgeschlagene Seite begann zu glimmen und kurz sogar zu brennen: Da stand nun: später lesen! Er schaute wieder skeptisch drein, öffnete die nächste Seite – wusch es glimmte und brannte erneut

Ergebnis: alleine lesen !!!

Das Licht ging wieder an.

Er setzte sich auf die Lesebank, die im 1. Stock stand und war sprachlos. Er atmete tief durch und sagte sich: nun ja. Er überlegte, fasste sich und beschloss spontan sich das Buch: „Offfene Prophezeiungen mit dem Kapitel: Heiße Steine“ auch wieder zu holen. Er ging wieder zu der Stelle hin, an der er das Buch hingestellt hatte. Es war nicht mehr da. Systematisch durchsuchte er die ganze Reihe, die unter den Pokertricks stand. Nichts zu finden.

Das Buch „Beherrscher des Feuers“ hatte er auf den Tisch gelegt, der direkt neben der Lesebank stand.

Schnell lief er nun dorthin zurück, schnappte sich das Buch und ging ins Erdgeschoß zur Kasse.

Der Kassierer, der gleichzeitig auch der Besitzer des Ladens war (und damit auch der Erfinder vieler Tricks, die hier verkauft wurden) schaute sich das Buch, Gott sei Dank nur von außen, kritisch an. Der Scanner piepste, er sagte „5 Euro 95?“, und „Herr Nienk, das Buch kenne ich gar nicht.“

Schnell verließ nun Bernhardini den Laden und fuhr ohne neuen Trick, aber vollkommen aufgeregt nach Hause. Das Buch steckte er in seine Jacke.

Zu Hause angekommen fragte ihn seine Frau sofort: „Na Schatz, hast du einen neuen Trick bekommen?" Bernhard schüttelte den Kopf und sagte dann: „Ach Darling irgendwie war nichts dabei, was mir gefiel, ich schaue lieber vor Ostern noch mal nach."

Er ging in sein Arbeitszimmer in den ersten Stock seines Holzhauses, schaute noch mal zur Treppe, ob auch keiner seiner Familie nachkam und legte das Buch auf den Tisch. Es war braun meliert mit goldener Schrift und Kasperkopf als Bild. Er betrachtete es von allen Seiten. Der Deckel fühlte sich an wie Pappe, wirkte irgendwie alt, aber er hatte keinerlei Anzeichen von Verschleiß.

Er fühlte über den Kasperkopf, der war einfarbig in Gold leicht eingeritzt und für die Buchgröße relativ klein. Er dachte an die Prophezeiung und verglich seinen kleinen Finger mit der Größe des Bildes und tatsächlich, das würde passen.

Er öffnete das Buch und fühlte über das Papier, es war weiß mit einem leichten Gelbstich und fühlte sich dick und stabil an.

Nun fiel ihm auf, die Nachrichten, die er vorher im Buchladen im Buch gelesen hatte, waren nicht mehr da.

Was soll ich denn nun später und alleine lesen?

Kaum gedacht und schon ging das Zimmerlicht aus und es begann zu glimmen, diesmal etwas heftiger, von links nach rechts und von oben nach unten brannte es immer nur sehr kurz und dann waren Buchstaben zu erkennen.

Bernhardini hörte ein Knatschen an der Treppe, sofort breitete er die Zeitung, die auf dem Schreibtisch lag, über das Buch aus; das Qualmen und Glimmen hatte gerade aufgehört.

Seine Frau Claudia kam hereingestürzt: „Bernhard das Licht hat so komisch geflackert, kannst du mal nachschauen, ob mit den Sicherungen alles in Ordnung ist. Neulich hat es ja bei Schmitz aus der Planetenstrasse so einen Schwelbrand gegeben."

„Ach, das war bestimmt nur so eine Stromschwankung."

„Schaust du nun oder nicht?" fragte Claudia mit vorwurfsvoller Stimme.

Bernhard wusste nach so vielen Ehejahren, dass seine Frau in dieser Beziehung sehr ängstlich war und sagte: „Ich eile" und er zog sich langsam aus dem Sessel hoch und ging dann mit Claudia runter in den Keller zum Sicherungskasten.

Bernhard öffnete den Kasten und ging die Schalter von links nach rechts durch. „Keiner herausgesprungen" murmelte er. Dann schnupperte er am ganzen Kasten entlang – „Nix zu riechen" sagte er.

Claudia schnupperte auch mal und hielt ihre Nase in Richtung Kasten. Schnell sagte sie: „Da riecht nix verbrannt."

Bernhard schaltete noch das Licht aus, um zu beweisen, dass auch nirgendwo eine Flamme zu sehen war.

„Bist du jetzt beruhigt?" Claudia bejahte. „Ich gehe noch ein bisschen hoch und bereite schon mal die Sachen für Montag vor und komm dann zum Kaffeetrinken runter."

Innerlich konnte er es kaum erwarten, was denn nun im Buch stand. Er hastete die Treppe hoch, schmiss sich auf den Stuhl, zog die Zeitung weg und begann zu lesen. Er sog die Buchstaben förmlich in sich auf.

Bernhardini, du bist ausgewählt beim Unternehmen Heiße Steine zu helfen. Du bekommst Hilfe, wann immer du willst. Schreibe deine Fragen ins Buch und du bekommst eine Antwort, die dich ans Ziel bringen wird.

Du kannst dir die Frage auch denken oder schaust Kasper direkt in die Augen. Eine Antwort folgt umgehend.

Bernhard war ein bisschen enttäuscht, so banale Antworten.

Klick, klick machte es in seinem Kopf.

Er nahm einen Stift und schrieb ins Buch: Wie lauten die Lottozahlen am Samstag, den 6.3.2016?

Flacker, flacker und schon war die Antwort da.

Bernhardini wir sind enttäuscht! Selbstverständlich müssen deine Fragen etwas mit der Prophezeihung zu tun haben! Persönliche Vorteilsnahme verstösst selbstverständlich gegen unseren Prinzipien. Damit es dich beruhigt: Du wirst am Ende der Aufgabe etwas reicher sein als vorher und mindestens genauso gesund und munter!

„Bernie: Kaffe ist fertig!“

*

Arabian Oil

Arabian Oil war etwas anders strukturiert.

In der arabischen Welt regierten schon immer mehrere Herrscherfamilien und um die Macht wurde seit hunderten von Jahren gekämpft.

Seit dem wirtschaftlichen Aufstieg der Welt, Jahre nach dem 2. Weltkrieg, begannen weise Herrscher damit, ihr Geld in westliche Unternehmen zu investieren oder eigene riesige Projekte durch zu ziehen. Durch diese Investments festigten sich auch die Machtverhältnisse nach und nach und die jetzigen Herrscherfamilien waren seit Jahrzehnten an der Macht.

Der Aufsichtsrat tagte in bestimmten Rhythmen und die 5 Herrscher entschieden gemeinsam und demokratisch. Besetzt wurde der Aufsichtsrat von 2 Mitgliedern des Hauses Al Saud, je einem Vertreter der Al Thani Dynastie dem Scheich Tamim bin Hamad Al Thani; einem Abgeordneten des Hauses Al Nahyan und des Hauses Al Maktum, als festem Vertreter der Emirate.

Die Abteilungen, die darunter existierten, gab es anfangs auch fünfmal. Durch viele Unternehmensberatungen war man wenigstens dazu übergegangen zentrale Verwaltungsbereiche zu haben. Forschung, Strategie und Security gab es immer noch in jedem Herrscherbereich.

Der Verwaltungsrat beschloss welcher Herrscher sich um welches Thema kümmert, aber die anderen unternahmen zumindest Nachforschungen zu diesem Thema.

*

Vanessa

„Hallo Vanessa“, hier ist Wolfi „willst du mal wieder ein Wochende mit uns verbringen? Wir sind gerade mal wieder in Gorleben im Basislager Stopp3.“

Vanessa sagte schnell zu. Sie freute sich auf ein Wochenende bei den Großeletern.

Mama durfte Vanessa nach Gorleben in den Wald kutschieren ins Lager Stopp3, was soviel hieß wie: stoppt die Atommülltransporte Lager 3.

Die Grosseltern hatten ein schönes Zelt in dem Vanessa immer auf einem Feldbett mit Luftmatraze schlief.

Nach der kurzen Begrüßung spazierte Vanessa ein bisschen im Lager umher. Hier im Lager gab es immer mal wieder was zu finden. Es gab da eine Kiste mit verpönter Literatur, da konnte man manchmal tolle Bücher finden. Einige Lagerbewohner gingen ab und zu stolz zu dieser Kiste und schmissen ein Buch darein, schüttelten den Kopf oder sagten sowas wie Schund oder reaktionär. Vanessa wollte halt keinen Ärger mit Ulla und Wolfi, also schaute sie sich immer um, wenn sie in der Kiste stöberte, damit es keiner bemerkte.

Diesmal war da ein gelbes Kinderbuch: der Struwwelpeter, das sah cool aus. Sie nahm es und ging zu dem alten Hochsitz und begann zu schmökern. Das ist ja lustig gereimt dachte sie und als sie weiter las begann auf einmal eine Seite zu leuchten und es fiel ein Blatt aus dem Buch. Vor Scheck liess Vanessa das Buch fallen. Es fiel samt Blatt auch noch den Hochstand hinuter bis auf den Boden. Rucki zucki kletterte Vanessa runter und hob das Blatt auf. Es war eine Karte. Der kleine Finger der linken Hand begann zu jucken und schon hörte es wieder auf, sie schaute auf den Finger: Was war denn das? Nun hatte sie einen Kasperkopf an der Fingerspitze. Sie nahm Spucke auf einen anderen Finger und begann zu reiben – Nichts tat sich; der Kasperkopf ging nicht ab. Vanessa dachte, dass die Schrift aus dem Buch abgefärbte hatte – egal, zu Hause werde ich das schon abbekommen.

Sie inspizierte die Karte. Es sah so aus als wäre das ein Teil von einer Insel. Man sah einen halben Berg und ein Kreuz am rechten Rand des Berges. Davor waren einige Häuser, wahrscheinlich ein Dorf und ein Kompas.

„Bullen“ schrie jemand im Lager, Vanessa rannte sofort los und steckte sich beim Laufen die Karte in die Hosentasche, das Buch vergaß sie, sie wollte halt schnell zu den Großeltern, denn die hatten ihr tausendmal erklärt, dass sie in so einem Fall zum Zelt laufen sollte.

Wolfi hatte schon seinen Rucksack gepackt, Ulla packte noch. Wolfi sagte in seiner Art so etwas wie: Könntest du bitte nach Hause gehen, es könnte gefährlich werden.

Nach 5 Minuten waren sie an der Landstrasse riefen Mama an, sie solle Vanessa abholen. Wolfi und Ulla wollten halt unbedingt dableiben, denn demonstriert werden musste auf alle Fälle.

Die Polizei suchte halt im Vorfeld anstehender Atomtransporte immer nach einem Grund sich schon mal die Läger anzuschauen.

*

Arabian Oil

Die Konferenz von Arabian Oil fand, wie immer, im Land des

jüngsten Teilnehmers statt; das war in diesem Jahr Scheich Achmed bin Muhammad Al Maktum als Vertreter der VAE der Vereinigten Arabisschen Emirate.

Kein geringeres als das beste Hotel des Landes, das Hotel Burj al Arab in Dubai durfte als Tagungsort verwendet werden.

Traditionell begann das Meeting nach ein paar Bauchtänzerinnen mit dem inoffiziellen Punkt 1 der Freundschaftsinformation über geplante Fördermengen und beabsichtigte Preise und das war damit quasi die Absprache der Fördermengen ohne Rücksicht auf die Belange der anderen unwichtigen OPEC-Länder und verschaffte den Freunden den kleinen winzigen Vorteil nicht auf Verbrauchsstatistiken reagieren zu müssen, sondern gleich handeln zu können.

In der Sitzung wurden die Ergebnisse sofort an die entsprechenden Stäbe weitergegeben.

Punkt 2 durfte das Veranstalterland vorstellen. Hier nutzte Scheich Achmed mal wieder die Chance und fiel mit seinem Vorschlag vollkommen aus dem Rahmen der üblichen Projekte.

Nach den berühmten Palmeninseln und den Weltinseln zur Küsten- und Touristengewinnung soll das Projekt Univers Inseln leicht geändert realisiert werden. Sonne und Mond sollen wie geplant bleiben, aber die Gestaltung der Planeten soll geändert werden.

Achmed warf ein Bild an die Multimediawand: Man sah die Insel in Form des Jupiters als Kontur und im Inneren eine Insel in Form von Saudi Arabien. Damit dieses riesige Gebiet abgegrenzt werden kann, wurde es von feinen Kanälen durchzogen.

Der Scheich zeigte in kurzer Folge die anderen Planeten mit ihren Landeskernen,

z.B. der Mars für Kuwait,

da es mehrere Emirate gab wurden die großen Jupitermonde Ganimed und Europa mit einbezogen.

„Meine Herren wie gefällt Ihnen das? Wir laden sie hiermit ein sich an ihrem Planenten zu beteiligen und gewähren Vorrang vor anderen Investoren, die bereits Interesse bekundet haben.“

Geschickt! Ein Geschenk konnte in der arabischen Welt kaum abgelehnt werden.

Scheich Achmed nannte die geplanten Summen und ließ den anderen Mitgliedern detaillierte Infos zukommen. Den Herrschern wurde, obwohl sie es gewohnt waren mit Milliarden zu jonglieren, doch etwas schummerig.

Gedacht und nicht ausgesprochen wurde: Dieser Fuchs hat Probleme genug Investoren ins Boot zu bekommen und zieht uns durch dieses „Geschenk“ mit hinein.

Der Höflichkeit halber bedankten sich die 4 Herrscherkollegen für diese außerordentliche Geste der Freundschaft und stimmten erstmal zu.

Punkt 3 Ausnutzung der eigenen Resourcen.

Scheich Achmed bat Dr. Kemal Gamoudhi zu referieren.

Er berichtete, dass Mexiko ein riesiges Spiegelsystem entwickelt hatte, bei dem die Energie der Sonne angezapft wurde. Er und sein Stab hatten im Vorfeld alle laufenden, existierenden Sonnenenergieprojekte untersucht und bewertet. MEXSUN war das Beste. Es kostete z. Zt. 14 MRD WD. Man schlug vor 51% zu erwerben, um anschließend das Verfahren in den reichlich vorhandenen Wüsten einzusetzen.

Allgemeine Zustimmung.

Das nächste Projekt war aus dem Bereich Strategie. Dubais Volkswirt Dr. Kalumi berichtete: Die beiden größten islamischen

Länder Indonesien und Nigeria waren noch nicht genug ins arabische System eingebunden.

Die Islamisierung schritt in beiden Ländern unaufhaltsam voran. Die Infrastruktur in Indonesien war besser, und auch die Ausbildung dort weiter fortgeschritten.

Man entschied zwar in beiden Ländern weiter am Ball zu bleiben, aber die technischen Projekte in Indonesien zu etablieren.

Als die beste Chance sah man die Nutzung der Geothermik in Indonesien an. Daher kam der Vorschlag von Dubai: Land in der Nähe der heutigen Geothermikstandorte aufzukaufen, um sich eventuell bei weiteren Projekten mit einbringen zu können, bzw. mittelfristig dort Wärmefabriken zu errichten. Ein wenig Vulkanforschung sollte auf Anak-Krakatau weiter vorangetrieben werden und in die eigene Infrastruktur vor Ort, sollte auch investiert werden: Einen Hafen an der Westküste z.B.

Prinz Raschid bin Achmed Al Maktum solle sich mal ein paar Sporen verdienen.

Die Brust des Prinzen schwellte an, er erhob sich und verneigte sich so tief er konnte.

Mein Stab wird das schon schaffen', dachte er.

Ich werde mal meinen Generalmajor Abdul Shaheen dorthin schicken und mir dann Indonesien mal anschauen.

*

David

Peer Reersmann war in einer Hundestaffel und im Grenzüberschreitenden Austausch, hier waren halt die Grenzen der Bundesländer gemeint. Ab und zu kam halt die Anforderung: Schleswig-Holstein braucht eine Hundertschaft mit Hunden aus Sachsen-Anhalt. In der Regel war dann Peers Hundestaffel mit dabei, denn ihr Stammsitz in Stendal war halt im Norden von Sachsen-Anhalt direkt neben einer Polizeischule.

Dieses Mal sollte eine Drogenrazzia durchgeführt werden mit dem normalen Sonderauftrag nach schweren Demonstrationsgeräten, wie z.B. nach Ketten und sperrigen Teilen Ausschau zu halten.

Peer und sein Schäferhund Hasso wurden meist an der rechten Flanke eingesetzt. Hasso hatte eine ausgezeichnete Nase und war darin ausgebildet Rauschgift aufzuspüren.

Die beiden schlenderten los und näherten sich allmählich dem Lager C3, wie die Polizei es nannte (Chaoten 3). Ah da vorne war ja der alte Hochsitz, Peer sah etwas Gelbes schimmern. Er ging hin, sah ein Buch und hob es auf. Ein Struwwelpeter, er blätterte kurz und dachte: Man den habe ich auch früher öfter gelesen, den nehme ich mal für meinen David mit, der freut sich bestimmt. Er steckte das Buch in seine Jacke.

Nach dem Einsatz und dem Protokoll schreiben, das immer sofort zu erfolgen hatte, kam Peer abends müde nach Hause.

David fragte: „Hallo Papa hast du mir was mitgebracht?" Zu seiner Überraschung sagte der Papa ja.

Peer erzählte, wie er früher aus diesem Buch vorgelesen bekam und Mama Doris kannte auch noch ein paar Teile von den Reimen auswendig.

David dachte zuerst, das ist ja ein Babybuch, aber nach dem die Eltern so viel davon erzählt hatten, musste es wohl cool sein. Er wollte noch bis zum Abendessen in sein Zimmer gehen und ein bisschen lesen.

Er las vom bösen Friederich, dem schwarzen Buben und vom wilden Jäger, er blätterte und plötzlich wurde es heller in seinem Zimmer, sein linker Ringfinger kribbelte ganz stark, und eine Karte fiel auf den Korkboden.

David schüttelte seine Hand und guckte zum Ringfinger. Was ist denn da? Ein Kopf , ein Kasper. Er rieb daran, aber nichts tat sich. Er griff zur Karte und betrachtete sie.

Auf der Karte war eine halbe Insel mit einem halben Berg zu erkennen. Um den Berg herum gab es noch alle ca. halbe Cm eine Querlinie und ab und zu stand da eine Zahl 0. 250, 500, 750, 1000 und unten links ein Kreuz und so etwas wie ein Dorf und ein Hafen.

David : Essen !

*

China Sun

China Sun war straff organisiert und Demokratie war immer noch ein Fremdwort im Reich der aufgehenden Sonne und auch im Wirtschaftsunternehmen China Sun.

Man hatte die Energiebranche Chinas geeint, in dem man viele kleinere Unternehmen Chinas einfach an das wertvollste Unternehmen der Welt (Ende des ersten Jahrzehnts dieses Jahrhunderts), Petrochina verschmolz. Dies sollte die Kraft des Unternehmens gegenüber den anderen mittlerweile größeren Energiegiganten stärken. China Sun besaß mittlerweile fast alle Energie Unternehmen der kommunistischen Welt.

Die Führung hatte sich westliche Titel zugelegt, so dass die Führungskräfte CEO, Manager oder Director hießen und die nächsten Ebenen wurden Supervisor, Consultant, Requestor oder Assistant betitelt. Die Ceos waren die Vorstände ihrer Areas.

Es gab die Areas Wirtschaft, Forschung und Entwicklung, Strategie, Abwehr und Spezialaufgaben.

Ein schleichender Prozess war allerdings die persönliche Berufung in ein Amt. Diese Personen wurden reicher und reicher und eine gewisse Tendenz der russischen Entwicklung zu Beginn des Jahrtausends war zu erkennen.

Die Partei war in allen Ebenen des Unternehmens zu finden, besonders in den unteren Chargen. Die Leitung der regionalen Areas war fast ausschließlich von Parteigenossen besetzt. Der Normalfall war also der, dass die Mitarbeiter Gehalt von China Sun und der Partei bekamen.

Wie die anderen großen 3 wollte man neben der Forschung und

dem Aufkauf von Ideen und Konkurrenten die Macht bestätigen und ausbauen. Also standen auch hier die innovativen Ideen und die bisher neutralen Länder im Mittelpunkt der Strategien.

Die Rekrutierung des Personals lief über die Hochschulen und das Militär. Die besten Studenten und Offiziere konnten sich kaum wehren und landeten ausschließlich in den entsprechenden Areas von China Sun.

Professor Dr. Dang Mei von der Peking Universität leitete die Stabsabteilung Wirtschaft und berichtete an den Ceo Dr. San Ho. Professor Dr. Dr. Li Yang von der Uni Schanghei war für die forschungsrelevanten Belange der Director des Stabes. Seine Area unterstand dem ehemaligen Parteichef Deng Lun.

General So Krun befehligte die Area Strategie, Abwehr und Spezialaufgaben. Seine Stabsabteilung leitete Oberst Hu Jin, der ehemalige Leiter der internen Sicherheit.

*

Die Drei

Ostern 2016 Damp 2000

Nun war es soweit das große Badminton-Turnier begann.

In jeder Altersklasse hatten sich 8 Kinder, Erwachsene und Senioren aus Norddeutschland qualifiziert und spielten um den Sieg im Einzel, im Doppel und im Mixed.

Für die U12-Klasse von Vanessa und David war es das erste Mal, dass es so ein Turnier gab.

Vanessa ging mit ihrer Mama und dem Betreuer Manfred Meier zur Meldestelle und durfte nach dem Abhaken auch noch 2 Lose aus speziellen Töpfen ziehen.

Sie zog Milena Schneider fürs Mädchendoppel und David Reersmannn fürs Mixed. Eigentlich wollte sie im Einzel gut spielen, aber nun war sie neugierig, wer ihre Partner waren.

Gegen Milena hatte sie schon mal gespielt und knapp gewonnen. Milena war ganz nett, sie hatte nur eine lustige kleine Macke, denn sie fasste sich nach jedem Schlagwechsel an die Nase.

Wer war denn David Reersmannn? Vanessa fragte Manfred, der kannte David auch nicht und sagte: „Vanessa David ist die Nummer 2 von Sachsen-Anhalt; also kein schlechtes Los.“

Für David war es das erste Riesenturnier. Er trottete hinter seinem Betreuer Uwe Drachte, seinem Papa und seinem Vereinskameraden Cedric Bouche mit dessen Mama hinterher. Er schaute sich interessiert in diesem Hallenkomplex um, da riss ihn Uwe aus den Träumen und sagte: „Hallo David du musst ein blaues Los aus dem Eimer und ein gelbes Los aus dem anderen Eimer ziehen.“

David zog und schaute Uwe fragend an. „Das sind deine Doppelpartner.“ Gelb war Cedric Bouche, sein Vereinskollege, ein super Los, denn mit Cedric hatte er schon ein paar Mal gespielt und auf dem blauen Los stand Vanessa Trochowski.

David stellte keine Frage zu diesem Los, denn mit Mädchen zu spielen, das machte er nicht so gerne.

Bernhard wurde als ehemaliger Landesliga-Schiedsrichter vom Verband angeschrieben. Große Lust hatte er nicht, denn er war ja beruflich viel unterwegs und hatte gehofft irgendwo als Zauberer aufzutreten, dann viel ihm die Prophezeiung ein, und er sagte blitzartig zu. Er sollte nur an einem Tag pfeifen, es gab 2 Übernachtungen und ein großes Bankett.

*

China Sun

Shanghai

Die Tagung der Vorstände fand unmittelbar nach dem Tempelfest in Shanghai statt. Man hatte das neue Expo-Hotel als Tagungsort ausgewählt.

Die besten Künstler des Tempelfestes durften sich an dem Vorabend noch mal besonders anstrengen, um den hohen Herren samt der Stäbe und Familien etwas Besonderes zu bieten.

Die Stabschefs oder besser die Direktoren hatten eine geheime Tagesordnung erstellt. Die Länder, aus denen die Tagungspunkte kamen, durften von den CEOS erraten werden und zwar wurden landestypische Speisen als jeweiliger Gang serviert.

Der 1. Gang war Satè mit Reis und Erdnuss mit Blachan und Sambal Pasten.

General So Kruhn erkannte direkt nach dem Servieren das Land Malaysia. Die anderen erhoben sich und verbeugten sich vor ihn und Kruhn lächelte.

Der folgende 2. Gang bestand aus Nudeln mit Huhn und Kokosnusssuppe, Zwiebeln und Reiscracker mit Chili und Limonen am Tisch zubereitet (genannt Ohn Nok Kauk Swe)

Dr. San Ho erhob sich und sagte: „Myanmar ist ein sehr interessantes Land.“ Man lächelte wieder und verbeugte sich vor dem Doktor.

Als Gang 3 folgte gedämpftes Gemüse Erdnussauce (Gado Gado) und Satè-Spiesse.

Man wartete bis auch Deng Lun antworten konnte: Er sagte „Ja ja Satè-Spieße aus Indonesien munden sehr köstlich.“ Alle standen auf und verbeugten sich diesmal zu Deng Lun, denn es war besonders schwer diese Spieße von den malaysischen zu unterscheiden.

Nach dem Essen durfte nun Oberst Lu Hin die Sitzung eröffnen. Er wiederholte die Tagesordnung und begann damit den Punkt 1 zu präsentieren.

Eine malaysische Studentengruppe hatte es geschafft die Gewinnung von Energie aus Blitzen zu realisieren. Schwierig war bei diesem Verfahren die in kürzester Zeit auftretende Spannung abzuspeichern.

Die Gruppe hatte eine Hochtemperatur Isolierung als Speichermedium entwickelt.

Das Auffangen der Blitze geschah auf dem Turm eines hohen Berges.

Selbstverständlich ist die Sache noch etwas unausgegoren. Sinnvoll wäre es auch die Gruppe durch einige unserer Forscher zu verstärken. Unsere Tochter Petronas könnte eine befristete Forschungsstiftung für die Studenten errichten mit einem Patentabführungsvertrag und Angeboten für die weitere Anstellung in der Firma.

10 Mio. WD müssten erstmal reichen.

„Lächerlich“, sagte der General. „Genehmigt!“

Dem war nichts hinzuzufügen.

Um Petronas hat sich Professor Dr. Dang Mei zu kümmern. Die Forscher sollten von Professor Dr. Dr. Li Yang entsendet werden.

In Myanmar war nach der, durch chinesische Hilfe geglückten Übernahme der Regierung durchs Volk, wieder normales Arbeiten möglich.

Myanmar Energie hatte ein beträchtliches Ölvorkommen entdeckt. Man schätzte es auf 2 Mrd. Barrel. China könnte Myanmars Energie leicht kaufen, für billige 1,1 Mrd. WD, aber die Wirtschaftsabteilung empfiehlt: Nur ein Joint-venture mit technischer Unterstützung und mit Abnahmegarantien ein zu gehen, um den politischen Prozess voran zu treiben. Die Wirtschaftsgruppe soll diesen Punkt aktiv begleiten. Ein kurzes Nicken der 3 Chefs und der Punkt war vom Tisch.

Punkt 3

Das strategische Land ist wieder einmal Indonesien, ein problematisches Land.

Vor ein paar Jahren war man zu schnell vorgeprescht und die Sympathisanten hatten viel ein zu stecken, denn es gab einen Aufstand gegen die chinesische Bevölkerung Indonesiens. Mittlerweile war die Struktur wieder soweit aufgebaut, dass sie dem Stand vor dem Aufstand entsprach.

Der Oberst schlug vor: Weitere Strukturverbesserungen durchzuführen, z. B. einen Hafen an der Nordküste Javas.

Erste Schritte an die Resourcen des Landes zu kommen sollten ebenso in die Wege geleitet werden. In der Nähe der Westjavanischen Geothermik Fabrik könnte Land erworben werden.

Das war eine gute Gelegenheit a) in die Geothermik einzusteigen, da das Land auch entsprechende Chancen (, so hatten die Forscher ermittelt,) bot, zumindest hatte man aber „Tauschkapital“ in der Zukunft. Der Lavanutzung wurde auch eine positive Bewertung erteilt, welches Land bot mehr Vulkane als Indonesien? Ein Labor auf Anak-Krakatau wurde vorgeschlagen, vorher sollte aber das Land erworben und ein Hafen erbaut werden. Verantwortlich für den Schritt Landerwerbung sollte Dr. Dang Mei werden, der Oberst sollte sich um den Hafen kümmern und Dr. Dr. Yi Lang bekam den Kümmererhut fürs Labor aufgesetzt.

*

Die Drei Spiele in Damp

Am Samstag ging es früh los. Im Einzel gab es eine Doppel-K.O.-Runde.

Vanessa gewann ihr erstes Einzel und verlor dann zweimal deutlich; sie war damit 5. bis 6. geworden.

David traf es schlimmer, denn er verlor zweimal ganz knapp und war damit 7. bis 8.

Nun begannen die ersten Mixedspiele. Man musste sich am Treffpunkt einfinden.

Jeder hatte sein Los zum Treffpunkt mitgebracht und sofort erkannten sich Vanessa und David. Schüchtern sagten sie „Hallo und Hei.“ David sagte: „Give me five“ und Vanessa wollte auf die Hand klopfen traf aber die Schulter und sagte „oder pfeiff drauf.“ Beide mussten lachen, der Damm war gebrochen.

Im Mixed gab es nur eine K.o-Runde. Im ersten Spiel trafen sie auf ein Mixedpaar, das sie locker in 2 Sätzen besiegten. In der nächsten Runde wurde es schwerer; die beiden siegten im 3.Satz gegen Wollmann/Meyers.

„Jubidubidu“, sie waren im Endspiel.

David und Vanessa mussten sich aber noch gedulden, was in diesem Alter sehr schwer fällt, da einer ihrer Gegner Leon Fritz auch noch im Einzelfinale war; au man, dann musste der aber sau gut sein.

Die beiden konnten kaum ruhig sitzen, und zugucken wollten sie lieber nicht. Die Eltern und Betreuer bemühten sich die beiden zu beschäftigen, in dem sie Rätsel stellten und Witze erzählten.

Dann kam die Lautsprecheransage: Kurze Pause ehe das Mixed-Finale U12 Vanessa Trochowski/ David Reersmann gegen Anja Leiders/ Leon Fritz in Halle 1 um 13:45Uhr stattfindet, Schiedsrichter ist Bernhard Nienk, an der Linie kontrolliert der Tus Halberstadt.

Nach kurzem Einspielen ging es los. Leiders/Fritz führten 3:0 und der Super Leon, der sein Einzel gewonnen hatte, machte einen dicken Fehler. David tuschelte zu Vanessa: „Der ist auch nur ein Mensch, jetzt geht es los.“

Über 7:3 und 10:7 gewann man den 1. Satz.

Der 2. Satz ging los, es stand 6:5, da entdeckte David den Kasperkopf an Vanessas kleinem Finger, er war verwirrt. Er hatte doch das gleiche Tattoo seit er die Schatzkarte hatte und nun hatte Vanessa auch so ein Ding. Er verschlug und verschlug die nächsten Bälle und schon stand es 6:11. Betreuer Uwe nahm eine Auszeit. David schaute Vanessa an und zeigte ihr den kleinen Finger. Vanessa fielen fast die Augen aus; hey der David hat auch so einen Kasperkopf. David und Vanessa hörten gar nicht wie alle um sie herum sagten: „Spielt wie im ersten Satz, dann gewinnt ihr.

Es half nichts, Satz 2 ging 6:15 verloren.

In der Pause flüsterte David Vanessa ins Ohr: Wir beiden Kasperköpfe putzen die jetzt weg und dann reden wir über den Kasperkopf.“

Bernhard trank ein Wasser in der Pause und sah auf ein-mal, wie David und Vanessa auf ihre kleinen Finger schauten. Da entdeckte er den Kasperkopf, oh beinahe wäre er vom Stuhl gefallen. Sind das die Kinder aus der Prophezeiung?

Die Pause war herum. David und Vanessa spielten wie ausgewechselt und putzten Leiders/Fritz 15:5.

Wau sie hatten gewonnen.

*

LUKGAZ

LUKGAZ Cooperation war aus der Übernahme von LUKOIL und GAZPROM als russisches Unternehmen entstanden. Es verfügte über nahezu 100% der russischen Rohstoff-Vorkommen und hat mittlerweile viele Beteiligungen und zwar hauptsächlich in den ehemaligen sozialistischen Bruderstaaten rund um die Welt.

Vor Beteiligungen und Käufen in anderen Ländern wurde aber auch nicht Halt gemacht.

Die Manager waren in früheren Zeiten fast alle ehemaligen oder aktiven Parteigenossen der höheren Ebenen, doch mittlerweile vererbten die neuen russischen Fürsten die Posten an die eigenen Familienmitglieder. Der Austausch von unpassenden Mitgliedern des Führungsstabes wurde in der Anfangszeit sehr drastisch durchgeführt und vom Rest der Welt mit Kopfschütteln und verbalen Protesten begleitet, aber was interessierte es die Bosse, was da irgendwer außerhalb Russlands dachte.

Die Managerriege machte nicht soviel Aufsehen darum benötigte Bereiche zu tarnen. General Ivan Irrkutsch leitete den Strategiebereich. Er war selbstverständlich an der Militärakademie ausgebildet, war Kampf erfahren aus einigen Provinzkämpfen. Betriebswirtschaft hat er nicht extra studiert, aber dafür hatte er seinen Stab, der sich in diesem Bereich ausgezeichnet auskannte. Manchmal bedurfte es eines kleinen Anrufs und auf sämtliche militärischen Resourcen, egal ob technischer Art oder auch in Form von Manpower, konnte zugegriffen werden.

Evgenie Jelzin leitete die Forschungs- und Entwicklungsabteilung, dessen Stab variabel um Professoren aller denkbaren Fakultäten inklusive der dazugehörenden Studenten erweitert werden konnte.

Juri Gobartschow war der Verwaltungschef, dem sämtliche festen Mitarbeiter unterstanden. Er war auch der Finanzchef des Konzerns und konnte beim Finanzminister notfalls finanzielle Unterstützung bekommen.

Vladimir Miller leitete das Ressort Oil. Er konnte, genauso wie Putin, die Resourcen der Universitäten zusätzlich zu seinem erstklassigen Stab nutzen.

Tarak Alekperov war der Chef der Abteilung Gas und hatte in diesem Bereich die gleichen Befugnisse wie Putin oder Miller in ihren Bereichen.

*

Damp 2000: Das Fest

Um 18:30 Uhr fand ein großes Fest mit Siegerehrung in der großen Stadthalle statt.

Pro Altersklasse hatte man einen Tisch gebildet und für die Betreuer einen jeweils extra daneben.

Es begann, wie bei allen Feiern mit langweiligen Reden. Erst sprach der Vorsitzende des ausrichtenden Sportvereins, dann der Vorsitzende des Badmintonverbandes und auch noch der Bürgermeister und dann begann endlich die Siegerehrung: Sieger der neuen Klasse U12 Leon Fritz vor … und , David kam es unendlich lang vor, im Mixed U12 siegten David Reersmannn TSG Stendal 08 und Vanessa Trochowski 1. Badmintonverein Hamburg vor Leon Fritz und Anja Lueders. 3. wurden Nick Schmiedel und

Annalena Holders.

David bemühte sich so cool es ging zur Bühne zu schlendern, und Vanessa folgte ihm mit einem Schritt Abstand. Papa Reersmannn und Mama Trochowski spurteten mit ihren Kameras hinterher, vollkommen überrascht, dass nun die Siegerehrung ihrer Kinder dran war.

David ging an den zweit- und dritt-platzierten vorbei und klatschte sie ab; Vanessa gab allen brav die Flossen. Ruck Zuck sprang David auf das Podest mit der 1. Vanessa klopfte an Davids Knie, hielt die Hand hin und ließ sich hochziehen. Der Bürgermeister hängte erst Vanessa und dann David die Goldmedaille mit einem Bild des Freiwellenbades Damp um. Beide Kinder standen wie starr und mit geschwellter Brust und schauten über die anderen dekorierten Tische hinweg. Irgendein Zeitungsfotograf dirigierte die 6 Platzierten zusammen, damit sie besser auf ein Foto gingen. David tuschelte: „Gibt's denn keine Nationalhymne?“ Vanessa lachte und zeigte David einen Vogel: „War das etwa die Olympiade oder was?“

„Schade“, flüsterte David.

Es ging noch einige Zeit mit den Siegerehrungen weiter ehe der Bürgermeister sagte: „Meine Damen und Herren, liebe Sportler, wir müssen nun leider für eine kurze Zeit das Zeremoniell unterbrechen. Der Küchenchef hat mir signalisiert, dass das Büffet bereit steht. Bitte greifen sie zu. Bitte mit der Tischreihe dort hinten beginnen und dann reihum. Mit den Ehrungen geht es um 20:15 Uhr weiter.“

*

LUKGAZ Meeting

Regelmäßig tagte diese mächtige Managerriege um große strategische Entscheidungen zu treffen. Die Treffen fanden immer an ganz exquisiten Orten des alten Russlands statt.

Das diesjährige Frühlingstreffen war an der Krim. Es oblag nun Sergey Barischnikow aus dem Stab des Verwaltungschefs Juri Gobartschow das Treffen zu organisieren. Es war eine riesige Geste der Wertschätzung, aber auch sehr gefährlich, denn das Drumherum war fast wichtiger als die Tagesordnung. Er als Organisator konnte eigentlich nur was falsch machen, denn die Eigenarten der Fürsten und deren Gemahlinnen bzw. Gespielinnen musste unbedingt berücksichtigt werden.

Barischnikow hatte sich das Thema Las Vegas ausgedacht, so gab es am Vorabend schon eine gigantische amerikanische Show aber mit reichlichen russischen Getränken.

Die Sitzung begann am späten Vormittag. Um sich keine Blöße zu geben, erschienen die „Fürsten“ mit Sonnenbrille, damit keiner sehen konnte wie hart der Vorabend war.

Das Pokern mit der Sondervariante russisches Roulett hatte bis zum frühen Morgen gedauert.

Der Clou dieser Pokerversion war der, dass anstatt am Ende „all inn“ sagen zu können, musste der ausscheidende Spieler russisches Roulett spielen und zwar so, dass er auf das Bild seiner Yacht zielte, kam keine Kugel heraus, erhielt er 10% von den anderen Teilnehmern. Löste sich aber der Schuss, durfte der Verlierer seine Yacht, einschließlich des Helikopters dem Popen für ein Jahr zur Verfügung stellen; der arme Pope hatte letzte Woche bei einem Anschlag seinen Helikopter verloren.

Beim dritten Roulett traf es Juri Gobartschow, der vor Wut schäumte, als er das Bild seiner Yacht durchschoß.

In der Weltpresse wurde Tags darauf diese edle Spende mit positiver Resonanz gewürdigt.

*

Jelzin eröffnete das Treffen und erkundigte sich, ob der Abend gelungen war. Alle bis auf Gorbatschow grinsten. Jelzin dankte Sergey Barischnikow und übergab diesem dann das Wort.

Sergey hatte clever auf die Situation reagiert und zog den Punkt 4 der Tagesordnung vor.

Ein riesiges Erdgasvorkommen wurde in der Republik Tschad vermutet, es verspricht gute bis sehr gute Zukunftsaussichten. Eine endgültige Beurteilung, aber konnte noch nicht vorgenommen werden. Es mussten also noch ein paar Explorationen und Untersuchungen durchgeführt und finanziert werden.

Gorbatschow funkte dazwischen, „ich denke das hört sich sehr unreif an, wir vertagen das am besten mal bis mindestens nächstes Jahr.“

Er schaute in die Runde und alle 5 hielte ihre Da-Karte in die Höhe.

Wie gewollt hatte Sergey nun Zeit für die anderen Punkte gewonnen und Gorbatschow hatte sich ein bisschen abreagiert, nun noch etwas Erfreuliches hinterher dachte er.

Nächster Punkt: das Unternehmen Wave Gen aus Schottland gewinnt Energie aus der Kraft der Meereswellen. Der Sog der entsteht, wenn die Wellen in eine Kammer fließen, treibt Turbinen an, auch der abfallende Sog sorgt dafür, dass die Turbinen in die gleiche Richtung gedreht werden.

Lizenzen für dieses Verfahren kosteten 1,3 Milliarden Weltdollar. Das ganze Unternehmen hat zur Zeit einen Börsenwert von nur 2,1 Mrd. WD die Mehrheit hält die Royal Bank of Scotland. Wir könnten dafür sorgen, dass bei der Bank einige unserer Geschäfte platzen, dann könnten wir zuschlagen. Sergey wollte gerade erklären, welche Geschäfte wie platzen sollten, da erhob sich Evgenie Putin und polterte „lächerliche 2,1 Mrd. dafür lassen wir doch keine Geschäfte bei unseren schottischen Freunden platzen. Ich will weiterhin Malt Whisky in Edinburg kippen.“ Allgemeines Gelächter.

Barischnikow erklärte weiter, dass je weiter weg die Wellen vom Äquator wären, desto intensiver wären sie und umso ertragreicher wäre die Ausbeutung. Im hohen Norden haben wir ja nun Land genug.

5:0 Wave Gen wird gekauft.

Punkt 3 war Indien, ein Prestigeprojekt.

Hier ging es darum den beiden reichsten Männer der Welt Akash Ambani und Abbit Ambani etwas aus ihren großen Portemonnaies zu nehmen.

Für Ural Gas sollte eine gute Analystenbewertung erstellt werden, um dieses Unternehmen der Familie Ambani schmackhaft zu machen, denn es würde gut in das Unternehmen Energy India passen.

Nach einem Kauf durch die Ambanies sollte dann eine Welle von Sabotage Ural Gas erschüttern. Der Plan sah vor das Unternehmen dann bei einem Kursverlust von 30 % günstig wieder zurück zu kaufen, das müsste die Ambanies mindestens 10 Mrd.

WD kosten.

Der Vorschlag war gut, aber es wurde darüber diskutiert, dass nur ein exakter Plan zum Erfolg führen würde, denn Leute, die reich geworden sind lassen sich nicht so leicht ins Boxhorn jagen.

Also die Wirtschaftsweisen von Lukgaz dürfen den Plan ausarbeiten.

Punkt 4: Strategieland Indonesien.

Baryschnikov wiederholte noch mal die Fakten.

Indonesien ist ein hoch alphabetisiertes Land, das sich in kürzester Zeit vom Schwellenland zur Industrienation entwickelt hatte - mit innovativer Technik und reichen Resourcen.

Wir haben den Fuß in der Regierungstür, da wir erfolgreich dort Kernkraftwerke gebaut haben bzw. bauen.

Nächstes Ziel soll die Energiegewinnung aus den dort vorkommenden, zahlreichen Vulkanen sein.

Die Geologiegruppe hat der Forschungsgruppe grünes Licht für ein geheimes Forschungsprojekt auf der Insel Anak-Krakatau gegeben. Daneben sollte noch die Infrastruktur zur Unterstützung unserer dortigen Aktivitäten erweitert werden.

Tarak Alekperov übernahm das Wort: „Trotz der wunderbaren Wortwahl fehlen mir nun aber doch einige Details! Was soll geforscht werden? Doch nicht etwa Energie aus der Lava zu gewinnen? Gibt es da nicht die Geothermik?“

Baryschnikow wollte antworten, da fiel ihm Vladimir Miller ins Wort, denn es war sein Lieblingsthema:

„Tarak, weisst du“ begann er „Die Energie der Lava ist wahnsinnig hoch. Geothermik nutzt nur die erwärmte Luft, wir wollen versuchen höhere Temperaturen, evtl. sogar die Lava selbst, direkt nutzen zu können.

Setzen wir einige Weltdollar ein; die Chance ist gigantisch, der Standort gut, schicken wir, nach einer gewissen Vorbereitungsphase, erstmal die besten Leute hin.

Professor Dr. Haberkov, deinen Doc Vlatschimov und den besten Mann von General Ivan Irrkutsch den Major Gadysch."

Gesagt getan 5:0 dafür

*

Damp nach dem Essen

Das Essen schmeckte gut. David langte ordentlich zu und auch Vanessa schmeckte es. Die Siegerehrungen wurden fortgeführt und beendet. Nun, bitte noch mal alle Medaillengewinner nach vorne. Der Vertreter der Bundesregierung Herr Dr. Schneider-Hohenstein wird noch eine kurze Überraschung präsentieren.

„Meine Damen und Herren, liebe Badmintonspieler. Ich freue mich, dass ich in diesem großartigen Turnier einige tolle und spannende Spiele sehen durfte und gratuliere den Siegern und Besiegten für ihre hervorragenden Leistungen. Eine tolle Organisation und eine ausgezeichnete Atomsphäre ließen diese Veranstaltung zu einem tollen Event werde. An dieser Stelle, stellvertretend für alle, nochmals allen Organisatoren und Helfern herzlichen Dank. Wie mir der ausrichtende Verein Tuspo Damp, der Sportausschuss der Stadt Damp und der Norddeutsche Badminton Verband schon signalisiert haben, wird es sicher eine Fortsetzung des Turniers geben.

Nun zu der von verschiedenen Seiten versprochenen Überraschung.

Der Badmintonsport hat in Asien einen extrem hohen Stellenwert in der Gesellschaft. Viele Weltmeister und Olympiasieger und –siegerinnen kommen aus Indonesien. Indonesien ist mit seinen 253 Millionen Menschen das größte muslimische Land der Erde und hat in den letzten Jahren eine rasche wirtschaftliche Entwicklung durchschritten. Der Handel Deutschlands mit Indonesien wächst im 2stelligen Bereich und soll auch weiterhin ausgebaut werden. Die Beziehung Deutschlands und Indonesiens soll auch auf kultureller und sportlicher Ebene weiter wachsen; dies wurde in bilateralen Abkommen manifestiert.

Ich halte hier 2 Dokumente in der Hand."

Stolz streckte Dr. Schneider-Hohenstein die Dokumente in die Höhe.

„Hier ist die Einladung des indonesischen Badmintonverbandes für je 2 Teilnehmer jeder Altersklasse an den Indonesian Open oder Offiziell an den Indonesia Challenge International Badminton Championships in Jakarta vom 10. bis 17.7.2016. teilzunehmen!

Hier ist der Bewilligungsbeschluss des auswärtigen Amtes in beträchtlicher Höhe. Dies ermöglicht, dass für alle gleich gelosten Teilnehmer und für 13 Funktionäre, sämtliche Kosten übernommen werden. Unter anderem Teilnahmegebühren, Eintritte für die Finals der Profis, Kost und Logis und ein umfangreiches Besichtigungs-, Ausflugs- und Erholungsprogramm, ect. Pp – Die Details erfahren die Glücklichen im Anschluss.

So nun wünsche ich allen Siegern: Viel Glück bei der Auslosung und allen anderen viel Spaß für den restlichen Abend. Ich übergebe wieder an Hein Heinsson."

Es wurde geklatscht und getuschelt.

David und Vanessa ließ diese Auslosung ziemlich kalt. Sie machten sich keine weiteren Gedanken über das Vorgetragene, denn sie unterhielten sich gerade über den neuesten Superspielfilm Fluch der Karibik 9, der gerade in allen Kinos lief.

Eine große Trommel mit 4 Kugeln stand auf dem Tisch neben dem Siegerpodest. Es lagen noch weitere 20 Kugeln bereit.

Hein Heinsson begann: „Die großzügige Einladung Indonesiens und der Bundesregierung, hier nochmals herzlichen Dank, ermöglicht es uns mit 33 Personen auf die Reisen zu gehen. Der norddeutsche Badminton Verband hat beschlossen, dass neben dem Präsidenten Alfred Strunk und seiner Gattin, der Schülerwart Pitt Wilde, die Jugendwartin Elke Dankwart, der Sportwart Dirk

Petersen noch je 2 Sportler jeder Altersstufe von der U12 bis zu den Senioren – das sind 20 Sportler – noch 8 Funktionäre als Schiedsrichter mitreisen dürfen. Details der Reise werden in einem Handout beschrieben, das den glücklichen Gewinnern anschließend ausgehändigt wird.

Im Topf 1 sind 4 Kugeln auf denen steht entweder auf Los 1 Einzel, d.h. der Männer-/Jungen- und die Frauen-/Mädchensiegerin dürfen reisen,

oder auf Los 2 Mixed

oder auf Los 3 Herren-/Jungendoppel

oder auf Los 4 Damen-/Mädchendoppel,

dann darf das jeweilige Siegerdoppel reisen.

Als Glücksfee fungiert unsere Elke Dankwart. Erste Klasse M/W U12 .“

David und Vanessa schauten nun doch auch gebannt zur Lostrommel. Wer in ihrer Klasse würde wohl ausgelost werden?

Elke drehte die Trommel, öffnete die Tür, steckte ihre Hand hinein und schon hatte sie eine Kugel darin ohne, dass sie zugegriffen hatte. Elke wunderte sich ‚vielleicht war das eine statische Aufladung’, dachte sie. Sie öffnete die Kugel. „Mixed“ rief sie und schaute auf die Liste und sagte weiter: „Das sind Vanessa Trochowski und David Reersmannn.“ „Jubadubadu“ schrie David und umarmte Vanessa. Nach reichlichem Händelschütteln bekamen die beiden eine dicke Mappe in die Hand gedrückt.

David stürmte zu Papa und schrie: „Hauptgewinn, geil oder?“ Papa wusste gar nicht, was er sagen sollte. Er klatschte David erstmal ab und lächelte verlegen, nahm David die dicke Beschreibung ab und blätterte darin.

Vanessa ging mit schreitendem Schritt zu Mama und gab ihr

den Prospekt mit stolz geschwellter Brust. „Knorke oder?“ Und Mama nickte mehrere Male mit dem Kopf.

Das Procedere ging weiter: über M/W U14 bis hin zu Senioren M/W 50. Nun waren die Schiedsrichter an der Reihe. Heinsson meldete sich erneut zu Wort und betonte nochmals wie wichtig doch ehrenamtlich Helfer waren und dass mit dieser Einladung endlich auch mal dem Verband ermöglicht wurde eine schöne Belohnung an einige Helfer zu verteilen. Er erklärte noch, dass als Vorbereitung noch der Lehrgang WBF (World Badminton Federation) -Judge erforderlich sei und dass ein Erwerb dieser Lizenz am 08. bis 10.5. in Bad Segeberg möglich sei.

Die 20 Lose der Schiedsrichter wurden in die Trommel geworfen und die Ziehung begann. Bernhard hat in der Zwischenzeit am Tisch erzählt, dass seine Firma auch mal ein Projekt in Indonesien hatte in einer Stadt Namens Kunta Kinta Balu auf der Insel Borneo und das sein Zimmerkollege Erno dahin reisen durfte.

Dann verstummten die Gespräche am Funktionärstisch.

Elke öffnete wieder die Lostrommel, griff hinein und wieder hatte sie ohne etwas getan zu haben eine Loskugel in der Hand. Vor Schreck ließ sie die Kugel fallen, sie sprang auf und auf dem Zettel stand: Bernhard Nienk. „Oh Sorry, Herr Nienk, die Ziehung war so nicht okay ich verschliesse die Kugel wieder und mische neu, vielleicht sind sie doch auch dabei.“ Bernhard erzählte unterdessen und hatte nichts mit bekommen. Elke drehte die Lostrommel erneut, öffnete wieder die Klappe griff rein und wollte die Kugel hinten links nehmen und schon hatte sie eine andere Kugel in der Hand. ‚Egal’, dachte sie nun. Sie zog die Kugel heraus, drehte sie auseinander und las vor: „Bernhard Nienk.“ Einige Beobachter lachten.

Bernhard schlenderte etwas verlegen zur Bühne und lies sich

seinen Gewinn übergeben. „Bernhard“ fragte Elke „war da etwa Zauberei im Spiel?“ „Wie, was, wo, worum geht es?“ „Schon gut so einen Trick kann man bestimmt nicht kaufen, sonst wäre Lotto bestimmt schon pleite.“ Es wurden noch weitere 7 Schiedsrichter gezogen ohne dass irgendetwas Besonderes geschah.

„Und meine Damen und Herren – nochmals Danke an die Regierung Indonesiens, Danke an die Bundesregierung, Applaus für die glücklichen Gewinner der Reise und viel Spass für den restlichen Abend . Die Hot Dampies machen noch bis 24 Uhr Musik und alle sind recht herzlich eingeladen das Tanzbein zu schwingen.

Bernhard unterhielt sich mit Ferdinand Assmann, den er schon seit ewigen Zeiten kannte, über die Reise. Mords Programm lassen wir uns mal überraschen, ob dass alles so klappt – war das Fazit der Beiden

Am Tisch angelangt, zog Bernhard sofort sein Handy und rief seine Claudia an.

„Hallo du glaubst gar nicht was hier passiert ist.“ Bernhard überschlug sich fast beim Reden. „Ich habe eine Reise gewonnen: 2 Wochen Indonesien, aber nur für eine Person. Wir besuchen die Indonesian Open und ich soll dabei sogar pfeifen, ein Paar Ausflüge gibt’s noch oben drauf. Das Ganze ist von der Regierung gemanaged, kostet uns keinen Pfennig und es gibt 2 Wochen Sonderurlaub!“

Claudia kam bisher gar nicht zu Wort. „Warte erstmal ab, was deine Firma dazu sagt“ – kaum ausgesprochen schon bereute sie ihren Satz. „Gratuliere Schatzi, schade, dass ich nicht mit kann. Wie war denn die Feier?“

„Oh das Bankett war super, ein paar Reden und nun noch ein bisschen Musik. Ich komme Morgen nach dem Frühstück, schlaf schön Mäuslein, wir schauen uns das Alles mal in Ruhe zu Hause an.“

Bernhard genoss das Frühstücksbuffet in aller Ruhe und düste dann Heim zu seiner Claudia.

Er hatte gesagt er wolle um 11:15 Uhr zu Hause sein und seine Vorhersagen waren legendär, denn er beobachtete seine Fahrten genau und rechnete gerne die Fahrzeiten aus.

Claudia stand also ab 11:10 Uhr am Wohnzimmerfenster und wartete auf ihren Bernieschatz; da bog Bernhard auch schon um die Ecke.

Es gab den obligatorischen Kaffee nach einer stürmischen Begrüßung.

*

Indonesien

Die großen 4 hatten sich ja energietechnisch fast die ganze Welt aufgeteilt, aber ein großes, potentiell wichtiges Land wurde noch von allen hart umkämpft: Die Inselwelt von Indonesien.

Indonesien war mit 1,9 Mio. qkm und einer Bevölkerung von 253 Millionen das viertgrößte Land der Welt.

Das Land hatte sich von einem Entwicklungsstaat über den Schwellenlandstatus als sogenannter Tigerstaat mit einem großen Wirtschaftswachstum in relativ schneller Zeit in eine Industrienation gewandelt. Die Bevölkerung war fast komplett alphabetisiert, so dass das Land auch für Technologie vorbereit war.

Rohstoffe wie Gold und Kupfer konnten abgebaut werden.

Indonesien war schon lange Mitglied in der OPEC und hatte in jüngster Zeit noch ein paar weitere Ölfördergebiete erschlossen. Durch seine Lage am Feuergürtel der Erde gab es sehr viele Vulkane und Indonesien hatte schon vor mehr als 30 Jahren damit begonnen die Wärme der Lava dieser Vulkane in Geothermik-Kraftwerken in Energie umzusetzen.

Ursprünglich war das Land Kolonie der Holländer ehe durch den 2.ten Weltkrieg Japaner ins Land kamen und Indonesien besetzten. Nach der Kapitulation Japans erklärte man die Unabhängigkeit, bald orientierte man sich am Kommunismus und bekam chinesische und russische Unterstützung, ohne sich aber fest an diese Länder zu binden. Die hauptsächlich moslemische Bevölkerung gehörte zu einer der liberalen Strömung des Islams. Auch der westliche Tourismus hatte seine Spuren im Lande hinterlassen.

Man aß Reis zu jeder Tages und Nachtzeit, spielte die Golkar und verausgabte sich körperlich beim Badminton und hatte Batik und Edelholzmöbel im Hause.

Neben den Moslems gab es außerdem Buddhisten, Hinduisten, Christen. Sie bildeten eine kulturell stark differente Gesellschaft.

Weise vorausschauende Kräfte des Landes hatten die 5 Grundfundamente in der Verfassung, der Pancasila zementiert, die die kulturelle Vielfalt zusammenhielt:

Der All-Eingott

Humanismus

Nationale Einheit

Demokratie

Soziale Gerechtigkeit.

Man kann darüber diskutieren, wie man will, das Land war

immer noch zusammen und ethnische Konflikte waren nicht ausgeufert.

Nach jahrelanger Diktatur mit Verankerung zur Blockfreiheit folgte der Schritt von theoretischer zu echter Demokratie. Fazit Indonesien war ein Land in dem alle 4 Konzerne ihrer Fühler ausstrecken konnten und wollten.

*

Die Gewinner sind wieder zu Hause

Bei Trochowskis dauerte alles etwas länger. Erstmal wurde Papa das ganze Turnier erklärt, ehe Mama die Broschüre auspackte. Es wurde geblättert und gelesen. „Hm – Indonesien", Papa begann damit ein Buch aus dem Schrank zu holen und dann sammelte er alle Informationen, die es über Indonesien gab.

„Scheint ein interessantes Land zu sein und ist gar kein Entwicklungsland mehr" sagte Papa. „Ja", sagte auch dann Mama „und die Reise ist ja in den Ferien. Warum also nicht ?"

„Na gut", stimmte auch der Papa ein.

Ein „Jabadappadu" schmetterte durch das Haus. Man wußte gar nicht, dass Vanessa so laut schreien konnte.

„Aber", sagte Papa „da sind noch 2 Wochenendlehrgänge. Du musst uns versprechen, dass die Schule nicht darunter leidet."

„Na klar", sagte Vanessa und hob 3 Finger und strahlte über beide Wangen. Nun wurden die Großeltern angerufen.

*

Bei David

Bei Reersmannn war alles kein Thema.

Schnell wurden die Infos ausgetauscht.

Eine große Sportreise gesponsort von der Regierung, was wollte man mehr.

Mutter Reersmannn hatte einige Bedenken: „Unser David ist doch erst 11, kann er denn dann solange alleine in die Ferne fahren.“

„Ach weißt du Dagmar, ich war auch schon mit 10 Jahren in einer Kinderfreizeit und dort sind viele Betreuer dabei und die Regierung beider Länder wird alles probieren, falls mal was passieren sollte.“

„Was soll denn da passieren?“

„Nichts, nichts!“ beschwichtigte Peer.

„Na gut“, sagte Mutter Dagmar. David jubelte.

„Aber“, nutzte Mutter die Gelegenheit, „die Schule darf unter den Vorbereitungen nicht leiden, sonst war das die erste und letzte Fahrt! Hast du mich verstanden?“ Sie schaute David tief in die Augen – David antwortete: „Kein Problem“ und hob 3 Finger.

Julian sollte auch eine schöne Reise bekommen. Alle waren zufrieden.

*

Bei Bernhard

Bernhard schnappte sich die Broschüre und begann zu lesen. Alle 5 Minuten erklärte er Claudia, was er gelesen hatte. Claudia streichelte seinen Arm, aber Bernhard bemerkte es nach einiger Zeit nicht mehr, so vertieft las er in der Broschüre,

Normalerweise war das der Beginn für einen anschließenden Besuch in einem der Nebenräume. Claudia hakte das Thema mit einem gedachten: ‚Na dann heute nicht', ab.

Bernhard begann von neuem die Broschüre zu lesen.

Claudia wollte ihren Fehler vom Vortag wieder gut machen und lobte das Programm, wo es nur ging. „Kann man denn, wenn man selbst bezahlt, auch so privat mitfahren?", fragte sie dann doch. Bernhard schaute sie traurig an und las ihr Seite 17 vor. Da während des Turniers alle Hotels für Jahre im Voraus in und um Jakarta ausgebucht sind, gibt es keine Möglichkeit Begleitpersonen mitzunehmen.

„Claudia in der ersten Woche dreht sich auch alles ums Badminton. Wir denken uns mal etwas für dich als Ersatz aus. Du bekommst auf alle Fälle mein Schiedsrichtergeld. Ich hab's schon gelesen 25 Dollar" „Nun damit komme ich aber nicht sehr weit"

„Moment, Moment, Moment", Bernhard hob die Hand und schüttelte den Kopf „25 Dollar pro Satz oder Stunde – mindestens aber 75 Dollar pro Spiel. Das sind bei 6 Spielen mindestens 450 $, das ist doch ein Anfang – oder?"

Dass laut Prophezeiung auch noch eine gewisse Belohnung dazu kommen soll, verschwieg er im Moment lieber. Bernhard begann mit einer Checkliste:

Freistellung, Visum, Schirilehrgang für internationale Spiele, Reiseführer Indonesien, Sprachführer, ect. Pp

Obwohl noch 14 Wochen Zeit bis zur Reise waren, reichte er den Freistellungsantrag bei seiner Firma sofort am nächsten Arbeitstag ein. Er rechnete mit einem schweren, unschönen Gespräch mit seinem Chef und der Personalabteilung. Gerüchteweise stelle sich seine Firma bei Freistellungen unmöglich an, besonders wenn es um „privates" ging.

Schon nach 3 Tagen erhielt Bernhard eine Mail.

Sehr geehrter Herr Nienk, hiermit genehmigen wir Ihre Freistellung und wünschen Ihnen gutes Gelingen.

Die Originalformulare gehen Ihnen in den nächsten Tagen schriftlich zu (copy an alle Chefs)

Bernhard war Baff-

Die größte Hürde war genommen.

*

Familie

In Indonesien waren Familientreffen große Mode. Es gab Personen, deren größtes Hobby war es solche Treffen für ihre Familie zu organisieren. Sie durchsuchten die Meldelisten der Ämter und schrieben die Familienangehörigen an und schalteten Annoncen in Zeitungen.

Kong Dan Kimsu bekam so ein Schreiben und Kemal Dan Kimsu erhielt auch ein solches.

Beide reisten zur Bürgerhalle von Djarkata-Meiling. Dort waren einige Hallen reserviert worden. Man suchte nach einem Schild mit den Namen seiner Region oder des Geburtsortes und trat dann in die entsprechende Halle ein.

Kemal und Kong kannten ihren Geburtsort nur vom Pass und wussten erst seit ihrem 18.Geburtstag, dass sie Dan Kimsu hießen. Im Raum für die Region Bandar Arche Ost schlenderte Kemal die Reihen entlang und entdeckte Kong. Er sah genauso aus wie er; nur die Kleidung sah chinesisch aus und seine arabisch.

Shao und Mio Dan Kimsu bekamen eineiige Zwillinge. Sie waren eine tolle Familie. Shao hatte chinesische Vorfahren und Mios Opa war zum Islam übergetreten. So war es kein Wunder, dass Kong nach dem tragischen Tod von Shao und Mio in die Familie von Mar Che Peng kam. Mar war Leiter der Kommunistischen Partei Sektion Ostjava.

Kemal durfte im Westen Javas beim Kaufmann Hadschi Omar Algomar aufwachsen.

Kemal und Kong hatten schnell vergessen, dass sie noch einen anderen Bruder hatten und dass sie andere Eltern gehabt hatten.

Nach dem 18. Geburtstag wurde beiden ihre Geschichte das erste Mal erzählt. Unabhängig von einander forschten beide nach, um den Bruder zu finden. Ein Brand im Rathaus ihres Geburtsortes führte dazu, dass keine genaue Adresse beider Gastfamilien bekannt war. Der Rathaus-Schreiber hatte die Nachricht Kongs an den Bruder unter Kumsa abgelegt und der neue Schreiber Kemals unter Kimsu. All Nachfragen, ob eine Nachricht hinterlassen wurde, bzw. abgeholt wurde, verliefen deshalb im Sande.

Nun war klar, warum man sich nicht eher gefunden hatte.

Die beiden erzählten und erzählten. Kemal war 6 Jahre verheiratet und hatte 2 Jungs und 1 Mädchen. Kong war ebenfalls 3mal Vater von 2 Mädchen und einem Jungen und war seit 4 Jahren verheiratet. Der älteste Sohn von Kong hieß Kemal und der älteste von Kemal hieß Kong.

Nun sprach man über den Job. Das war für beide ein heikles Thema.

Kemal erzählte, dass er im Import/Export-Geschäft tätig wäre. Kong fiel im ins Wort und erklärte, dass er auch in dieser Branche tätig sei.

Auf die Frage, was denn Kemal für Waren an- und verkaufen würde, antwortete Kemal: „Na alles, was die Araber brauchen und haben wollen, inklusive aller illegalen Aufgaben.“ – Au Scheiße, er hatte sich verquasselt, wie konnte ihn das passieren?

Er hatte kaum Zeit zum Überlegen und schon hatte Kong ihn gegen den Fuß getreten und flüsterte: „Ich bin auch Agent, aber für die Chinesen.“

Die beiden schauten sich an und schauten sich um. Hoffentlich hatte keiner was gehört, aber rund um sie herum war es entweder schon leer, oder die Leute waren intensiv in Gespräche verwickelt. Die beiden verließen die Halle.

„Dahinten ist die Li Mei Su-Schänke“ zeigte Kemal die Richtung.

Sie suchten sich einen Tisch aus, der abgelegen war, denn es sollte keiner ihren Gesprächen lauschen können.

Kemal schlug vor, dass am Anfang jeder abwechselnd was erzählen sollte. Zuerst stieß man auf die wieder gewonnene Bruderschaft an und spekulierte wie die Eltern wohl gewesen wären. Kemal konnte mehr von der Mutter und Kong mehr vom Vater dazusteuern. Sie erzählten und erzählten bis doch das heikle Thema Agententum wieder dran kam.

Kemal war über seinen Onkel Spion geworden. Normaler Weise verrichtete er nur kleine Geschäfte, mal war ein Wissenschaftler zu schützen und zu tarnen, aber manchmal kam ein Superagent aus Peking und dann wurden die Aufgaben heikler. Der Onkel und er wurden seit 2 Jahren in die Pläne eingeweiht (aber auch nur teilweise) und allen anderen Mitarbeiter bekamen nur Teilaufgaben zugewiesen.

Kongs Kaufmann war genauso eingebunden, allerdings gesteuert von den Arabern. Der letzte Besuch kam direkt aus der Zentrale und Onkel Hadschi und er sollten viel Land aufkaufen als Vorbereitung und Basis für anstehende Projekte.

Kemal schaute Kong wieder mit großen Augen an, wie sehr sich doch die Aufgaben glichen.

„Ich soll auch einige Landaufkäufe durchführen.“

Kemal sollte Land an der Nordwestküste von Sumatra kaufen, für eine bessere Versorgung durch Schiffe aus Aden oder Katar; weiter sollte er in der Nähe von Geothermika Indonesia Kraftwerks Kamojang in Westjava die Staatsparzellen 94 – 108 kaufen und auf der Vulkaninsel Anak-Krakatau ein Grundstück für Forschung, das auch als Bootsanlegestelle dienen sollte.

Kong hatte ein Stück Land im Nordosten zu ordern, das als Hafen und Waffenlager vorgesehen war. Auch China wollte an Indonesiens ausgefeilter Geothermik partizipieren. Die Recherchen hatten ergeben, dass die Parzellen 94-108 und 111 bis 117 in der Nähe der Kamojang Kraftwerke erworben werden könnten und dass auf ihnen Geothermik anwendbar wäre. Der Fischerhafen La Ling auf Anak-Krakatau sollte als U-Bootbasis angeschafft werden, und es sollte dort eine Basis für Lavaforschung entstehen.

Beide erklärten, dass die Staatsparzellen auf Priorität 1 standen und dass viel Geld im Spiel war.

Apropos Geld: „Was verdienst denn du? „Grad mal 80000 Yuan und du ?“ „75000 und ein Auto“ „Ja ein Auto habe ich auch!“

Man einigte sich schnell, dass das Gehalt zwar für Indonesier nicht schlecht wäre, aber bei dem Risiko, das sie beide eingehen mussten, viel zu wenig war. Die Superagenten würden mehr als eine halbe Million verdienen und wenn es etwas Kniffliges gab, wie eine Erpressung oder Ermordung, dann mussten das die kleinen erledigen.

So was Ungerechtes.

Der Morgen graute. Wie können wir denn weiter Kontakt halten ohne dass es auffällt? Man verabredete sich zum Hockeyfinale in Djakarta. Beide waren sportbegeistert und kannten sich aus. Block A Reihe 3 oder 4 und dann per Handzeichen sollte man sich auf der Toilette treffen.

*

Norddeutscher Badminton Verband

Der Norddeutsche Badminton Verband hatte einen Brief aus Indonesien erhalten, mit der Bitte doch die endgültige Meldeliste zu mailen. Ausserdem sollten die Kopien der internationalen Schiedsrichterlizenzen ebenfalls bis zum 3.5. in Indonesien eintreffen. Alfred Strunk berief für Montag eine Dringlichkeitssitzung des Vorstandes ein, denn die Lizenzprüfung sollte erst am 10.5. stattfinden. Hein Heinsson der Schiedsrichterobmann wurde angerufen. „Große Katastrophe Hein, die Indonesier wollen die internationalen Lizenzen nun schon 2 Wochen früher als geplant haben, damit sie gewisse Regelungen während des Vorturniers treffen können. Was können wir denn tun?“ sagte Strunk hastig. „Langsam, langsam, bis wann soll denn was vorliegen?“ „Die Meldeliste bis Freitag und die Lizenzen bis nächsten Sonntag.“ „Uih der Lehrgang ist doch erst eine Woche später, am 10.5. zu Ende.“ „Genau das ist ja das Problem!“ „Alfred, dann muss die Prüfung vorverlegt werden.“

„Am 1. Maiwochenende ist unser Leistungsstützpunkt an die Frauen-Gym-Power vergeben, wie jedes Jahr und dann müssten wir auch noch Dr. Sörensen, den scharfen, dänischen Prüfer, umdisponieren.“ „Tja teuer wird das auf alle Fälle.“ „Ja, ja habe ich mir auch schon gedacht; Hauptsache wir kriegen das irgendwie gebacken.“

„Schaun wir mal, ich kann am 3. auf alle Fälle und Jonathan Pröll vom deutschen Badminton Verband wollte auch zum Mai-Turnier nach Osterode kommen, das ja nun wegen der Entengrippe erst gestern verschoben werden musste. Ich rufe ihn mal schnell an.“ „Klasse Hein, mach das.“ „Sind dann nicht auch in Osterode Zimmer in den Hotels frei geworden?“ „Sind doch gestern storniert worden – hat uns 35% der echten Preise gekostet.“ „Frag doch da mal nach.“ „Mach ich“ sagt Hein. „Ich kenne den Dr. Sörensen ganz gut, aber ich mag ihn nicht. Ich springe über meinen Schatten und rufe ihn mal an, wie es mit einer Verlegung des Termins aussieht. Können wir ihm Hannover als Wochenendtrip mit Familie anbieten?“ „Ich denke schon.“

„Gut also du rufst Pröll und Sörensen an und ich das Post Hotel in Osterode und auch noch das Hilton in Hannover. Was machen wir denn mit unseren Schiries?“ „Laß doch deine Sekretärin alle mal am Montag anrufen! Vielleicht klappt es. Ciao.“ „Wiederhören, bis morgen.“

Frau Schmitz bekam gleich Montagmorgen die Liste mit den 10 Schiedsrichtern auf den Tisch gelegt und hatte die Ehre nachzufragen, ob die Prüflinge nicht eine Woche vorher nach Osterode kommen könnten. Strunk selbst hatte schon mit dem Hotel Post in Osterode telefoniert. Dort war man noch ein bisschen sauer über das kurzfristige Stornieren. „Was wollen sie 16 Einzelzimmer, sie hatten doch 16 Doppelzimmer und 10 Einzel- storniert?“ „Ja nun brauchen wir aber 16 Einzelzimmer“ „Haben wir nicht mehr frei, kam es harsch zurück, aber 10 Einzel- und 15 Doppelzimmer haben wir noch frei.“ Strunk überlegte, im Prinzip musste er ja jetzt nur noch 2/3 dazu bezahlen, die frei werdenden Zimmer in der Sportschule kosteten ja fast nichts, naja eine kleine Lücke im Etat würde das schon erzeugen. „Hallo, ja wir möchten die Buchung der geplanten 15 Doppel- und 10 Einzelzimmer nun doch.“

„Was“, entfuhr es dem Portier, nun gewann er seine Souveränität zurück. „Tun wir halt so, als hätte es die Stornierung nie gegeben.“

„Sylvia“ rief Strunk nun seine Sekretärin, „haben sie schon begonnen zu telefonieren?“

„Ich kann doch nicht hexen“ antwortete sie leicht gereizt. „Ich muss doch erst die Daten besorgen.“ „Nein, nein, so war das nicht gemeint, ich wollte keinen Druck machen. Ich denke nur, wenn unsere Schiedsrichteraspiranten schon so flexibel sein sollen, könnten wir ihnen doch noch anbieten, dass sie ihre Partner mitbringen könnten.“ „Tolle Idee Chef.“

Frau Schmitz telefonierte und telefonierte und alle, bis auf Christoph Schneider, der aber nicht mit nach Indonesien durfte, konnten verschieben, nachdem sie gehört hatten, dass die Partner mit dürften. Nur Bernhard Nienk musste eine Bedingung stellen. „Wir haben eine Projekteinführung, die ich extra um eine Woche nach vorne verlegt hatte. Kerl, Kerl, ich muss mal mit dem Projektleiter reden, durch das lange Wochenende und dadurch dem Beginn am 1.Mai müssten wir eigentlich am 3. morgens fertig sein, aber telefonische Bereitschaft muss ich auf alle Fälle machen, auch während der Prüfung.“ „Klar ich denke, dass lässt sich regeln“ sagte Frau Schmitz. „Können sie mir bis 17 Uhr antworten?“ „Ich bemühe mich.“ Bernhard konnte kurz darauf hellgrünes Licht geben. Er hatte nur ein kleines Problem: Er hatte keine Zeit mehr zum Üben und den englischen Teil hasste er wie die Pest und dieser Teil war für ihn sauschwer.

Die Vorstandssitzung wurde durch Alfred Strunk eröffnet. Er berichtete von der Situation, und Sylvia Schmitz berichtete vom Ergebnis ihrer Telefonaktion.

„Alle bis auf Schneider können, der ist aber kein Indonesienfahrer. Nienk braucht eine Sondergenehmigung für die Handybenutzung während der Prüfung. Übrigens wollen 7 Probanden ihren Partner mitbringen.“ „Du Hein, was ist denn aus Dr. Sörensen geworden?“ „Oh, wir konnten unserem geliebten Oberprüfer sogar einen Gefallen tun.“ „Nein“, entfuhr es Strunk. „Sörensen darf die Benefiz-Vernissage seines Schwiegervaters absagen, bisher war ihm keine triftige Ausrede eingefallen, aber ein wichtiger Termin, der der Völkerverständigung dient, muss immer Vorrang haben. Dies ist selbstverständlich für alle eine geheime Message, also Sörensen kommt." „Klasse", sagte Strunk „Nun kommen wir zum unangenehmen Teil, den Finanzen, vielleicht gibt uns Schatzmeister Friedel Maus mal einen Zwischenstand."

„Also", begann Maus „die Absage des Mai-Turniers wegen der Enten-Grippe würde uns 2500 WD kosten. Der größte Brocken also Minus 5000 WD durch entgangene Einnahmen aus dem Turnier, hätten wir auch ohne die Verschiebung des Lehrgangs gehabt." Dieses Minus 7500 WD reduziert durch den geplanten Verlust von 500 WD hatten wir ins Sonderbudget 4 bereits aufgenommen.

Durch die Vermietung der Sportschule an Frauen-Power nehmen wir unterm Strich 1500 WD ein, durch den Entfall von Bewirtung und Personalkosten des 2. Maiwochenendes machen wir ein Plus von 1000 WD. Die neuen Hotelkosten sind wieder 6750 WD, wovon ja die 2500 WD abgedeckt sind" Maus hob seinen Zeigefinger „D.H. unter dem Strich Plus 2500 WD – 4250 Wd Mehrausgaben Hotel = MINUS 1750 WD. Ich schlage also vor, das Geld aus unseren Rücklagen zu nehmen und als Sonderbudget 5 genehmigen zu lassen."

„Ui" sagte Elke Dankwart „Haben wir eine andere Wahl?" „Ja klar, in Indonesien um eine Woche Verschiebung bitten oder den Frauenladies absagen." brummte Dr. Druczyk in den Raum. „Leute, Leute", begann Strunk, der ein ausgezeichneter Redner war. „Was haben wir denn für eine Wahl frage ich euch? Können wir den Damen ihren beliebten Lehrgang absagen? So kurzfristig, bisher waren sie uns gut genug um etwas in die Kasse herein zu holen. Eine Diskussion darüber, um dann die Prüfung doch in der Sportschule stattfinden zu lassen, fällt also aus. Oder?" Er schaute in die Runde, die meisten nickten.

„Und nun zu Indonesien, dies ist eine politische Sache: Wir bekommen eine Einladung und über 35000 WD Bundeszuschuß für die Reise. Für Asiaten ist das eine Sache des Gesichtwahrens. Wir werden eingeladen, also macht man das, was der Veranstalter möchte. Ansonsten müsste in Indonesien jemand seinen Hut nehmen, denn das bedeutet eine Umplanung, und da ist jemand für verantwortlich.

Das dürfen wir in der Situation nicht wollen. Also Leute 1750 WD müssten für diese einmalige Sache doch noch zu verschmerzen sein. Bitte stimmt dem Antrag des Sportskollegen Maus zu. Danke." Es war ruhig im Raum, Elke klopfte Applaus auf den Tisch und hob die Hand „Bin dafür." Schnell wurde abgestimmt und mit 13:1 die Budgeterweiterung 5 beschlossen.

*

Jakarta Hockey Finale

6 Wochen später fand das Finale des Hockeyturniers statt. Die beiden Dan Kimsus hatten schwer zu kämpfen um Plätze in der Reihe 3 des A-Blocks zu ergattern. Kemal entdeckte Kong als erstes und zeigte nach links, 2 Minuten später traf man sich auf der Toilette. Kemal reichte Kong unauffällig einen Umschlag mit einem tollen Plan. Man verabredete sich zum Ausscheidungsturnier zu den Indonesian Open im Badminton am Samstag zum Herren Finale Block A Reihe 5.

Kaum war Kong wieder zu Hause, verschlang er förmlich den Brief.

Der Plan war genial, was hatte er für einen cleveren Bruder. Er setzte sofort seine Hebel in Bewegung und machte seine Hausaufgaben.

Wie konnte aber der Regierungsvertreter in Bandung Dr. Machmut Simutru dazu bewegt werden diese Parzellen zu verkaufen und zu dem geplanten Treffen zu kommen?

Auch Kemal sorgte dafür, dass alle Vorbereitungen getroffen wurden.

Bei welchen Freunden hatte man noch etwas gut?

Wer war von diesen Bekannten neutral, und wer stand ad hoc in Jawa Barat sprich in Westjava zur Verfügung?

*

Schiedsrichter-Prüfung

Der Tag der großen Schiedsrichter-Prüfung kam. Im Foyer der Harz-Halle im Hotel Post in Osterode waren die Vorbereitungen abgeschlossen. Bernhard war nervös, er hatte nicht lernen können und schon gar nicht für den verflixten Englisch-Teil und oben drauf auch noch die Bereitschaft. Claudia war begeistert, dass sie mitfahren durfte und freut sich auf das Schwimmbad im Hotel. Zu Hause, beim Packen, hatte Bernhard noch gedacht: ‚wie soll ich das denn nur schaffen', da rutschte das Kasperbuch plötzlich vom Tisch. Und Kasper sorgte auch noch dafür, dass Bernhard dachte ‚Mitnehmen'.

Nun lag das Buch zusammen mit den Regelwerken, die bei der Prüfung, bei bestimmten Fragen benutzt werden durften, auf dem Tisch im Prüfungsraum.

Ein Bogen wurde verteilt und nochmals allen Prüflingen erklärt, dass die Prüfung aus 25 allgemeinen Regelfragen und aus 25 internationalen Fragen bestand, und dass man 26 Punkte zum Bestehen brauchte.

Bernhard begann mit dem allgemeinen Teil, die meisten anderen mit dem internationalen Teil, schließlich hatte man den ja am meisten geübt.

Bernhard wollte bei Frage 3 sein Kreuz bei C machen, aber er konnte den Stift nicht dahin bewegen. Er probierte es erneut – keine Chance, da merkte er, dass ein kleiner Strahl aus dem Kasperbuch kam und den Stift hielt. Er wusste nun warum er C nicht ankreuzen konnte. Kasper half mit. Nun wollte er das Kreuz bei B machen, das ging auch nicht. Er las die Frage noch mal und schlug sich mit der flachen Hand auf die Stirn, klar A war doch richtig. Huch der Stift hatte schon ein halbes Kreuz bei A gemacht. Bernhard beendete das Kreuz. ‚Danke', dachte er ‚immer wenn ein Strich da ist, mache ich das Kreuz fertig?' und Kasper kniff ein Auge zu.

Bernhard fuhr mit der Beantwortung der Fragen fort. Immer wenn er etwas Falsches ausfüllen wollte, half Kasper mit einem halben Kreuz mit. So ging das ein paar Mal, und nun kam der 2. Teil. Er machte mit diesem Teil locker weiter. Bernhard dachte ‚Kasper würde ihm schon helfen', der aber half nur noch einmal und zwar bei der 26. Frage. Bernhard war erstaunt, dass er in diesem Teil so viel wusste, denn Kasper griff gar nicht mehr ein.

Dr. Sörensen und sein Team werteten aus. „Einer hat alle Fragen richtig und einer hat genau die erforderlichen 26 Punkte geschafft. Applaus für die 50 Punkte für" Sörensen machte eine Pause; Bernhard wollte schon aufstehen. „Klaus Kesslor", so ging das weiter bis „Last but not least: Bernhard Nienk mit 100% im Teil 1 und der nötigen einen Antwort im Teil 2, Applaus, Applaus – geschafft ist geschafft." Bernhard grinste ganz breit und dachte ‚Kasper, du bist mir ja eine Hilfe' und schon wackelte sein Kopf, als hätte er eine kleine Backpfeiffe bekommen. ‚Schon gut, schon gut', dachte er. „Schnell auf die Zimmer und die Partner holen, um 19 Uhr wird das Büffet eröffnet", klang es aus dem Raum.

Schnell gings aufs Zimmer. Kaum war Bernhard dort angelangt und hatte seiner Claudia von der erfolgreichen Prüfung erzählt, ging auch schon das Handy. Claudia fletschte die Zähne. „Der Lieferschein lässt sich nicht buchen." „Moment ich muss mich mal im System anmelden." Kurz vor 19 Uhr war das Problem erledigt. Mit einem „Scheiß Arbeit", huschte Bernhard ins Bad. Claudia hätte so gerne noch ein bisschen etwas anderes mit Bernhard gemacht

Nach dem Essen wollte Berhardini den Kartentrick vorführen, den er zu Claudias 50.ten Geburtstag eingeübt hatte. Das Buch auf dem Tisch klappte auf, es brannte und eine Seite löste sich. Dr. Kimatsu und irgendwas in einer fremden Sprache stand darauf .com konnte er noch erkennen. ‚Mitnehmen', kam es ihm in den Sinn. Später führte er den Trick vor. Auf dem Tisch, auf dem er seinen Trick vorführte, lagen auch die internationalen Kampfrichterausweise, die nachdem sie feierlich übergeben worden waren, sofort wieder eingesammelt wurden.

Er nahm sie hoch und das Blatt gesellte sich dazu. Berhardini wollte mit den Ausweisen nur ein bisschen ablenken damit er seinen Trick durchführen konnte, aber da flutschten die Ausweise und Karten aus seiner Hand und segelten im hohen Bogen durch die Luft, machten eine Kurve und landeten fein säuberlich gestapelt wieder auf dem Tisch.

Alle waren begeistert. Die Auflösung seines Tricks, dass nun alle Karten Herz As waren, interessierte kaum noch jemanden.

„Vielen Dank an unseren Berhardini", sagte Strunk und alle applaudierten. „Ich nehme die Ausweise mal schnell an mich und verschicke sie gleich noch nach Indonesien." Strunk nahm den ganzen Stapel inclusive des Zettels aus dem Kasperbuch an sich.

Claudia schaute Bernhard im Zimmer noch mal komisch an. „Sag mal auf meinem Geburtstag flogen die Karten aber nicht so toll durch den Raum." „Du weißt ja, man kann die Tricks immer weiter ausbauen." „Na gut, dann zeig uns das demnächst zu Hause noch mal." Bernhard schaute verlegen im Raum umher, normalerweise schaute sich Claudia einen Trick nur möglichst einmal an, warum wollte sie denn ausgerechnet diesen noch mal sehen, fragte er sich.

*

Vorturniers der Indonesian Open

Das Finale des Qualifikations Vorturniers der Indonesian Open sollte bald losgehen. Kemal saß in Reihe 5 des Blocks A und entdecke Kong, er wollte gerade das Zeichen für den Gang zur Toilette geben, als ein Zettel von der Teilnehmer-Tribüne über ihm in seinen Schoß flog.

Hidayat Taufik, ehemals selbst ein Topspieler, war nun in der Organisation der Indonesian Open. Eine seiner Aufgaben war nun die Ansetzung der Spiele der Teilnehmer und die Besetzung dieser Begegnungen mit den Schiedsrichtern für das Haupt- und die Rahmen-Turniere. Er hatte schon einige Stunden im Büro verbracht und schaute auf den Zeitplan. Jetzt sollten gleich die 8 Finalmatches beginnen. Die Sieger dieser Spiele wären dann für das Hauptturnier qualifiziert. Durch die Klasse der Indonesier war es fast so schwer in ein solches Finale zu kommen, wie beim Hauptturnier das Halbfinale zu erreichen. Er wollte so gerne das Spiel Joseph Adityawarman gegen Eko Sartono Hartanto sehen. Er schnappte sich seinen Laptop und einen Stapel internationale Schiedsrichterlizenzen und dachte ‚In den Pausen kann ich ja ein bisschen etwas arbeiten.'

Er ging auf die Teilnehmertribüne hoch oben, dorthin wo früher die Pressetribüne war, denn da waren noch kleine Tischen, an denen er auch arbeiten konnte. Da bis zum Spiel noch etwas Zeit war, begann er auch mit seinen Aktivitäten. Er öffnete den Laptop, öffnete die Datei Schiedsrichterplanung und wollte die Namen der Schiedsrichter in ein vorgefertigtes Template für den Turnierplan übertragen. Dazu nahm er den Stapel mit den Lizenzen in die Hand.

Ein Blatt schaute ja da aus den Pässen hervor. Er zog es heraus und flups wurde es ihm aus der Hand geschleudert und fiel vor ihm nach unten in den Block A.

*

Im fernen Niedersachsen

In Bernhard Nienks Haus hatten kurz vorher die Fenster gewackelt und ein Strahl war in mehr als Windeseile entwichen. Claudia hat ein Geräusch gehört, als würde ein kurzer, heftiger Sturm über den Ort fegen. So langsam kam ihr das Haus immer unheimlicher vor, sie wusste ja nichts von Kaspers Aktivitäten.

*

Hidayat schüttelte kurz den Kopf und dachte: ‚War sicher ein Schmierzettel von mir'.

Kemal las die Nachricht, die auf dem alten Zettel eingebrannt war: Dr Simatru gehört dem Kinderporno-Ring „Junges Glück“ an.

Siehe www:/.junges.glueck@treffen3-fotos.com

Ist ja irre – nun haben wir den Doktor in der Hand. Schnell das Zeichen gebend, stürmte er zur Toilette.

„Na alle Vorbereitungen getroffen?“ fragte er Kong nachdem er ihm lange die Hand geschüttelt hatte. „Ich habe gerade von der Gästetribüne einen kuriosen Tipp bekommen“ – er zeigte Kong den Zettel. „Nun können wir Dr. Simutru zum Berg Tangkuban Prahu bekommen; der saubere Herr und Mitglied in einem Kinderpornoring. Ich sag es ja immer: Die Welt ist schlecht!“ Kong fiel Kemal ins Wort: „Ich mache einen Termin mit dem Doktore aus und ruf dich dann auf diesem Handy an.“ Er reichte Kemal ein Kartenhandy.

*

Kaspers Kinderhilfe

David und Vanessa bekamen in der Schule auch ab und zu mal eine ungeplante Hilfe von Kasper, damit die Noten mindestens so blieben wie vorher, aber auch nicht mehr. Die Beiden merkten von der Hilfe aber nichts.

*

Planvorbereitung Jakarta

Kong hatte mit Herrn Simatru schon einige geheime Treffen gehabt.

Der Landwirt Yang Su war zuvor als Strohmann zu Dr. Simatru vorgeschickt worden. Er sollte die Parzellen 94 bis 108 als

Weideland für seine Tiere kaufen. Su erhielt die offizielle Nachricht, dass sein Angebot auf die Warteliste käme und der offizielle Preis 750000 Weltdollar wäre.

Basis für die Verhandlungen war das Ming Do, das chinesische Stammrestaurant von Dr. Simatru.

Beim dritten Treffen und den ersten Preisverhandlungen wurde ein Kartenhandy übergeben und 19 Uhr als mögliche Gesprächszeit ausgemacht.

Danach konnte es zur Sache gehen. Der Doktor verlangte utopische Summen für seine Dienste. Man einigte sich, dass ein Email-Verkehr über die Beijing Schule aus Naukan laufen konnte.

Dr Simatru hatte als Bauattaché der Region West-Java einen Etat für kulturelle Bauprojekte in Millionenhöhe und konnte Kleinprojekte bis 25.000 allein entscheiden. Man vereinbarte an die Beijing-Schulzahlen einfach gedanklich drei Nullen anzuhängen.

Bei den Gesprächen ging es immer nur um die Gelder für die Entscheidungshilfen. Dr. Simatru hatte Zeit, aber am 18.7. sollte eine Kommunalwahl stattfinden. Das war eigentlich nur eine formale Sache, denn bisher wurde der Amtsinhaber immer wiedergewählt, wenn er das wollte und sich nichts zu Schulde kommen lassen hatte.

*

Die arabischen Recherchen hatten ergeben, dass Herr Simutru abends um 18 Uhr zum Abendgebet in die Mohammed-Moschee ging und anschließend dann ein Tee im Freundeshaus trank.

Strohmann Abdul Khan hatte ein offizielles Angebot für die Parzellen 94-108 und 111 bis 117 abgegeben und wollte dort seine Tee- und Baumwollplantagen erweitern. Er kam auch auf die Warteliste.

Kemal hatte es mit der Kontaktaufnahme zu Dr. Simatru etwas leichter, denn im Freundeshaus gab es genug Möglichkeiten sich mit Jemandem zu unterhalten. Trotz Allem waren das nur Gespräche in Kurzform und nach einiger Zeit merkte Kemal, dass es mit den Kurzabsprachen alleine nicht ging. Er ließ dem Doktor ein Kartenhandy zukommen, das Verabredungsgemäß vor der Arbeit um 7 Uhr als Kontaktmittel eingesetzt werden konnte.

Man besprach sich.

Dr Simatru konnte Kemal und Kong gegeneinander ausspielen, da die beiden zu diesem Gesprächszeitpunkt noch nichts voneinander wussten.

Der Schriftverkehr mit den Arabern lief über die Gemeinde Sotin, die einen Antrag auf Modernisierung und Ausbau des Propheten-Brunnenplatzes in ihrem Dorfe stellten.

*

Kong rief Doktor Simatru am Sonntag um 19 Uhr an und sagte dem Doktor: „Das Geschäft hat nun zu laufen, sonst wird in der Banddung Post ein unangenehmer Bericht stehen. Baudezernent Dr. Simatru ist Mitglied im Kinderpornoring Junges Glück." Dem Doktor schienen alle Felle davon zu schwimmen.

Kong sagte: „Wir zahlen nur noch 2,5 Mio plus 0,5."

Asiaten steckte das Feilschen absolut im Blut. Dr. Simatru probierte dann trotzdem, den Preis über das Angebot 7 + 1 noch hochzutreiben.

Nach einiger Zeit sagte Kong: „5 + 0,5 ist das letzte Angebot, denn sonst muss das Junge Glück doch noch zum späten Pech eines Baudezernenten führen."

Die Übergabe der Verträge soll am Mittwoch um 18:15 Uhr im Bergrestaurant Panoramablick am Tangkub am Parahu sein. Simatru möchte alleine über Lembang und Ciater fahren und dort die Tangente Nord zur Ying-Gondel nehmen.

Eine Bestätigung soll es am Dienstagmittag in einem Glückskeks geben, den der Koch zum Essen legen würde.

Wie beim Badmintontreffen verabredet, informierte Kong Kemal, damit dieser am Montag-Morgen wieder Kontakt mit dem Doktor aufnehmen könnte.

„Wir sind sicher, dass wir unser geplantes Projekt mit ihnen abwickeln können", begann Kemal sein Gespräch am Montag. „Wir haben erfahren, dass Sie junges Glück mögen und dass dieses junge Glück nicht gerade zu einer Wiederwahl helfen würde." Über den Preis ließe sich nicht mehr reden; es soll bei 3 plus 0,5 Mio bleiben. Simatru war geschockt; jetzt auch noch die Araber, dachte er. Wie komme ich denn da raus? Er wollte auf Zeit spielen. Er verhandelte mit Kemal auch in dieser Situation, als wären die Rahmenbedingungen gar nicht vorhanden.

Nach einiger Zeit, und nachdem Kemal sein Ass noch mal aus dem Ärmel zog, einigte man sich bei 4,5 Mio plus 750 Tausend.

Der Treffpunkt sollte Mittwoch um 18 Uhr am Bergrestaurant Panorama am Tangkuban Parahu sein. Simatru hatte die Route über Lembang zu nutzen, um dann ab Ciater dem neuen Zubringer Süd zur Yang-Gondel zu folgen. Eine Bestätigung würde am Mittwochmorgen durch den Briefträger erfolgen.

*

In der chinesischen Gruppe herrschte große Freude, als die Mail von der Beijing Schule kam: Für den Ausbau des Gartenteichs wären 5 Tausend und 500 für neue Seerosen bewilligt. Ein Priorität 1 Fall konnte in so schneller Zeit gelöst werden. Die Infokanäle qualmten, die 5 Mio für den offiziellen und die 5,5 Mio für den inoffiziellen Preis mussten herbeigeschafft werden.

Onkel Mar beauftragte Kemal einen Detailplan auszuarbeiten, und auch Superagent Dang Tse Ping wies ihn an, sofort einen Detailplan auszuarbeiten. Beide wiesen dann Kemal in seinen Plan ein. Dang beauftragte heimlich den benachbarten Ortsverein ein Beobachtungsteam zusammen zu stellen.

*

Die islamische Gemeinde sandte eine Mail an den Kaufmann Hadschi Omar Algomar, der Platz des Prophetenbrunnens kann für 4500 renoviert werden und auch 750 Weltdollar für Materialien seien bewilligt worden.

Kongs arabische Freunde waren Feuer und Flamme: Das Land sollte sich bald in ihrem Besitz befinden. Das Geld wurde sofort per Kurier auf den Weg geleitet.

Kong durfte auch alles stabsplanmäßig ausarbeiten. Der Hadschi Omar erklärte den Plan dann Kong und dem Superagenten.

Agent Aga Kahn wählte die Nachbargemeinde heimlich für eine unauffällige Eskortierung aus.

*

Heimliche Planvorbereitungen

Kemals und Kongs Frauen durften Koffer für eine kleine Schiffstour packen, aber es sollte eine Überraschung für die Kinder werden.

Die beiden Männer packten ausnahmsweise selber ihre Koffer. Ihre waren größer und voller als die der Frauen, denn alle wichtigen Papiere und ein paar Erinnerungen wurden eingepackt.

Kong änderte die Bestätigungsnachricht der Araber noch mal selber ab. Donnerstag 12:15 Uhr lautete nun der neue Termin, da die Araber einige Bewilligungsprobleme wegen des Wechsels in der Führungsebene hätten.

Dr. Simatru war etwas erleichtert, er hätte sonst nicht gewusst, was er hätte machen sollen.

Gott sei Dank hatte er viel zu tun, um die Papiere termingerecht fertig zu bekommen.

*

General Power Vorbereitungen in Krakatau

Excolonell Pete Borg war ein Technikfreak und hatte mit seinen trickreichen Erfindungen für einige Vorteile der amerikanischen Spione gesorgt. Als eine Art vergoldetes Gnadenbrot war er in warme Gefilde versetzt worden und weilte daher seit 4 Jahren in Indonesien.

Zuerst baute er sich einen Bauernhof in der Hafenstadt Labuhan. Er entwickelte dort künstliche, bewegliche Tiere, die an den Hängen klettern konnten und dazu in der Lage waren bestimmte Messungen vorzunehmen.

Anweisungen aus der Washigtoner Zentrale erreichten ihn immer wieder, und so musste er den schönen Bauernhof bald wieder verlassen und auf die Insel Anak-Krakatau umsiedeln.

*

Nach dem letzten Ausbruch des Anak-Krakataus hatte sich der Erdboden gehoben und alle Krakatauinseln zu einer einzigen ca. 10 mal 10 km großen Insel verbunden. Im Zentrum der Insel waren die Vulkane. Dort, wo die Kaldera des alten Krakataus war, war ein Plateau entstanden, das noch von einem kleinen sichelförmigen, vorwiegend aus Trinkwasser bestehenden See umgeben war. Die Insel war zwar offiziell nicht zur Besiedelung frei gegeben. Da es aber schon vorher einige Hüttchen auf den Inseln gab und sich einige Forscher auf Anak-Krakatau niederlassen durften, dauerte es nicht lange bis eine kleine Hafenstadt am Südrand der Insel entstanden war.

General Power hatte bei der Regierung Indonesiens nachgefragt, ob sie ein Besucherzentrum bauen dürften, dass a) Infos über die Geschichte Krakataus / Anak- Krakataus als auch b) Informationen über den Vulkanismus anbieten sollte.

Nachdem man zusicherte, dass keinerlei Profit gemacht werden sollte und mitteilte, dass der Betreiber die George Washington Stiftung sei, bekam man schnell die Genehmigung.

Bob Solloms Team hatte aber auch ganz andere Pläne für dieses Museumsgebäude ausgearbeitet und Roover selbst wollte die Pläne mit Crütten und Teilen seiner Gruppe als Task-Force auf Krakatau realisieren. Sollom hatte ihm die besten Wissenschaftler der Bereiche Vulkanologie, Geologie und Geothermik zur Seite gestellt.

Colonell Borg durfte nun in eines der Versorgungsgebäude ziehen, die in Windeseile errichtet wurden mit dem Auftrag heimliche, vulkanische Messungen durchzuführen.

Nun kamen seine Ziegen zum Einsatz. Sein Mitarbeiter Yang Li Mas durfte mit seinen Helfern eine Herde von 7 Ziegen am Hang des Anak-Krakataus weiden lassen. Im Schichtdienst wurden die Tiere ferngesteuert, ab und zu durfte dann ein Tier aus der Herde ausbrechen und den Berg erklimmen, um dann mit einigen Messergebnissen wieder in den Stall zurück zu kommen. Colonell Borg musste dafür einige Probleme lösen. Das Tier sollte sich bewegen, als wäre es ein echtes, darüber hinaus musste es hitzebeständig sein und Messungen durchführen können.

Borg hatte einen Rumpf der Ziegen entwickelt, der aus hochtemperaturisolierten Keramikplättchen bestand. Im Inneren des Rumpfes gab es Möglichkeiten die Messgeräte zu verstauen und so gut zu schützen. Aus dem Maul, aus dem Bauch und aus dem After konnten die Messgeräte ins Freie gelangen. Die Tiere waren in der Lage 37 verschiedene Töne zu erzeugen, die per Zufallsgenerator gesteuert werden konnten.

Blieb das Problem des Fells. Einige Tiere gingen bei den Versuchen in Flammen auf. Trotz aller Lösungen blieb das Risiko eines Schwelbrandes bei einem langen Verweilen auf extrem heißen Böden bestehen.

Das Problem wurde über die unterschiedlichen Fellzusammensetzungen gelöst. Waren die Tiere im normalen Gelände unterwegs, so bestand das Fell aus echten Ziegenborsten, war das Tier auf Messerkundungstour wurden die Haare vorher durch Drahtwollkeramik ersetzt.

Borg hatte sich ein kleines Team aufgebaut, das er auch auf die Insel mitnahm.

Neben den anderen Aktivitäten sollten nun die Ziegen am Anak-Krakatau zum Einsatz kommen. Geplant war, dass jeweils eine kleine Ziegenherde einige hundert Meter unter dem Kraterrand weiden sollten und jeweils eine Ziege den Berg hoch wandern sollte, um einige Messergebnisse zu holen.

Auf dem Bauernhof hatte man das schon einige dutzend Male

erfolgreich trainiert; hier nun war es etwas schwieriger. Das Terrain war steiler und die Wege länger. Zwei Hirten blieben bei der Herde und der dritte sollte die Ziege nach oben zum Kraterrand lenken.

Das kleine Team war auch begeistert bei der Sache, doch nach ein paar Wochen wurde alles zur Routine.

Die Forscher waren von den Ergebnissen begeistert und nannten laufend Sonderwünsche, die aber meistens nicht umzusetzen waren, denn das Innere der Ziegen war halt nur ein paar Kubikdezimeter groß.

Solloms Team hatte für das Besucherzentrum das Projekt trojanisches Pferd entwickelt.

Aus dem Vulkan sollte ein kleiner Lavastrom entnommen werden. Durch Zuführung von Meereswasser könnte dann Dampf entstehen, der einen Generator zur Energiegewinnung antreiben sollte. Dieses Prinzip war sehr stark an das der Energiegewinnung eines Geothermik-Werkes angelehnt, nur dass die aufwendigen Bohrungen entfallen konnten und die Temperatur zusätzlich auch noch höher war.

Nach dem Energie-Gewinnungs-Prozess sollte die Lava unter ständiger Bewegung wieder dem Vulkan zugeführt werden. Erkalten durfte die Lava bei diesem Prozess auf gar keinen Fall.

Der Anak-Krakatau-Vulkan bot hierfür die beste Gelegenheit. Obwohl es ein aktiver, junger Vulkan war, hatte sich in einem kleinen Teil ein Lavasee gebildet. Der Lavaspiegel des Sees hielt sich seit einigen Jahren auf einem relativ konstanten Level eingepegelt, so dass sich dies als eine gute Basis für etwaige Entnahmen anbot.

Nun zum Problem: Man hatte keine Erlaubnis zur Forschung, also musste das Projekt getarnt werden. Der Plan sah vor, dass unter dem überdimensionierten Besucherzentrum, das Kraftwerk sowie das Lavaauffangbecken liegen sollten. Den Besuchern wurde ein Laufsteg angeboten, der sie gefahrlos bis an den Rand des Vulkans bringen sollte. Ein Bohrloch mit Fenster und einem tollen Blick in den Lavasee und ein Zugriffsarm mit dem Lava entnommen werden konnte, sollten die Arttraktionen für die Besucher werden.

Damit dies gefahrlos geschehen konnte, hatte man den indonesischen Prüfwissenschaftlern ein Modell inklusive der Berechnungen vorgelegt. Der Laufsteg sollte an einen Turm direkt am Vulkan und am Besucherzentrum aufgelegt werden. Eine Kühlung unter dem Laufsteg war ebenso eingeplant, wie das Schwenken des Turms in Richtung Besucherzentrum bei eventuell auftretenden Gefahren. Tatsächlich war aber eine Stahlwanne unter den Steg zu integrieren und zu kühlen. Ein weiteres Problem beim Transport bestand auch noch darin, die Lava in ständiger Bewegung zu halten, damit nichts fest werden konnte. Durch mit Wannen ausgelegte Rohre sollte die Lava letztendlich unterirdisch dem Vulkan wieder in flüssiger Form zugeführt werden. Der Turm bot einerseits die Möglichkeit die Lava von der Erde bis an den Rand des Lavasees zu transportieren, andererseits konnte vom Turm aus unbemerkt die Lava neu entnommen und unter den Steg geleitet werden.

Das Fenster hatte man sich ausgedacht um die Entnahme und die Rückführung zu tarnen, dazu sollten hitzebeständige Spiegel eingesetzt werden.

Zusätzlich mussten noch einige Last- und Hydraulikprobleme gelöst werden um den Steg und die Lavawannen bewegen zu können.

Die Bauarbeiten gestalteten sich als äußerst schwierig, da einige Geheimhaltungsaktionen den Fortschritt behinderten. Selbstverständlich sollten heimische Bauarbeiter an dem Projekt mitwirken. Diese Bauarbeiter wurden bei den klassischen Arbeiten eingesetzt, und die Spezialarbeiten wurden größtenteils von den

Wissenschaftlern bzw. von Hilfswissenschaftlern, die für Tunnelbauten ausgebildete Fachmänner waren, durchgeführt. Die Kühlbausteine des Steges sollten die Lavawannen beinhalten und die Bodenwannen wurden in die klassischen Abwasserkanäle integriert. Um Spezialkräne benutzen zu dürfen, hat man in den Vertrag geschrieben, dass die Kühlsystemfirma nur dann die Gewährleistung übernehmen würde, wenn sie die Spezialteile auch selber einbauen darf.

In den technischen Teil des Kellers durften die indonesischen Bauarbeiter auch nur selten. Der Polier der Logistik für diesen Raum war ein militärisch ausgebildeter Securityman, der generalstabsmäßig genau dann die notwendigen Versorgungstransporte zuließ, wenn die Tarnung dies ermöglichte.

Die Arbeiten dauerten etwas länger als sonst üblich; man konnte dies aber gut durch technische Probleme begründen und in Indonesien waren Zeitverschiebungen an der Tagesordnung.

Die Museumsarea wuchs an und immer neue Wissenschaftler und Bauarbeiter mussten untergebracht werden.

*

Das LUKGAZ Naturkundehaus

LUKGAZ hatte sein Forschungsprojekt als Naturkundehaus mit je einem Meerwasseraquarium mit Fischen des Indischen Ozeans, der Javasee, der Bandasee und des Süd-Chinesischen Meers getarnt.

Professor Dr. Haberkov, Dr. Vlatschimov und Juri Gadych, der beste Mann von General Ivan Irrkutsch, hatten sich nach vielen Treffen die Tarnung ihres Projektes als Biologie-Objekt ausgedacht.

Der Lukgaz-Plan war zuerst gar nicht hundertprozentig ausgegoren, denn Juri Gadych hatte den Punkt Infrastruktur vehement vorangetrieben. In der Nähe des Aquariums sollte ein kleiner Hafen entstehen mit dem Clou, dass unter dem Aquarium eine unterirdische U-Boot-Anlegestation integriert werden sollte. Getarnt werden sollte das Ganze so, dass zwischen den Aquarien ein Freiraum, der offiziell Versorgungstrakt genannt wurde, gelassen werden sollte. Unter diesem Raum sollte dann die Station gebaut werden. Auch die angrenzenden Wände der Aquarien müssten mit Felsen bestückt werden, unter denen weiterer Freiraum durch Attrappen geschaffen werden konnte. Unglücklicher Weise hatten aber die beiden Doktoren Haberkov und Vlatschimov diesen Raum für ihr Kraftwerk ausgesucht.

Vor 20 Jahren wäre die Entscheidung zu Gunsten der „Militärs“ gefallen, but wind has changed.

Ein Krisenstab wurde einberufen. Es wurde diskutiert und debattiert, bis Jevgenie Jelzin selbst mit einer genialen Idee das Zepter schwang.

Der Aquarienteil würde die geplante U-Boot-Andockstation bekommen. Das Aquarium sollte auf dem unteren Teil des

Geländes, der am weitesten vom Vulkan weg lag, gebaut werden. Das Museumsgebäude würde darüber gebaut und nördlich des Gebäudes wollte man ein riesiges Komodo-Waran- Gehege errichten, unter dem Gelände ließe sich das Kraftwerk mit all seinen Funktionen bauen – die perfekte Tarnung, eine Superlösung, alle waren begeistert. Das Projekt (natürlich ohne die geheimen Teile) konnte der indonesischen Regierung in Rekordzeit verkauft werden. Indonesische Biologen durften die Warane auswählen und auch im Gehege betreuen.

Und dass die Warane näher an die Touristenströme Indonesiens kommen sollten, versprachen ein besseres Geschäft als es auf Komodo möglich war.

Biologisch waren einige Probleme zu lösen, denn Warane brauchen Bäume und Höhlen als Tarnung für die Jungtiere. Warane legen täglich eine Strecke von 2 Km zurück und fressen im Jahr allerdings nur ca 200 Kg Fleisch, meist Lebendmasse. Bei ihrer Jagd verwunden sie die größeren Beutetiere. Durch ihren Biss kommt es beim gejagten Tier meist zu einer Vergiftung oder Wundinfektion und das Tier stirbt bald. Kleine Tiere könne sie im Ganzen verspeisen. Das bedeutete für Lukgaz, dass das Gehege groß sein konnte und dass man auch noch Stallungen für die Futtertiere einplanen konnte.

Die Pläne wurden verfeinert und Dr. Haberkov hatte sich folgendes ausgedacht: Das ganze Gehege sollte von hohen Erdwällen umgeben werden, die vor den Waranen schützen sollten. Auf den Wällen plante man Wege, auf denen die Besucher spazieren gehen und die Warane gefahrlos beobachten könnten. Das ganze Gehege sollte aus Sicherheitsgründen auf einer Betonwanne platziert werden. Die Wanne bekam einen doppelten Boden, in der Ab- und Zu-Leitungen des Aquariums und des Geheges abgewickelt werden sollte. Tatsächlich aber sollte unter den Wällen von Stahl und Beton geschützt Lava hin und her transportiert werden können oder mindestens die Rohre mit den von der Lava erhitzten Dämpfen. Der Wall in Museumsnähe und der Keller des Museums wurden als Wärmekraftwerk geplant. Das Wasser/Meerwasser als verdampftes Medium zur Energiegewinnung war natürlich durch das Meer in ausreichender Menge vorhanden.

Das Problem bestand nun noch darin: Wie kam man nun am besten nah genug an die Lava heran? Den Indonesiern erzählte man, dass umfangreiche Probebohrungen erforderlich wäre, da die geplante stahlbewährte Betonwanne schon ein riesiges Gewicht hätte und die Tragfähigkeit des Bodens ausreichend sein müsste. Man hatte Glück, 200 m nördlich des bisher geplanten Geheges begann der Lavasee. Das Gehege wurde nochmals um die 200 m erweitert mit der Begründung, dass hier das Höhlensystem für die Warane errichtet werden sollte. Grenzwall und Höhlensystem boten damit genug Spielraum für die Energiegewinnungsperipherie.

Die statischen Berechnungen aus den Probebohrungen sollten ergeben, dass der Boden hier nicht so dicht war und das deshalb in diesem Bereich aus Sicherheitsgründen die Wanne noch 30 m tiefer musste. Der Zugriff war so bestens gewährleistet. In Stufe 1 hatte man geplant sich eine Öffnung zum Lavasee zu schaffen und mit einem riesigen Gasauffangsystem den Dampf, der aus der Berieselung des naheliegendsten Teils des Lavasees mit Wasser entstehen sollte, in die Rohre zu leiten, die dann bis zum Kraftwerk unter dem Museum liefen. Dort könnte die Energiegewinnung stattfinden.

In Stufe 2 sollte Lava mit einer höhenflexiblen Entnahme in die geplanten Becken geleitet werden. An einer zentralen Stelle im Wall sollte dann das Wasser dazu gegeben werden und hier der Dampf gewonnen werden, der ebenfalls über das Rohrsystem ins Kraftwerk gelangte.

Ein Abfuhrmechanismus sollte dann die Lava dem Vulkan

wieder zurückführen. Da die Lava recht zähflüssig war und nicht erstarren durfte, sollte der Durchlauf nicht viel Zeit in Anspruch nehmen.

Die Bodentemperatur war in dieser Region zwar schon einige Grade höher als in der Nähe des Aquariums, aber durch den Wall, würde dies kein Besucher bemerken. Eine generalstabsmäßige Planung und Überwachung war so wie so eine russische Spezialität um die sich Juri Gadych persönlich kümmern wollte. Die indonesischen Arbeiter wurden schwerpunktmäßig für die Erd- und Gebäudearbeiten eingesetzt. Der Aquarienbau und das Setzen der Betonwanne wurden von den Lukgaz-Experten übernommen, was ebenfalls durch Gewährleistungs-problem begründet wurde.

Die Bauarbeiten begannen und bald konnten die ersten Versorgungsgebäude bezogen werden. Gadych und die Wissenschaftler waren längst vor Ort.

*

Der Plan der Kimsus beginnt

In Bandur Donnerstag 16:00Uhr

Dr. Simatru verließ sein Büro. Er hatte ausgerechnet, dass er 10 bis 15 Minuten bis nach Hause brauchte; dort musste er 5 Minuten warten bis sein Fahrer weg war. Vor einigen Jahren hatte er sich gewünscht, dass der Fahrer ihm nur für Dienstzwecke zur Verfügung stand. Die Fahrt nach Ciater führte über eine sehr anspruchsvolle Strecke mit einigen Höhenmetern, dass würde wohl eine knappe Stunde bis 1:10 Stunden dauern. Die Gondel brauchte ca. 10 Minuten und fuhr im 10-Minutentakt.

Kongs privater Beobachter am Bauamt meldete: Vogel hat Nest verlassen. Er trägt die Anzugvariante blau mit chinesischer Knopfleiste, das Hemd ist weiß wie immer. Kongs offizieller Beobachter der chinesischen Spionagegruppe meldete an Kong: Koffer ist unterwegs. Kong durfte dies sofort ans chinesische Hauptquartier weitermelden.

Kong hatte seinen ehemaligen Klassenkameraden Yu Wang als Double auserkoren. Yu hatte die ungefähre Größe des Doktors. Die Beobachtungen hatten ergeben, dass Simatru zu fast 100% einen von 3 bestimmten Anzügen bei der Arbeit trug. Diese drei Modelle hatte sich Yu schon besorgt. Er saß in einem kleinen Transporter mit ein paar anderen Freunden von Kong hinter dem Tunnel nach Lembang und konnte sich nun in aller Ruhe umziehen.

16:19 Uhr

Nach der Abfahrt Dr. Simatrus von seiner Wohnung gab es die nächste Meldung an Kong.

Hier erreichte ihn die offizielle Meldung: Der Koffer verlässt den Taubenschlag.

Kong gab diese Meldung ans Hauptquartier weiter und rief dann Yu an; „Vogel - 3“, sagte er, das hieß Simatru war 3 Minuten schneller als geplant.

*

Kemal hatte ebenso seine Koordinationsaufgaben zu erledigen.

Ein offizieller Beobachter der arabischen Spionagegruppe meldete vom Bauamt aus und der 2. vor Simatrus Wohnung. Bei den Arabern war der Tarnname natürlich Falke.

Kemals Vorbereitungen hatten darin bestanden ebenso ein Doubel zu etablieren. Das Doubel Ugur Agdus war auch ca. 1,65m, wie Dr. Simatru, groß, musste allerdings seine Haare ein bisschen schwärzer färben. Ugur kaufte die 3 Kleidungsstücke nach den Infos, die Kemal von Kong erhalten hatte und durfte sich einen Mercedes der V-Klasse holen und zwar einen 230 V genau das Modell des Doktors. Das Nummernschild des Doktoren Fahrzeugs wurde Kopiert und an den Leihwagen angebracht.

Ugur war schon früh unterwegs und stand in der letzten Kurve vor dem Abzweig in Ciater, wo es entweder zur Ying- oder Yang-Gondel ging. Er hatte eine Militärplane über das Auto gelegt, das auch noch hinter einem der spärlichen Büsche stand.

Es gab für beide Gruppen noch 2 weitere Checkpoints von denen wieder die Meldungen kamen, wie weit der Falke, der Koffer oder der Adler war.

Die Kontrollgruppen hatten nicht so viel Ahnung und

verfolgten Dr. Simatru mit gehörigem oder viel zu geringem Abstand. Sie meldeten mit den Handies ihre Beobachtungen.

Die Kontrollposten erkannten die Verfolger und meldeten es an die Hauptquartiere.

Die Agenten a und b pfiffen ihre Kontrolleure zurück und zwar so weit, dass sie Dr. Simatru leider erstmal aus den Augen verloren, es waren halt keine Profis.

17:05 Uhr

Beim Kontrollpunkt 2 konnte dann von den offiziellen Beobachtern gemeldet werden: Koffer bzw. Falke - 4 und keine Nachhut.

Nun wurde es langsam spannend. Das Fahrzeug hatte Lembang passiert. Und der nächste private Kontrollposten meldete Kong: Vogel - 3 keine Schwarmbildung, keine Nachhut, erwartete Ziel in 1:30 Minuten.

(Schwarmbildung bedeutete es fuhr auch einige Minuten vorher kein Fahrzeug voraus)

In dem Fahrzeug von Yu hatten die beiden Mitfahrer, die auch Freunde Kongs waren, ihre Spezialaufgaben als Polizisten verkleidet zu erfüllen. Polizist 1 stand im Schatten am Eingang des Tunnels und wartete darauf, dass Dr. Simatru in den Tunnel einfuhr.

17:11Uhr

Da kam er auch schon daher getuckert. Er guckte schon das hundertste Mal auf die Uhr und seine Hände waren sehr feucht geworden. Er schwitzte auch ein wenig und hatte die Krawatte gelockert.

Der Polizist wartete kurz bis der Mercedes vorbei war und stellte eine Straßensperre auf mit dem Hinweisschild, wegen leichter Sprengarbeiten bis gegen 19 Uhr gesperrt. Es konnte also kein

Fahrzeug mehr kommen.

Er hatte diverse Feuerwerksknaller im Tunnel verteilt und so terminiert, dass von nun an alle ca. 10 Minuten die Knaller hinter der Tunnelkurve losgingen. Damit es auch echt aussah, hatte er noch ein paar kleine Gesteinshaufen entlang der Strecke errichtet. Es sah so aus, als hätte jemand herabfallende Felsen zu „Asche" gemacht.

Der Polizist 2 stellte ebenfalls am anderen Ende des Tunnels eine Straßensperre für beide Richtungen auf. Auf dem anhängenden Schild stand der Sperrgrund.

Da kam das Auto Sumatrus. Sumatru schaute ungläubig, wie konnte denn jetzt der Tunnel gesperrt sein, er war doch ohne Probleme hinein gefahren. Der Polizist hatte noch ein bisschen am Schild gewackelt und das Auto aus dem Augenwinkel beobachtet, um erst kurz vor dessen Anhalten in die andere Richtung zu gehen.

Simatru öffnete die Fahrzeugtür und stieg aus. „Hallo sie da!" „Ja Bitte?", sagte der Polizist drehte sich um und ging auf Simatru zu. „Was haben sie für ein Problem?"

Der Polizist wusste, dass es schnell gehen sollte, aber er wollte auch nicht mit der Tür ins Haus fallen.

Simatru sagte: „Ich habe einen wichtigen Termin an der Gondel, ich muss da unbedingt hin, können sie die Sperrung noch mal kurz wegräumen?" „Mal schauen", sagte der Polizist und nickte beiläufig, „Sie können mal da unten schon den Ständer zusammenschieben." Simatru bückte sich, in dem Moment zog der Polizist ein unmittelbar vorher in Chloroform getunktes Tuch aus seiner Tasche und presste es dem Doktor ins Gesicht. Sekunden später war dieser ohnmächtig. Yu Wang war aus dem Transporter gesprungen und half dem Polizisten den Herrn Simatru in den Kofferraum zu heben, und die Straßensperre weg zu räumen. Nun konnte er losbrausen. Den Rest machte der Polizist.

17:21Uhr

Dieser gab eine Meldung an Kong: Vogel umgenestet. Er knebelte und verschnürte den Doktor zu einem Paket, das ein paar Stunden im Wagen liegen sollte.

Unmittelbar nach Kongs Nachricht erhielt auch Kemal den nächsten Hinweis.

5 km hinter dem Tunnel kam der Abzweig zu den unterschiedlichen Gondeln. Yu fuhr den Nordweg zur Ying-Gondel. Kemals Mann Ugur Agdus knuddelte seine Tarnnetze zusammen, packte sie in den Kofferraum, und schon düste er auf der Südtangente los zur Yang-Gondel.

17:39Uhr

Minuten später, kurz vor den Talstationen der Gondeln kamen die Meldungen der offiziellen Posten. Vogel/Koffer kurz vor der Landung.

Kemal und Kong vermeldeten ihren Hauptquartieren, alles okay, gleich geht es los.

Die beiden waren schon vor ca. 1 Stunde zum Berggasthof hochgefahren und hatten ihren jeweils 2 Begleitern nochmals die tollen Beobachtungsposten zugewiesen. Es mußte das dritte Fenster von links bzw. das dritte von rechts beobachtet werden. Hier sollte sich der Doktor hinsetzen. Um nicht aufzufallen, hatten die beiden in ihren offiziellen Plänen vorgeschlagen aus Sicherheitsgründen allein im Restaurant zu warten. - Dies hatten sowohl der Onkel Mar, als auch Onkel Hadschi sofort für gut geheißen.

Ein Begleiter sollte an der Bergstation Meldung erstatten, wenn der Doktor da ist und diesem heimlich bis zum Beobachtungsposten folgen.

Das Gondelpersonal war voll in Kongs und Kemals Plan

eingebunden.

Die Gondeln fuhren heute ca. 3 Minuten versetzt.

17:46 Uhr

Yu erreichte als erster seine Gondel, fuhr den Berg hoch und hatte den Ying-Eingang des Bergrestaurants zu nehmen. Ugur kam dann ca. 3 Minuten später an und ging in den Yang-Eingang.

17:57 Uhr

Die beiden eilten aufs Herrenklo am Restaurant in der 3. Etage.

Heraus ging nur noch Yu, Ugur zog andere Kleidung aus der Aktentasche, kleidete sich um, verstaute die Simatrusachen wieder in den Aktenkoffer und steckte diesen in eine mitgebrachte Aktentasche. Kurz danach konnte er das Restaurant schon verlassen und zu Fuß den Berg hinunterwandern.

Warum fuhr er denn nicht mit der Gondel? Weil? Weil der Plan von Kemal und Kong etwas anderes vorsah.

Yu stolzierte ins Innere des Restaurants. Der Kellner wollte ihm einen Tisch zuordnen, aber Yu sagte: „Es müsste da eine Reservierung von Herrn Kimsu geben!“ „Ach ja, bitte folgen sie mir. Dort am Fenster.“

Yu setzte sich und die beiden Beobachtungsposten grinsten zufrieden, denn sie konnten ihren Dr. Simatru gut sehen.

Kemal und Kong kamen aus ihren Besprechungszimmern, die sie extra zur Regelung der Telefonate und SMSe benutzt hatten.

Beide begrüßten Yu von weitem mit einer tiefen Verbeugung und hielten den Daumen nach oben.

„Danke und lass es Dir schmecken.“

Yu bestellte eine Opar Agam als Vorspeise und dann ein riesen

Sate.

18:11 Uhr

Kemal wartete noch 3 Minuten und rief den Schäfer Wang Li an, „Feuerwerk in 3 Minuten starten."

Wang Li hatte seine älteste Kleidung an und weidete mit seinen Ziegen ca. 5 Gehminuten vom Restaurant entfernt in einer kleinen Bergmulde.

Er öffnete seinen Rucksack und zog eine alte Schrotflinte heraus. Er zielte so in die Luft, dass es wunderbar hallte. Er schoss dreimal wie verabredet und dann im Abstand von einer Minute noch ein Mal.

18:15 Uhr

Die Vorhuten telefonierten eifrig mit der Nachhut und der Zentrale. Fazit: Die Vorhuten sollten nachschauen, was passiert war und die Nachhut sollte auf den Berg kommen.

Kemal und Kong gingen nach den ersten Schüssen ins Nebenzimmer und telefonierten mit den Talstationen der Gondeln. Es war ausgemacht, dass die Ying und Yang-Gondeln bald einen längeren Stromausfall haben sollten.

Ihre Freunde Che Dulang und Hachmut Kang beobachteten die wartenden Gäste.

Nach 5 Minuten kamen die Personen, die sie auf den Bildern von Kemal bzw. Kong hatten.

Che meldete Kemal: Zielpersonen an der Gondel. Start in 3 Minuten Stopp in 5 Minuten

Hachmut sprach mit Kong, dass die avisierten Personen da wären, die Gondel in 2 Minuten losführe und dass er in 3 Minuten stoppen werde.

18:22 Uhr

Kemal und Kong gingen noch kurz ins Restaurant zeigten Yu einen Daumen und verbeugten sich.

Die beiden liefen mit ihren prallgefüllten Geldtaschen die Treppen herunter und folgten einem kleinen Wanderweg, der sie nach 4 Minuten zu einem kleinen Nutzaufzug führte, der sporadisch für Bauarbeiten eingesetzt wurde. Ku Ling wartete dort auf die beiden und half Ihnen beim Einstieg und Festzurren auf der Transportplattform. Die Fahrt ging etwas langsamer als die der Gondeln und es war ganz schön kalt, zugig und wackelig, aber die beiden waren mit ihren Gedanken schon bei schönen, zukünftig leistbaren anderen Luxus-Sachen.

18:27 Uhr

Die Gondeln beider Liftgesellschaften hingen fest. Es kam die Lautsprechdurchsage, dass man sich bemühe den Schaden schnellstens zu beheben.

Oben auf dem Berg schlichen die Vorhuten Richtung Schussgeräusch, während die Nachhuten mittlerweile in den Gondeln festhingen.

Eifrig wurden SMSe an die Zentrale geschrieben. Die Agenten waren unbeholfen, denn dieser Fall war nicht durchgesprochen worden. Die Zentralen versuchten zu beruhigen.

18:30

Nach 15 Minuten kam die chinesische Vorhut zur Talmulde. Hier war nur eine Ziegenherde mit ihrem Schäfer zu sehen. Nach einem kurzen Telefonat, kam die Anweisung aus der Zentrale, den Schäfer nach Geräuschen zu fragen.

„Hallo, geht es hier zur Kraterkante, an der man den brodelnden Schlamm sehen kann?“

„Ach du liebe Güte, da sind sie vollkommen falsch. Sie hätten direkt hinter dem Bergrestaurant links hoch gemusst. Aber denken sie daran, in 15 Minuten wird es dunkel, sie sollten froh sein, wenn sie noch im hellen zur Gondel zurückkommen können."

„Aha, gut, dass wir sie getroffen haben.

Sagen sie mal, haben sie vorhin auch so laute Geräusche, wie einen Knall gehört?"

„Ja, ja, das war ich." „Sie!" „Ja da hinten am Grat war ein schwarzbraun gestreiftes Tier und mein Hund ist in Panik weggerannt. Ich habe das Tier kommen sehen, es war fast an der ersten Ziege, da erkannte ich, das muss ein Tiger sein. Ich habe sofort meine Schrotflinte aus dem Rucksack gezogen und geschossen."

Die Agenten schauten den Schäfer ungläubig an. „Java-Tiger sind hier doch seit Jahren ausgestorben", lächelte der chinesische Agent.

„Das dachte ich auch. Sie glauben mir bestimmt nicht." Der Schäfer schaute die beiden Wanderer fragend an. „Kommen sie mal mit", sagte er und führte die beiden zu einer Stelle am anderen Ende des Tales. „Hier ungefähr muss der Tiger gewesen sein. Sehen sie da die Fußspur?" Man sah drei Kratzspuren auf den Felsen. (Die hatte Wang Li vorher dahin gemacht). Agent Lang wollte gerade etwas sagen, aber schon fuhr Wang Li fort „Das sind eindeutig Tigerspuren. Von hier aus habe ich lieber noch mal hinterher geschossen."

Die beiden Agenten verabschiedeten sich: „Hoffentlich haben sie den Tiger verscheucht, wir wollen jetzt lieber zur Gondel zurück, vielen Dank für ihre Tipps und alles Gute."

18:40 Uhr

Endlich waren Kong und Kemal unten. Sie zogen an einem Signalkabel, damit Ku Ling wusste, dass alles okay war und er selbst herunterfahren konnte.

Schnell in den versteckten Mitsubishi Colt, das war das zur Zt. häufigst verkaufte Fabrikat Indonesiens und ab zur Küste.

18:55 Uhr

Endlich konnten die 2 Agenten der Vorhut der Zentrale Bericht erstatten, nachdem sie außer Sichtweite des Schäfers waren.

Die Zentrale gab die Anweisung zum Beobachtungspunkt zurückzukehren.

*

Die arabischen Agenten waren kurz nach den Chinesen an den Talkamm gekommen. Sie sahen die Ziegenherde und die beiden Personen.

Ihre Meldung an die Zentrale wurde mit der Anweisung retourniert, sie mögen in Deckung gehen und warten bis die beiden Personen abzögen.

Sie beobachteten alles sehr genau und hatten am Eingangspfad eine kleine Höhle entdeckt, die als Tarnung dienen konnte. In immer kleineren Abständen kamen Anfragen aus der Zentrale, was denn wäre und die beiden antworteten mit SMSen.

Nun kamen die beiden anderen Personen schnell zurück und der eine zog ein Handy raus und telefonierte in unmittelbarer Nähe ihrer Tarnhöhle.

Die Araber verstanden, dass der Schäfer auf einen Tiger geschossen hatte und dass die beiden zu ihrem Beobachtungspunkt zurückkehren sollten. Die beiden Personen sahen auch aus wie Chinesen.

Nach 2 Minuten verließen die Araber ihre Deckung und konnten die beiden anderen Personen in der Ferne noch sehen, wie sie Richtung Restaurant eilten.

Sie meldeten die Situation an die Zentrale.

Dort herrschte auf einmal große Aufregung. Der Hadschi wiederholte die Meldung für den Superagenten Abdul Shaheen. „Was sollen wir tun? Was ist da los?“

Man beratschlagte sich und diskutierte wild.

Die Nachhut hing fest, was waren das für Personen? Hatten die

Chinesen etwa auch vor, etwas mit Dr. Simatru zu machen? Oder lief da noch irgendein anderes Geschäft im Restaurant?

Nach Außen sollte Ruhe bewahrt werden; der Hadschi erteilte die Anweisung: „Geht zurück auf euren Beobachtungsposten und meldet uns, ob Dr. Simatru noch zu sehen ist.

19:00 Uhr.

Kemal und Kong hatten die erste Riesenkreuzung auf der Straße nach Subang erreicht. Sie stellten ihren Mitsubishi Colt kurz hinter der Kreuzung Richtung Jakarta ab, stiegen in einen anderen bereitstehenden Mitsubishi um und fuhren doch Richtung Subang weiter.

An der Tunnelsperre erreichte Polizist 1 den Polizisten 2 und stieg in den Transporter ein und startete Richtung Bandung. Polizist 2 lud am Eingang die Absperrung auf, weiter ging es durch den Tunnel und die zweite Absperrung wurde auch aufgeladen.

Ugur befand sich auch bereits in der einen Schlange die nun bergab fuhr.

Nun hatten die beiden Polizisten nur noch eine Aufgabe: den Doktor an einer unbewohnten Stelle kurz vor Lebang aus zu setzen. Die Betäubung sollte ungefähr dreieinhalb Stunden reichen.

*

Die Chinesen hatten ihre Posten wieder erreicht und konnten sehen, dass der Doktor nun genüsslich speiste.

Sie schauten auf die Uhr 19:05 Uhr

Yu, Kemals Dr. Simatru2, hatte in aller Ruhe gespeist und schaute auf die Uhr. Die letzte Talgondel fuhr um 19:30 Uhr, die er, falls alles plangemäß lief, nehmen konnte.

19:13 Uhr

Das chinesische Hauptquartier wurde nervös, die Gondel fuhr immer noch nicht, Dr. Simatru war zwar zu sehen, aber Kong hatte auf keine SMS reagiert, er hätte doch mal etwas arrangieren können.

„Schaut mal vorsichtig nach, was da im Restaurant los ist!"

19:14 Uhr.

Panikmeldung aus dem arabischen Hauptquartier.

„Kemal hat sich immer noch nicht gemeldet, geht noch mal nachschauen, denkt daran, dass eventuell die beiden Chinesen etwas aushecken."

19:15 Uhr.

Die beiden Chinesen erreichten den Restaurant-Eingang und beschlossen das Treppenhaus zu benutzen.

Der Arabische Agent Khan meldet: „Chinesen sind im Treppenhaus, wir teilen uns auf. Ich nehme den Aufzug und Barak nimmt das Treppenhaus."

„Okay."

Khans Aufzug erreichte im Nu den 3.Stock. Er schaute kurz

rüber in den Raum zu Dr. Simatru. Von Kemal war nichts zu sehen.

Er ging ins Treppenhaus und öffnete die Tür. Sie knartschte etwas. Die beiden Chinesen waren, wie tausendmal geübt, natürlich versetzt die Treppen hochgegangen. Ling war schon im zweiten Stock und Yang war eine Treppe dahinter. Aus reinem Reflex zog Yang sofort beim Auftreten des Geräusches seine Waffe. Barak hatte sich leise in das Treppenhaus begeben und war bis zum ersten Zwischenabsatz gekommen. Er sah von ganz unten, was da vor sich ging. Er zog ebenfalls seine Waffe, zielte und drückte ab und traf Yang mitten ins Herz. Dieser fiel sofort wie ein Baum um, rollte ein Stück die Treppe herunter und blieb dann regungslos liegen. Die drei anderen gingen sofort in Deckung. Ling war entsetzt, aber als Profi zwang er sich sofort cool zu handeln, jetzt ging es um sein Leben. Blitzschnell überlegte er, was zu machen war. Nach oben konnte er nicht so einfach, da war jemand und treppab ging auch nicht ohne großes Risiko, da hatte der unbekannte Gegner sogar geschossen. Er blickte sich um, und sah neben sich eine Tür und fühlte vorsichtig, sie ließ sich öffnen. Er schoss auf die Lampe, Peng und schon war es dunkel im Treppenhaus.

Ling öffnete die Tür und war im Aufzugsschacht. Khan schlich von oben die Treppe herunter und Barak ging treppauf. Ling war in der Zwischenzeit im Aufzugschacht ein bisschen hochgeklettert; oberhalb der Tür befand sich eine kleine Nische, auf der er nun hockte, aber irgendwie saß er in der Falle. Er wollte warten und sich evtl die Aufzugseile hoch- oder runterhangeln.

Barak erreichte als erstes die Stelle, an der er den zweiten Chinesen vermutete. Er tastete sich an der Wand entlang, durch die Notbeleuchtung sah er die Tür, nahm Blickkontakt zu Khan auf und deutete ihm mit seiner Waffe, er ginge da rein. Barak öffnete die Tür, sah den Schacht und machte einen kleinen Schritt um noch mehr zu sehen und schon sauste von oben ein 25 Kg-Aufzugsgewicht nach unten und traf ihn so mit voller Wucht, dass er in den Aufzugsschacht mit einem lauten Schrei die 10m nach unten stürzte. Der Schrei verstummte.

Khan war nun gewarnt. Er ging vorsichtig hoch zur Tür, öffnete die vorher zugefallene Tür vorsichtig wieder und hielt als erstes einen Feuerlöscher hin, der an der Wand hing. Yang schmiss sofort wieder, er stürzte dabei, aber er hatte Glück, denn seine Waffe war noch immer in seiner Hand. Khan hatte den Schritt vorwärts gemacht, Ling entdeckt und er schoss, im selben Moment feuerte auch Ling. Beide Agenten stürzten fast zeitgleich in den Aufzugschacht. Wer wann tot war, konnte nur später bei der Obduktion geklärt werden.

Im Restaurant waren die Gäste in Deckung gegangen und Dr. Simatru2, der gerade schon unterwegs war zur Toilette, rannte direkt dahin.

Der Kellner telefonierte sofort die nächste Polizeistation an: „Hilfe im Panorama ist eine Schiesserei bitte kommen sie!"

Yu schob den Koffer in eine Toilette und nahm aus der Anzugsjacke eine Perücke und einen kleinen Schnauzbart, setzte sich eine Brille auf, zog einen nicht so edel aussehenden Mantel an. Er sah nun ein bisschen anders aus.

19:33Uhr wurden die Gondeln nacheinander wieder in Betrieb genommen.

19:38 Uhr fielen die letzten Schüsse und um 19:43 Uhr erreichte die Ying-Gondel die Bergstation und unmittelbar danach erreichte auch die Yang-Gondel die Bergstation.

Die Polizei wurde sofort aktiv und ordnete an, dass das Gondelpersonal der Ying-Gondel eine fahrbereite Gondel an der Talstation bereithalten soll. Alles Personal möchte sich bitte weiterhin in Bereitschaft halten.

Im Restaurant sollte man in Deckung bleiben bis die Polizei

kommt.

19:44 Uhr

Die Nachhut erstattete Bericht a là: Berg erreicht.

Aus beiden Hauptquartieren kam die Erklärung was bisher geschehen war und dass keine Meldung von Kemal kam und auch nichts von Khan oder Barak; bzw. dass Kong sich nicht mehr gemeldet hatte und dass Ling und Yang auch schon länger nicht mehr berichtet hatten.

Die Nachhut sollte unauffällig mal im Restaurant nachschauen, was da geschehen war.

Beim Ausstieg war allen Fahrgästen versichert worden, dass die Gondeln heute so lange fahren würden, bis alle Gäste wieder unten waren. Ein kleiner Sicherheitscheck von ca. 30 Minuten müsste nach dem langen Stromausfall noch durchgeführt werden.

Die Polizei jedoch wies nun das Gondelpersonal an, die Fahrgäste an der Bergstation zu halten, aber einige Gäste, sowie alle Agenten waren schon unterwegs zum Restaurant.

19:50 Uhr

Die arabische Nachhut erreichte das Restaurantgebäude und drückte den Aufzugsknopf.

Im Restaurant zuckte man zusammen, der Aufzug bewegte sich.

Was hatte das nun zu bedeuten, man ging wieder tiefer in Deckung. Sekunden später öffnete sich die Aufzugstür und die beiden Araber der Nachhut, 4 Gäste und die chinesische Nachhut stiegen aus. Sofort realisierten alle die Gefahr ist vorüber und mit einem Jubelgeschrei erhoben sich, die bisher in Deckung liegenden Personen.

Den neuen Gästen wurde nun erzählt, was geschehen war.

Da ging auch schon der nächste Aufzug und noch ein paar Gondelfahrer kamen.

Auch ihnen wurde Bericht erstattet.

Einige der Gäste wollten nun doch mal kurz frische Luft schnappen und mal kurz raus gehen. Yu war sofort mit dabei.

Er setzte sich dann nach kurzer Zeit ab und ging zur Bergstation der Ying-Gondel, so konnte er einigen Fragen aus dem Wege gehen.

19:55Uhr

Si Gong von der Chinesischen Nachhut erstattete Bericht:

„Was kein Kong mehr da, kein Dr. Simatru und auch Yang und Ling sind wahrscheinlich tot", kam es aus der Zentrale.

Sofort wurde eine „Fahndung nach Kong ausgelöst"

Si Gong sollte unauffällig mit Gei Mi auf die Polizei warten.

Ali Yilzmaz meldete nun ins arabische Hauptquartier: „Von Kemal ist nichts zu sehen, keine Person sieht aus wie Dr. Simatru und auch die Agenten Khan und Barak sind wahrscheinlich tot. Was sollen wir tun?"

„Unauffällig verhalten und warten bis die Polizei da war."

Die Telefone in beiden Zentralen glühten.

Maßnahme 1 : Sofortige Kontrollen an allen Flughäfen in Jakarta und in Bandung. Besuch der Familien von Kemal bzw. Kong. Alarmierung aller Stationen im Umkreis von 50 Km rund um Ciater, verschicken von Fotos ihrer gesuchten Agenten.

20 Uhr Kemal und Kong hatten Port Panmanukan erreicht, dort wartete ein Zubringerboot, dass die beiden zu dem größeren Schiff brachten, an dessen Bord schon die beiden Familien warteten.

Das Auto wurde von einem Freund ein paar Kilometer weiter in

Richtung Jakarta gefahren und verlassen.

*

Anreise der Familie

Die Familie hatte auch eine seltsame Anreise. Sie wurden zum Kota Bahnhof nach Jakarta gefahren. Dort wurden Fahrkarten nach Labuhan gekauft, man ging in Richtung Abfahrtsgleis, um dann aber hinter dem Bahnhof in einen Minibuszu steigen, der sie dann bis Sungaibuntu fuhr, dort wechselte man dann auf ein großes Schiff.

Die Frauen waren Kummer und Heimlichkeiten gewohnt und hatten jeweils auf ihre Männer geschimpft. Nach dem Motto: Überraschung und dann laufend umsteigen und das mit Kind und Kegel.

In dem Boot saßen nun 2 Frauen mit ihren Kindern. Die Kinder begannen miteinander zu spielen. Der eine sagte „Ich heiße Kong“ und der andere sagte „Ich heiße Kemal.“ Die Mütter schauten sich erstaunt an. Sulema begann als erstes sich vorzustellen. „Ich heiße Sulema Dan Kimsu.“ Bumms fiel Ma die Kinnlade fast bis zur Brust „Ich, äh ich heiße Ma Dan Kimsu.“

Und schon begannen die beiden miteinander zu plaudern.

Bis zu einem Halt um kurz vor 8 Uhr in der Nähe von Port Pamakan wusste man schon vieles voneinander.

Um 8:10 Uhr kam ein kleines Boot und legte an. „Oh unsere Männer“, rief Ma erstaunt, stemmte ihre Hände in die Hüfte und sagte: Na warte Kong!“

Die beiden hatten kaum die Chance umzusteigen und schon musste sie einen Schwall von Fragen über sich ergehen lassen.

Kemal rief: „Schluss wir erklären gleich alles, legt die Kinder ins Bett und geht unter Deck."

Die beiden hatten viel zu erzählen und nach und nach wurden die Frauen ruhiger.

Die Reise ging nun mit voller Motorstärke zur Inselrepublik East Timor, die man nach 4 Tagen Reise erreichte. Vom Flughafen Baucau flog man nach Venezuela. Die Familien wurden nie gefunden.

*

20:10 Uhr die Polizei hatte den Berggipfel erreicht. Nach einigen Gesprächen beschloss man, die Gäste an der Gondelstation (mittlerweile war auch Yu unter ihnen) sollten wieder ins Tal fahren.

Die Polizisten gingen weiter und vernahmen die Gäste im Restaurant und nahmen alle denkbaren Spuren auf. Es konnte aber nichts geklärt werden. Nach dem Aufnehmen der Personalien und der Aufnahme der Vernehmungen, wurde die Untersuchung auf den nächsten Morgen verschoben. Die nachgekommenen Gondelgäste durften ins Tal fahren. Die Restaurantgäste sollten sich in den nächsten Tagen für weitere Untersuchungen bereithalten.

Die Nachhuten erstatteten Bericht und wurden nach Hause geordert.

In den Zentralen trudelten nur negative Meldungen ein. Auch die Kontrolle der Familien ergab, dass diese vom Bahnhof Kota nach Labuhan gefahren wären.

Nun wurde die Region Labuhan mit in die Ermittlungen einbezogen, aber der Zug aus Jakarta war schon vor einigen Stunden angekommen.

So konnte auch von hier keine positive Nachricht kommen.

Auch die Detailarbeit der Kontrolle der Fluggäste ergab nichts. Die Videoüberwachung der Gondelstationen war durch den „Stromausfall" unbrauchbar.

Fazit Kemal und Kong und deren Familien blieben verschollen.

Nach 3 Tagen intensiver Recherchen gab es nur den Weg nach Canossa: Die Superagenten durften nun einen Bericht für das oberste Zentralquartier erstellen.

Die Begeisterung dort hielt sich in Grenzen und man beschloss ein paar Tage ins Land gehen zu lassen, ehe die nächsten Prioritäten in Angriff genommen werden sollten.

Der Fall wurde Monate später als unaufklärbar zu den Akten gelegt.

*

Reisevorbereitung Bernhard

Vor dem letzten Treffen der Reisegruppe holte Bernhard das Buch noch mal heraus und fragte, was noch zu machen wäre.

'Nichts, nur den Kindern erzählen man würde zusammen ein tolles Abenteuer erleben. Sie sollten die Karten mitbringen. Alle 3 sollten auf das kleinste Ausflugsschiff gehen.' Las er nun eingebrannt auf dem obersten Blatt.

‚Welche Karte denn?' dachte er. ‚Die Kinder wissen Bescheid', ließ Kasper ihn wissen.

Beim Treffen erzählte Bernhard von dem Abenteuer. Vanessa wollte sofort wissen „Du Bernhard, was ist das denn für ein Abenteuer?" „Ich weiß nicht, hat vielleicht etwas mit der Karte zu tun." Die Antwort reichte glücklicher Weise.

Drei Tage vor der Abreise suchte Bernhard die Telefonnummern von David und Vanessa heraus und erinnerte beide an die Karte.

Beide sagten: „O ja. Danke." Bernhard sagte nur: „Kein Problem – Bis dann."

Das Kasper-Buch lag irgendwie schon auf dem Koffer, aber

Bernhard wusste nicht wie das Buch dahin gekommen war. Claudia wollte er besser nicht fragen.

*

GP-Routine

Nach 2 Monaten geschah ein kleines Unglück. Bal Sing durfte die Spezialziege steuern. Er hatte sie nach ca. einer Stunde schon bis auf 100 m unterhalb des Kraterrands bewegt, da schlief er kurz ein. Borg schaute gerade zufällig mit seinem Fernglas Richtung Krater und sah auf einmal eine kleine Rauchentwicklung bei der Ziege. Über sein Handy rief er Bal Sing sofort an. Bal wachte vom Handyklingeln auf und sah die qualmende Ziege.

„Was ist da los?“ schrie Borg. „Äh, äh eingeschlafen“, antwortete der überraschte Bal. „Die Ziege qualmt.“ „Wie weit bist du denn von ihr entfernt?“ fragte der inzwischen wieder gefasste Borg. „500 m.“ „Bewege die Ziege langsam wieder zur Basis zurück.“ Borg überlegte kurz ehe ihm sein „Spiele-Helikopter“ einfiel. Er rannte zu seinem Schuppen, holte den Heli heraus, füllte ihn mit Flugbenzin, klappte die Rotorblätter auf maximale Größe, damit der kleine Heli auch eine große Last tragen konnte. Schon war der Heli gestartet und in der Luft. Es dauerte nur ein Paar Minuten bis er in die Nähe, der immer noch nur qualmenden Ziege kam. Hoffentlich brennt das Ding nicht dachte Borg. Er wies Bal Sing an „Du musst mir nun bei der Feinsteuerung des Helikopters helfen!“ „Wie denn, wie denn Boss?“ stammelte Bal. „Ganz ruhig Bal“, beschwichtigte Borg. „Du musst nur schätzen, wie weit der Heli von der Ziege entfernt ist.“ „Na gut an die 50 m NNW “, sagte Bal „Noch 30, noch 20, langsamer, noch 10, noch 5, Stopp, du bist noch zu hoch!“ „Wie hoch?“ „5 m, 4 m, 3 m.“ „Jetzt kommt da ein Greifer herunter, aha und ein Stückchen rechts, links, höher, links, links rechts Stopp, Zugriff. Hat geklappt Juchu“, jubelte Bal.

Borg zog den Heli leicht nach oben und stellte das Steuerpult auf volle Last ein. Nun flog der Heli mit der qualmenden Ziege den Berg hinunter. Borg probierte die Ziege möglichst nah am Hang entlang fliegen zu lassen ohne den Boden zu berühren. Nach endlosen 3 Minuten hatte er den Heli schnurgerade auf die Herde zugesteuert. Sein Anruf „dorthin“, wurde mit „Heli kommt“ beantwortet, bevor er was sagen konnte. „Einer sofort hinlaufen, abhängen und löschen!“ Yang Li Mas sagte: „Rasun ist fast dran“ „Wie hoch ist die Ziege über dem Boden?“ „5m“, Borg ließ den Heli runter. „Ziege gelandet“, schrie Yang Li Mas. Borg öffnete den Greifer des Helis. „Ziege löschen und herbringen“, wiederholte er. Borg wischte sich den Schweiß aus dem Gesicht. Das war ja noch mal gut gegangen dachte er, aber da irrte er gewaltig.

*

2 Jungen hatten den Heli mit der Ziege gesehen als sie mit ihren Eseln Reissäcke zum Hafen bringen sollten. Sie erzählten die Geschichte als sie den Hafen erreichten, doch keiner der Umstehenden schien ihnen zu glauben. Die beiden Jungen waren etwas enttäuscht; jetzt hatten sie so etwas Tolles gesehen und keiner glaubte ihnen. Da kam ein fremder Mann, der sah aus wie ein Mongole und ließ sich von den Beiden die Geschichte noch mal erzählen. Er stellte ein paar Fragen und sagte den Zweien: „Ihr schweigt über diese Sache, hier habt ihr 50 WD Schweigegeld" und drückte beiden einen Schein in die Hand. Bo Ey, so viel Geld hatten sie noch nie in ihrem Leben in ihren Fingern gehabt und schon war der Fremde wieder weg.

*

Lukgaz-Versammlung

Er ging zu seinem Naturkundehaus und erzählte seinen Kollegen von Lukgaz davon. Man beschloss eine Versammlung einzuberufen.

Die Lukgaz-Versammlung des Managerrings fand in der großen Bauführer-Barracke statt. Yuri Datschev musste berichten, was er von den 2 Hirten erfahren hatte. Ein Minihelikopter mit riesigen Rotorblättern, der ein Tier transportierte, in der Nähe des amerikanischen Vulkanhauses, da musste etwas faul sein.

Die Baupläne, die General Power der indonesischen Regierung vorgelegt hatten, befanden sich nun auch in copierter Form als Files in den Lukgaz-Computern.

Die Statiker hatten die Aufgabe bekommen, die Unterlagen kritisch zu durchforsten. Ihr Ergebnis lautet: Die Berechnungen sind o. K. nur ein bisschen überdimensioniert. Juri Gadych hakte nach: „Was heißt denn überdimensioniert? Sind die Amis ängstlich, wegen des Vulkans oder steckt was anderes dahinter?“ Er blickte in die Runde. Die Statiker schmissen sich griechische Buchstaben um die Ohren 380 N/m2 pro squaremeter 150 müssten reichen, was wiegen denn die Belüftungsrohre 500 kg pro laufendem Meter oder 7 Tonnen, selbst dann kämen nicht mehr als 190 N/m2 raus. Brauchen Luftröhren denn eine besonders starke Eisenbewährung? Das könnte evtl. zu einem höheren N/m2 führen.

„Halt, halt nun mal auf russisch zum Mitdenken“, forderte Gadych. „Wie sicher ist das alles? Steckt da was dahinter oder nicht?“ Wieder begannen die Statiker untereinander zu diskutieren und wild durcheinander zu reden. Am Ende der Diskussion kam der tolle Satz: „Wir müssen Bodenproben nehmen und uns die Röhren anschauen!“

Nun flippte Gadych aber aus: „Liebe Amerikaner, damit wir wissen, was ihr im Schilde führt, lasst uns mal schauen und nachmessen. Früher wärt ihr Statiker alle nach dieser Aussage sofort nach Novosibirsk überwiesen worden mit dem Auftrag die Tragfähigkeit der Abstützhölzer in einem Erzbergwerk zu überprüfen. Das darf doch wohl nicht wahr sein.“ Gadych wurde lauter und schlug mit der Faust auf den Tisch. „Also wie können wir an die Infos kommen? Wir werden möglichst einige Bauarbeiter in die amerikanischen Arbeitskolonnen einschleusen. Dr. Haberkov könnten sie bitte klären, welche Bauarbeiter bei den Amis zu letzt eingestellt wurden. Plan a) einheimische Bauarbeiter, dann brauchen wir 5 Vorschläge von indonesischen Mitarbeitern unseres Vereins, die uns die gewünschten Daten bringen können oder Plan b) internationale Bauarbeiter, dann bitte 5 Vorschläge von fähigen eigenen Leuten, die in der Lage sind diese Infos zu besorgen ohne, dass unsere Arbeiten zu stark gefährdet werden“, sprudelte es ohne große Überlegung aus Gadych heraus.

„Geht das bis morgen Abend Dr. Haberkov?“ „Ich denke schon.“

„Statiker: Nun aber bitte einen vernünftigen Fragenkatalog ausarbeiten, den man mit einfachen Messmitteln beantworten kann. Abgabe : Morgen 17 Uhr.“

Eingeschüchtert, wie in alten Zeiten, wagte kein Statiker zu widersprechen. „Also nächstes Meeting Morgen 17 Uhr !“

„Was gibt es denn noch für Highlights in den nächsten Tagen?“ fragte Gadych. „Dienstag kommt per Helikopter die Kraterseeröhre.“ „Kraterseeröhre? Was ist das?“ funkte Gadych zwischen die Ausführungen des Bauleiters. „Das ist die nördlichste Röhre in unserem System, die am nächsten am Vulkan liegt und das Regulierungssystem zur Lavaentnahme beinhaltet.“ „Wie bitte, damit beginnen wir?" fragte Gadych. „Ja." Gadych griff sich kurz ans Herz, er lief rot an, schnaufte laut: „Wessen Hirn hat sich das denn ausgedacht?" Der Bauleiter antwortete emotionslos: „Das ist der wichtigste Teil der Mission und je länger wir Vorort testen können, umso besser." „Wer hat den Plan abgesegnet? Da war doch keine Security dabei oder?", fragte Gadych und schaute einen seiner Männer an." „Ja Herr Gadych, wir waren dabei und haben vehement Einspruch eingelegt, aber wir wurden überstimmt", sagte Pjotr Pjotrvitsch.

„Stop!" schrie Gadych „Ich kläre das mit Prio 1 in Moskau ab. Bis nächste Woche steht ein Plan, bei dem die Security mindestens ausreichend berücksichtigt wird. Was nützt es uns, wenn das Schott funktioniert, aber die Amis und Indonesier sofort sehen, was wir hier vorhaben. Zuerst werden Seitenröhren verlegt. Was ist mit den Generatoren?" „O.k" „und das Aquarium" „Auch alles o. k." „Sitzung beendet. Der innere Zirkel bleibt bitte hier."

Schlagartig leerte sich der Saal.

„Gadych, Gadych ihr Stil war aber etwas steinzeitlich", „Aber" „Moment - inhaltlich stimme ich ihnen zu, als Techniker hätte ich die Spezialröhren gerne als erstes , aber das öffentliche Interesse, auch noch mit diesem Monsterhelikopter, würde zu viel Aufsehen erzeugen. Ich bin also auch dafür, dass erst 3 Tage Seitenröhren verlegt werden und dann der Spezialtransport erfolgt, mitten zwischen 2 normalen Lieferungen und dann am besten, wenn die Leute aus der Pause kommen und auf dem Weg zu ihren Arbeitsplätzen sind. „Meine Herren, ich bin auch dafür", ergänzte Dr. Vlatschimov „Gut ich hole das Okay aus Moskau und besorge Bildmaterial über das amerikanische Museum." „Halt Gadych; sie dürfen nach dem nächsten Meeting einen Wodka-Abend veranstalten Motto: Entschuldigung – ich habe zwar inhaltlich Recht, aber die Form war übertrieben zu hart." „Na gut. Ich trauere halt in diesem Punkt der alten Zeit nach, but time has changed", sagte Gadych, der sofort zum Sattelitten-Telefon griff.

Gadysch erstattete seinem Chef General Irrkutsch Bericht. „Was“, schrie dieser „Exkursion, nein nein, das geht doch einfacher und besser. Nordöstlich von Jakarta im Südchinesischen Meer liegt unser Flugzeugträger Putin, der hat 5 Tarnkappenbomber des Typs MIGS 3 an Bord. Die lassen wir mal eine Übung fliegen. Sie erhalten Aktenzeichen xi56ch, den Rest organisieren sie mal schön selber.“ „Jawohl.“ „Ach, Bericht übermorgen.“

*

Gadysch nahm sofort Kontakt mit dem Flottenkommando Südasien auf. Admiral Spirlov genehmigte ihm, nach dem er den Code xi56ch dechiffriert hatte, einen Inspektionsflug von 3 MIGS über die Sundastrasse mit max. Geschwindigkeit von Mach 0,9 und Mindesthöhe von 10000 Fuß incl. Beschleunigungsübung. Dieser Flug war eine mindest einmal monatlich stattfindende Standard-Übung: Flug übers Meer und durch die Sundastr. und dann außerhalb des indonesischen Luftraums mit Beschleunigung bis zu Mach 10. Der Rückflug durfte dann durch das indonesische Gebiet auf dem gleichen Wege, zu gleichen Bedingungen, geschehen. Die Genehmigung war vorab erteilt worden, ein Abruf im Luftfahrtamt in Jakarta reichte.

Man einigte sich wegen der Vorbereitung auf Übermorgen früh. Nur der Rückflug von einer MIG3 mit der Nummer H34 sollte etwas anders gestaltet werden. Die Maschine sollte halt Fotos der Planquadrate 1,2,3,9,10, 11 der Krakatau-Inseln erstellen.

*

Der Flug startete und Major Spirov durfte wie gewohnt seine MIGS H34 fliegen. Er freute sich immer darauf, wenn er bis Mach 10 beschleunigen konnte. Der Adrenalinstoß ab Mach 5 war schon toll.

Für seine Verhältnisse flog er langsam (mit fast Schallgeschwindigkeit) nördlich an Jakarta vorbei um dann mit einer großen Linkskurve über die Sundastrasse, um endlich den Hebel durchziehen zu dürfen. Nach der Ausbeschleunigung und den langen Bogen mit dem Ausbremsen begann nun seine Sonderaufgabe. Er erstattete Meldung bei seinem Flottenkommando. Er gab seine Koordinaten durch sagte: „H34 auf dem Rückflug over."

Beim Erreichen des Indonesischen Luftraums ca. 3 Meilen vor dem südlichsten Punktes Indonesiens meldete er sich wieder bei den indonesischen Fluglotsen zurück. „Hallo here is flight 4384 5 miles south at VOR INS (entspricht dem Namen eines Leuchtfeuers) in 10000 feet – request for passing through heading 060. Over"- „Hallo flight 4384, take route LIMA3 10000 continuing. Over ." Was soviel hieß wie: er konnte auf der gleichen Route wie auf dem Hinflug zurückfliegen.

Spirov flog noch ein paar Momente gemäß den Vorgaben aus Jakarta dann meldete er. „Hallo Flight 4384 pan pan (das ist eine etwas leichtere Eskalations-Form als mayday) loosing hight", er schaltete den Funk aus. (Eine Untersuchung, die in solchen Fällen immer erfolgt, sollte dann nur formal durchgeführt werden – das war so eingeplant, denn nach 3 Minuten sollte sich 4384 wieder zurück melden und nach so kurzer Zeit geschieht nichts, wäre ja auch sehr viel Arbeit).

Er steuerte die MIGS 3 runter bis auf 200 Fuß, reduzierte auf

600 km/H und steuerte die Planquadrate 1,2,3,9,10,11 der Krakatau-Inseln an. Auf dem indonesischen Luftraum-Überwachungsschirm war die MIGS z. Zt. nicht zu sehen. Er schoss die gewünschten flächendeckenden Fotos. Anderthalb Minuten nach dem Überflug meldete er sich in Jakarta zurück. „Flight 4384 pan pan-problems solved on way back to route 17 5000 meters over.“ „Hallo 4384 congratulation for solving your pan pan-problems route LIMA3 and Hight 10000 are released for you, over.“

*

Die Hausaufgaben mußten gemacht werden, das hieß für die 4 Statiker sie hatten eine Nachtschicht ein zu legen, denn ihre normale Arbeit sollten natürlich weiterhin erledigt werden. 10 Vorschläge wurden ausgearbeitet und letztendlich entschied man sich für den ihrer Meinung nach einfachsten und nicht für den besten Vorschlag. Aus der Erfahrung der letzten Sitzung beschloss man den Vorschlag lieber noch an einer neutralen Person zu testen. Pjotr Pjotrvitsch aus der Securitygruppe wurde als Tester ausgewählt. Erst nachdem man ihm versicherte, dass sein Name nirgendwo auftauchen würde, erklärte er sich am Morgen bereit, die 3 ausgewählten Vorschläge durchzulesen. Er las den dritten dritten Vorschlag und schaute die Statiker fragend an. Das hieß wohl, das war zu kompliziert.

Beim nächsten Vorschlag verstand er genau so wenig, wie vorher, aber aus Höflichkeit sagte er: „Das ist viel verständlicher“: Dann wurde er wurde genötigt den dritten Vorschlag, den favorisierten, auch noch zu lesen. „Messen sie die Bodendichte N/m2 in der Nähe von“, sagte Pjotr „aber wie denn?“ Die Statiker schauten sich verlegen an. „Die Bodendichte misst man ganz einfach, in dem man einen Kubikdezimeter Probe entnimmt und mit einem Normgewicht von 1 Kg belastet", sagte Statiker Vilnow und war stolz, wie einfach er das ausgedrückt hatte. „Und die Teile hat man dann zufällig in der Hosentasche? Oder wie?" brummte Pjotr. Sergey Markov nahm alle Zettel zerriss sie. Allgemeines aufschreien „Hey, bist du jetzt ganz verrückt geworden?" „Moment-Ich war mal Aushilfslehrer in einer Schule, dort hätte ich das wie folgt erklärt: Man nehme eine Reisschale, welche ist denn hier üblich, die wird von uns vorab vermessen; die Schale wird dann mit der Bodenprobe gefüllt. Als nächstes nehme man eine Wasserflasche und stelle sie in die Mitte der Schale, nun misst man noch mit einem Minilineal oder einem Zollstock nach, wie tief die Flasche eingesunken ist." Ptjr applaudierte, bei den Statikern machte es Klick. Im Nu war der Vorschlag umformuliert. Ptjr las den Vorschlag und sagte: „Jau, das kann man verstehen."

Dr. Haberkov delegierte seine Aufgabe und nach ein paar Telefonaten stand fest, dass nur gelegentlich noch neue qualifizierte, d.h. auch internationale Arbeiter, über Jakarta Head Hunting vermittelt wurden. Einfache Arbeiter konnten auch noch Jobs als Tagelöhner am Krakatau-Hafen erhalten. Bei Jakarta Head Hunting arbeitete Dunk Kun Gau, der auch für LUKGAZ Arbeitskräfte für den Reaktorbau für die Reaktoren 7 bis 21 aquiriert hatte. Ein paar Weltdollar und die nächsten Vermittelten kämen anonym aus den Reihen von LUKGAZ.

*

Um 17 Uhr begann das neue Meeting. Gadych eröffnete die Sitzung. „Meine Damen und Herren im Anschluss an die Sitzung wird es einen Wodka-Verköstigungs-Abend des äußeren Zirkels geben. Ich möchte damit zum Ausdruck bringen, dass meine Ausführungen zwar in der Sache richtig waren, aber der Ton war etwas zu hart.“ Allgemeines Klopfen auf den Tischen.

„Ihnen liegt ein Printout vor, auf dem erkennbar ist, dass die Sicherheitstufe um 1 hochgesetzt worden ist, d.h. dass die Security bei allen weiteren Entscheidungen 51% der Stimmen bekommt. Beginnen wir mit der Kraterseeröhre. Es bleibt dabei: Es werden 5 Tage lang Seitenröhren verlegt und dann erst die Kraterseeröhre, direkt nach der Mittagspause. Bauleiter liegt der Plan vor?“ „Ja“, nickte dieser.

„Zu den Arbeitskräften.“ Dr. Haberkov ergriff das Wort. „Wir werden 3 unserer Männer nach Jakarta schicken, diese werden dann durch Hilfe von ein paar Weltdollars über Jakarta Head Hunting zu Facharbeitern bei General Power. Die 3 Herren wären auch in der Lage gegebenenfalls einige weitere Spezialaufgaben durchzuführen.“ Gadych Augen leuchteten, sein Mitja Majurov war mit dabei und für Sonderaufgaben prädestiniert. „Zwei unserer indonesischen Mitarbeiter dürfen es am Hafen probieren und wir sind sicher, dass auch hier ein paar wenige Weltdollar den Zugang zu den General Power Jobs ermöglichen.“ „Was macht denn die intellektuelle Bewältigung der Probleme bei der Ermittlung des Korrelationskoeffizienten zwischen dem Konsistenzmaß und der Bodenfestigkeit unter Berücksichtigung des Verfahrens einfaches Russisch?“ „Liegt auf dem Tisch“, rief Sergey Markov „Man nehme eine Reisschale Modell Morgenfrische … “ „Das ist doch viel zu einfach, bekommen sie denn dann genug N/m2?“ schallendes Gelächter und einiges Schulterklopfen.

Man ging die Fragen durch; alles wurde anstandslos abgehakt.

„Nun wünsche ich: Nasdrowje“, rief Gadych und erhob sein volles Glas und leerte es mit einem Zug und schmiss es hinter sich an die Wand. Es wurde ein feucht, fröhlicher Abend.

*

Mitja Majurov und seine beiden Kollegen Alex Gaab und Ivan Ivanus hatten in der Zwischenzeit eine Anstellung bei General Power bekommen. Ab Montag waren sie dort im Einsatz.

Admiral Spirlov griff höchst persönlich zum abhörsicheren Satteliten-Telefon. „Irrkutsch, alter Kamerad, ich glaube ich muss dir ein bisschen helfen.“ „Ach wirke ich denn so hilfsbedürftig“, antwortete er. „Hör zu“, konterte der Admiral. „Mein Stab hat sich die von euch angeforderten Fotos mal angeschaut, sie sind sehr heikel.“ „Machs nicht so spannend“ „Mein Spezialist für die Auswertung von Fotos ist Igor Korusewitsch und er hat gesagt man kann wahnsinnig interessante Sachen darauf erkenn.“ „Na dann gib mir die Entwicklungshilfe und schicke deinen Igor mal zu meinen Aquariumsleuten. Was hat der denn entdeckt?“ „Tja weist du, Igor sucht normalerweise nach Waffen und Verstecken in Gebirgen und Höhlen von Aufständischen und von Terrorristen.“ „Weiß ich, weiß ich Brüderchen.“ „Geduld, Geduld, er hat seltsame Vorrichtungen am Vulkan und im Vulkan und obendrein noch etwas ganz gefährliches entdeckt. Und die Gefahr besteht sowohl bei den Amis, als auch bei uns.“

„Wieso auch bei uns, von unserer Anlage sollten doch gar keine Fotos gemacht werden.“ „Na was da schlummert muss halt riesig sein.“ „Ja dann müssen wir sofort herauskriegen, was das genau ist.

Schicke Igor am besten gleich mit deinem schnellsten Luftgefährt los. Du hast ein Verwöhnwochenende an der Krim bei mir gut."

„Du kennst mich doch Igor, der Mann ist längst in der Luft, müsste in etwa 20 Minuten auf deiner Insel landen. Ich bin sehr neugierig, erzähl mir bitte was da rausgekommen ist."

„Na klar – Dosvidana."

General Irrkutsch hatte nun nichts Eiligeres zu tun, als Gadysch anzurufen und ihn zu informieren.

„Alle, hörst du Gadysch, alle, die irgendetwas dazu beitragen können die Fotos auszuwerten, schnappst du dir und bringst sie an einen Tisch, damit es los gehen kann, wenn Igor Krusewitz bei euch eintrifft. So bald ihr Ergebnisse habt und Maßnahmen beschlossen habt, was zu tun ist, sofort eine Meldung an mich!" Am Ton erkannte Gadysch, wie wichtig es dem General war. „Jawohl", sagte er und fing an, das Meeting zu organisieren.

Kaum war der Hubschrauber mit dem Bildexperten Korusewitz gelandet, begann auch schon die Sitzung. Korusewitz übernahm das Kommando. Er erklärte stolz. „Unsere Fotos wurden mit 256 Giga-Pixel Kameras, die auch Infrarotbilder erstellen können, aus der MIGS H34 heraus geschossen." Lautes raunen in der Runde, welch gigantische Technik und welcher Aufwand wurde betrieben. Nun war allen klar, dass dieses Projekt zu einem Priorität 1 Projekt geworden war.

„Was habt ihr hier für einen Rechner? Mein Laptop hat 32 Terra ram." „64", kam es wie aus der Pistole geschossen vom Informatik Kollegen zurück. „Toll 64, dann können wir euren Rechner nehmen." Er legte seien Laptop neben den des Aquariums-Rechners an der vorgesehenen red-tooth-Schnittstelle, drückte eine Taste und Programme und Daten wurden übertragen. Igor Krusewitz zeigte schnell alle Einzel-Fotos und brachte dann die passenden Sequenzen überlappungsfrei an die Multimedia-Wand.

Die Topografischen Bilder zeigten den Fortschritt der Bauarbeiten, die Wärmebilder brachten andeutungsweise hervor, was sich 0 bis 10 m unter der Erde befand. Auch, das, was unter den Bauwerken war und die Tiefenwärmefotos zeigten die Schicht von – 10 bis -1000 m, also Lava, Felsen und eine riesige Blase.

„Nun meine Damen und Herren gehen wir mal ins Detail. Hier sieht man das Hauptgebäude. Hat mal jemand die genauen Ausmaße dieses Gebäudes?“ Der Bauführer Petrov kramte in den Akten und nannte Krusewitz dann den Namen einer Datei, die dieser aufrief und sich die Daten heraus kopierte. Kaum hatte er die Übertragung der Daten beendet, flutsch waren in seiner Topographie auch sofort die Maße übertragen. „Selbstverständlich hat durch das Mergen der Dateien die Bildqualität etwas gelitten, ich bitte dies zu entschuldigen. Hier sieht man oberirdisch einen Weg und darunter viel Stahl und Beton mit 2 Hohlräumen, einem kleinen fast runden und einem großen rechteckigen Profil. Anscheinend ist man mit dem Stahl und den Hohlräumen erst bis zur Mitte des Weges gekommen. Am Endes des Weges steht ein Turm, der wiederum den Anschluss dieser beiden Hohlräume in ca. 15m Höhe hat und der selbst aus Beton und Hohlräumen besteht, die, wie hier zu sehen (er zeigte mit seinem Leuchtstift auf die entsprechenden Stellen), von Stegen unterbrochen werden.

Die Leitungen hier rechts und links lassen vermuten, es könnte ein Förderband sein.“ Staunen und raunen im Auditorium. „Da am Berg, wo der Steg endet, da scheint ein Loch zu sein, dahinter sieht es so aus, wie im Turm. Striche und Metall, auch das könnte ein Fördersystem sein.

Die 2.Sequenz zeigt eindeutig einen Maschinenraum im 2.Kellerstockwerk des Verwaltungsgebäudes mit einer riesigen Bodenwanne davor. Von dort aus gehen viele kleine Röhren hin und her. Die Maschine hier hat ebenso einen Hohlraum, der vorne geschlossen ist, das könnte ein Generator sein.“ Dr. Haberkov wurde es nun zu viel. „Was sehen sie denn da und wieso behaupten sie denn, das wäre dies und das wäre jenes? Sind das Interpretationen?“

„Oh“, sagte Igor „ich kann ihnen nur die Konturen zeigen, diese Konturen gehen in gigantische Suchprogramme und dieses schmeißt dann einige Ergebnisse mit den möglichen Wahrscheinlichkeiten größer 10% raus. Hier sagt das Programm Turbine 78% aus.“ Igor hatte einige Klicks gemacht und man sah eine Tabelle in der stand Turbine 78, geringe Wahrscheinlichkeiten 22.

„Sie als Wissenschaftler müssten doch aus den Konturen was ableiten können oder dem Vorschlag aus den Wissensdatenbaken zustimmen können? Oder ?“ Er schaute in die Runde. „Das ist auch ihre Aufgabe im nächsten Arbeitsschritt. Was ich ihnen hier zeige ist die statistisch untermauerte am besten passende Version. Wenn sie die Theorie dann auch bestätigen, dann haben wir eine sehr brauchbare Version, was da wirklich ist. Ich fahre mal fort. Hier auf den Infrarotfotos des Nahbereichs sieht man wieder Öffnungen in einer Rechteckform, metallisch in rundem Beton. Außerdem sieht man hier ein Gefälle.“ Er zeigte auf die Höhenlinien, die von der Wanne vor dem Haus größer waren als die von der Wanne, die es ebenfalls am Fuße des Turmes gab. Das sieht so aus, als würde hier etwas ab- und hier zurücktransportiert. Dieses etwas könnte auch dann den Turm hoch geschafft werden, über das Fördersystem bis fast an die Stelle, aus dem es vorher herauskam.

Nun zum Bild 3 den Tiefeninfrarotfotos. Dies ist hier das heißeste, im wahrsten Sinne des Wortes, was ich seit langem gesehen habe. Ich bin mir sicher, das ist Magma, hier mit einer mineralischen Kruste und hier wohl in relativer Reinform. Da unten ist aber eine andere Temperatur und zwar so, als wäre das eine etwas leichtere Materie, ebenfalls Magma, aber sie scheint dünner zu sein und aufzusteigen? Mit höherem Gasanteil? Das könnte eine gigantische Blase sein, die schon sehr groß ist. Das meine Damen und Herren, das waren meine Ausführungen. Nun empfehle ich Spezial-Teams zu bilden und diese analysieren zu lassen."

Der Lärmpegel im Raume stieg gewaltig an. Es wurde heftig diskutiert. „Stopp" schrie Gadysch „Wir müssen Teams bilden. Igor Krusewitz ist nicht teilbar. Mein Vorschlag: Team 1 die Vulkanologen bekommen Igor als erstes; ich denke 1 Stunde muss reichen, damit ein Ergebnis steht. Team 2 Bau, Röhren, Statik. Ihr könnt schon mal im Raum Petersburg diskutieren und dann stößt Igor in einer Stunde dazu. Team 3 dann die Energiespezialisten im Raum Krim mit Igor in 2 Stunden. Ausarbeitung, Beurteilung und das Wichtigste: Ein Maßnahmenkatalog. Geht das?" Er schaute in die Runde, einige Leute nickten.

Nach 4 Stunden berichtete das Vulkanteam als erstes. Die Geologen und Vulkanologen waren sich sicher, dass die Beurteilung der Allgemeinen Lage des Anak-Krakataus verändert werden muss und zwar von stabil auf gefährlich.

Die Aussage von ihnen ließ die meisten anwesenden schmunzeln, welch sensationelle Aussage. Es könnte nun auch jederzeit etwas passieren. Gadysch explodierte mal wieder. „Was heißt denn jederzeit? Heute oder in 2 Jahren oder wann und was heißt etwas passieren." „Die Geologen oder Geophysiker denken in anderen Zeiträumen Herr Gadysch. Könnten wir einen Ausbruch vorhersagen, würden wir sofort einen, der erst kürzlich neu eingeführten Nobelpreise in dieser Sparte bekommen und nicht wie üblich erst nach 10 bis 20 Jahren.

Also, das Gigantische ist sehr wahrscheinlich eine große Magmamenge mit einem hohen Gasanteil, nennen wir es einfachheitshalber „Gasblase", die sich ihren Weg nach draußen sucht, d.h. entweder dort wo sie zur Zeit ist explodiert etwas oder die Blase sucht sich einen einfacheren Weg und nimmt die erste vorhandene Öffnung des Anak-Krakataus. Wir müssten die Strömung und damit die Richtung der Blase heraus bekommen und die Geschwindigkeit. So ein Messsystem aufzubauen wäre extrem kompliziert und würde eine lange Zeit dauern. Wir denken die Gasblase kann dann aus dem Anak-Krakatau entweichen, wenn die Spannung des Magmas nachlässt. Dies wird immer von seismographischen Erschütterungen begleitet, nehmen diese zu, muss umgehend evakuiert werden.“ „Na wann denn?“, fragte Gadysch. „In ein paar Wochen oder Monaten oder Jahren“ „Geht es nicht genauer.“

„Da es z. Zt. noch keine Erschütterung gab, wird’s wohl noch etwas dauern, d.h. ein halbes Jahr bis 50 Jahre.“ „Mein Gott, ein halbes Jahr bis 50 Jahre, was können wir mit dieser Aussage anfangen.“ „Na vorerst haben wir Zeit genauere Daten zu ermitteln und das werden wir tun. Zeitraum für die genauere Erforschung ca. 4 Wochen. Was aber noch viel wichtiger ist, die Größe des Ausbruchs dürfte im Bereich 3-5 des Vulkanexplosivitätsindexes liegen, wenn die Blase die Ausdehnung von 2 Km Länge, 1 Km Breite und 500 m Tiefe hat, was nun genau 1 Kubikkilometern entspricht, was wir zur Zeit aus den Bildern ermitteln konnten. Trotz allem wird dann unser Projekt höchstwahrscheinlich Schaden nehmen.“ „Wenn sie uns netterweise noch erklären können, was 3-5 von diesem Index bedeutet und was Schaden nehmen für sie ist, mein Gott, dann ...“

„Schon gut“, sagte Dr. Paklin. „3 -5 ist eine schwache bis mittlere Stärke eines Vulkanausbruchs. 3 heißt 1 Kubikkilometer Auswurf und eine bestimmte große Auswurfhöhe, 4 ist dann mit 10 Kubikkilometer 10 mal so groß, 5 misst dann 100 Kubikkilometer und ab Stärke 6 passiert was Gigantisches, das dann auch noch das Klima weltweit beeinflusst. Die Höhe des Auswursfes spielt auch noch eine entscheidene Rolle. Also 3-5 heißt: Es wird ein mittlerer Ausbruch mit einem Auswurf von 1 bis 100 Kubikkilometern Gestein und Lava, die durch die Luft geschleudert werden. Evtl. gibt es nur eine große Gasexplosion, bei der ein bisschen Lava mit rausfliegt und diese Lava in den Nahbereich geschleudert wird. Es kann aber auch so weit gehen, dass ein Teil der Bergspitze mit wegfliegt, besser gesprengt wird, dann landet ein Teil des Berges im Meer und erzeugt einen Tsunami; die Asche und die Lavabomben sind natürlich stärker als beim Index 3. Die Lava kann dann auch in den Bauwerken, wie kleine Bomben einschlagen und Lava fließt am Berghang hinunter bis sie sich irgendwo zischend ins Meer begibt. Die Wahrheit liegt dazwischen, hoffentlich Nahe an der Version 1 – Zufrieden?“ Wieder Raunen im Auditorium.

„Wenn sie mich persönlich fragen, sage ich ihnen, selbstverständlich nur inoffiziell, dadurch, dass der Gasanteil in der Magma sehr hoch zu sein scheint, erwarte ich eher einen Ausbruch der Stärke 5 als einen der Stärke 3; aber mit weniger Masse und einem hohen Auswurf.

Nur zur Info“, fuhr Dr. Paklin fort „bewegt sich die Blase in die andere Richtung, wandert sie vielleicht zum nächsten Vulkan, da passiert dann ähnliches, es sei denn der Vulkan ist größer als der Anak, dann wird der Ausbruch auch gewaltiger. Oder die Blase wandert in die Region, wo die pazifische Platte unter die indisch/ozeanische abtaucht, dann könnte alles verpuffen oder dort kommt es zu starken Erdstößen mit einem folgenden sehr starken Erdbeben, nebst Tsunami. Aber, wie gesagt, nur vielleicht.“ „Danke Dr. Paklin, das sagt uns schon mal mehr.“ - Team 3 drängte nun dazwischen: „Was die Amis machen ist fast dasselbe wie unser Projekt, nur die Lava wird von oben in die Wanne vors Haus transportiert, hier wird wahrscheinlich die Lava in Dampf oder eine Flüssigkeit umgesetzt und anschließend in den Maschinenraum geleitet. Man konnte auch im Maschinenraum Teile erkennen, die zur Energiespeicherung verwendet werden.

Daher müsste dort ein Generator stehen. Anschließend wird die Lava wohl bis an den Fuß des Turmes zurückgeleitet, um dann in den Vulkan eingeleitet zu werden, dadurch würde der Spiegel des Lavasees fast konstant gehalten. Die Behälter vor dem Boden im

Turm sehen so aus, wie Hydraulikbehälter und könnten a) das Fördersystem betreiben und b) das Schwenken des Riesensteges ermöglichen. Wasser Zu- und Ableitungen scheint es auch genug zu geben. Maßnahmen: Wir können nur durch Vorort ermittelte Infos unser jetziges Wissen erweitern bzw. verbessern, also werden wir einen einfachen Fragenkatalog aufstellen, den dann unsere Arbeiter dort ausfüllen können."

„Danke an die Technik, was haben denn nun die Baumeister zu sagen?" Der Baumeister erhob sich und berichtete. „Nun wir bestätigen auch die Interpretation von Igor Krusewitz und sehen einen Steg mit darunter hängendem Röhrensystem. Die Auflagen sind so, dass sie riesige Lasten aushalten können und die Rückführungsbahn mit Gefälle rundet die vorher getroffenen Aussagen ab. Wie bereits vorher erwähnt wurde, müssen die Vermutungen durch Daten bestätigt werden. Unser Fragekatalog steht ja und muss beantwortet werden. Wir überarbeiten ihn sofort um die eine oder andere Frage, die sich hauptsächlich auf die Gebiete rund um den Turm und das Gebäude beziehen werden.

Der Baufortschritt ist größer als bei uns, aber so schwere Röhren zu verlegen dauert länger als bei unseren Wasser- oder Seitenröhren, nur für das Verlegen der Kraterseeröhre und die unmittelbaren Anschlüsse daran benötigen wir einen ähnlichen Zeitaufwand. Die Amis, wie man gesehen hat, haben schon fast die Hälfte der Bahnen fertig, wir müssen also aufholen, dazu brauchen wir mehr Resourcen manuelle und maschinelle. Wir könnten Zeit aufholen, indem wir mindestens von 2 Richtungen aus arbeiten." „Danke für ihre Ausführungen", sagte Gadysch. „Die Teamleiter, unser Gast und der innere Zirkel bleiben bitte mal noch hier sitzen. Für die anderen gilt: Bitte die Aufgaben schnellst möglich ausführen."

Schüchtern meldete sich der Meeresbiologe zu Wort. „Halt, es ist wunderbar, dass sie schneller mit den Bauarbeiten fertig werden können, aber wir können da nicht mithalten." „Was willst du mithalten Genosse" fragte Gadysch noch höflich. „Nun die Aquarien sind fast fertig, genau wie geplant. Der Wasserzulauf soll übernächste Woche vorhanden sein, dann muss das Wasser in die Aquarien eingefüllt werden, das dauert ein paar Tage, dann müssen die Filteranlagen auf Hochdruck arbeiten. Dabei besteht auch das Risiko, dass etwas nicht funktioniert. Aber gehen wir vom Normalfall aus, dann passen wir das Wassers an die geplante Umgebung an, z.B. durch Einstellung des Salzgehalts an den Indischen Ozeans. Danach kommen, mal vereinfacht gesagt, die Pflanzen und niederen Lebewesen, wie Korallen und die kann man nicht einfach eintopfen, die müssen in das jeweilige ökologische System eingebunden und „verankert" werden. Erst dann kommen die Fische und die anderen Tiere schön nach Lebensraum getrennt. Erst die „indischen", dann die „Jawa-Tiere" usw. usw. Übrigens haben wir den Befüllungsplan allen schon vor ca. 4 Wochen zur Verfügung gestellt. Und das Regions-/Lebensraumkonzept steht seit Monaten. Wo sollen wir denn nun Zeit einsparen?

Ja etwas können wir einsparen, wenn die Lieferungen für die Tierbefüllung vorverlegen." „Toll" sagte Gadysch und rollte mit den Augen. „Kann man da nicht noch etwas anderes parallel durchführen? Da ist doch ein großes und 3 kleinere Aquarien, können da nicht mehrere Teams gleichzeitig arbeiten?" „Ja, ja die kleinen Aquarien haben ja nur 10 Millionen Liter Meerwasser. Theoretisch ginge das, wenn man aus allen Zoos mit Aquarien in Russland einen Meeresbiologen abziehen würde. Hm und dann müsste der provisorische Hafen uns auch noch verstärkt zur Verfügung stehen dürfen." „Naja" sagte Gadysch" das kriegen wir schon hin. Das Großgerät kommt sowieso über den Haupthafen. Ich nehme das Problem mal mit auf."

Der Meeresbiologe grinste. Gadysch sah das und hatte irgendwie ein schlechtes Gefühl. Der Saal wurde leerer. Gadysch schaute auf die Uhr 1:30 Uhr, das hieß in Moskau war es 22:30 Uhr.

Er griff zum Telefon und ließ sich zu General Irrkutsch durchstellen. „Hallo Herr General, entschuldigen sie die späte Störung, wir sitzen hier mit den Verantwortlichen zusammen und brauchen von Ihnen einige Entscheidungen. Wir haben eine sehr wahrscheinliche Vorstellung und ich probiere mal sie auf den Punkt zu bringen:

Die Amis wollen auch Energie aus dem Vulkan gewinnen.

Sie haben bautechnisch einen gewissen Vorsprung, ihre Arbeitsschritte sind aber länger als unsere.

Unter der Insel brodelt eine gefährliche Gasblase, die wahrscheinlich zu einem Vulkanausbruch führen wird, dessen Größe mehr oder weniger große Schäden hinterlassen wird. Die Risikoeinstufung des Vulkanismus muss 2 Stufen hoch gesetzt werden.

Unsere Frage: Sollen wir das Projekt durchziehen und den Zeitwettkampf gewinnen und darum mehr Resourcen einsetzen oder sollen wir abbrechen?"

„Also", begann Irrkutsch „Wir wollen immer noch wissen, ob die Energiegewinnung aus dem Vulkan funktioniert um das Prinzip in Kamchatka evtl. einzusetzen und zu verfeinern. Ob die Anlagen danach noch lange existieren oder nicht, ist unwichtig. Die Ergebnisse der Wissenschaftler dagegen sind uns sehr wichtig. Daraus folgt: Der Wettkampf ist zu gewinnen, die notwendigen Resourcen bewillige ich hiermit. Nun aber zur Risikoeinschätzung. Was sagte der Vulkanologe?" Gladysch erklärte die Bedenken von Dr. Paklin." „Nun ein halbes Jahr oder 5 Jahre oder gar nicht. Hhm. Reicht uns ein halbes Jahr? Bauleiter, wann seid ihr fertig?" „General laut jetzigem Plan Anfang September, aber mit 3 neuen Geräten und genügend Leuten und Spezialisten aus der alten Heimat können wir 6 Wochen aufholen, genaue Zahlen folgen."

„Schon gut, auch das sei bewilligt, d.h. auch wir wären vor

diesen ominösen 6 Monaten fertig. Techniker reichen euch 6 Wochenprobelauf für verwertbare Ergebnisse?" „Ja General, uns reichen sogar 4 Wochen." „Oh", rutschte es General Irrkutsch aus dem Mund, „dann scheinen sie ja sehr sicher zu sein."

„General", meldete sich Gadysch zu Wort: „Wir könnten die amerikanischen Bauarbeiten noch etwas stören. Wie wäre das, wenn unsere Störung an den strategischen Punkten, wie dem Turm oder in der Nähe des Generators stattfinden würde?" „Das ist natürlich eine gute Idee und immer förderlich, aber ich will kein Ärger mit Indonesien haben, d.h. kein großes Blut vergießen und vor der offiziellen Eröffnung des Aquariums. O. K. ?" „Wir geben einen neuen Eröffnungstermin durch, sobald die Neuplanung des Bauleiters fertig ist. Die technische Bestellung geht Morgen raus." Der Bauleiter nickte.

„General für die Störungsmaßnahmen brauchen wir noch einen Sprengstofffachmann, der den Schaden so steuern kann, dass er nur in der unmittelbaren Umgebung der Explosion entsteht, damit nicht auch noch der Vulkan explodiert." „Gut, gut Morgen steht ihnen ein Experte mit den benötigten Antworten zur Verfügung.

Der Vulkanologe und sie, Gadysch bringen Herrn Krusewitz zurück auf sein Lieblingsschiff und berichten dem Admiral persönlich, schicken mir einen ausführlichen Bericht und danken allen persönlich von mir recht herzlich. Gute Nacht" „General ich habe da noch ein kleineres Problem, aber es bedarf auch der Klärung." Gadysch schilderte das Problem des Meeresbiologen. „Papperlapapp" sagte Irrkutsch, „wenn wir das nicht in den Griff kriegen, was dann? Morgen werden wir mal den Meeresbiologen Russlands zu einem mehrwöchigen Ausflug nach Indonesien verhelfen. Regle ich. Gute Nacht." „Gute Nacht." Gadysch sagte noch, nach dem die Leitung unterbrochen war: „Das ging ja super."

*

General Irrkutsch persönlich ließ die Sprengstoffexperten der Moskauer Zentrale, die sich selbstverständlich bestens präpariert hatten, bei sich antreten. Irrkutsch begann ohne große Vorrede: „Meine Damen und Herren, wer hat alles eine Lösung für mich parat?“ Keiner hob die Hand Irrkutsch war verwirrt. „Äh ist das Mikro kaputt? Wer hat eine Lösung für mich?“ Immer noch keine Antwort. „Evgenie Borschakowski, was ist mit Dir?“ „General: Eine Betonröhre aus Stahlbeton, wahrscheinlich für ein hohes Gewicht konzipiert, erfordert nun mal viel Sprengstoff, wenn dieser explodiert, dann geht das in alle Richtungen auch in die Tiefe.“ Die anderen drei Experten nickten. „Soll das anders sein, muss die Bombe in einer extrem harten Ummantelung sein. Z.B. Blei oder Wolfram, die sind extrem schwer und extrem teuer. Selbst für eine kleine Explosion, sagen wir mal für ein Loch von 30cm Durchmesser, brauchten wir einen Gewichtheber, der diese ca. 50Kg in seine Hosentasche spazieren trägt.“ „Gut – Danke“ sagte Irrkutsch. Er dachte nach. „Ein Puzzle“ entfuhr es ihm auf einmal. „Borschakowski: die Platte in 4 Teile zerlegen, der Rest Sprengstoff und Zünder sind Teil 5. geht das?“ „Super General, das würde gehen.“ „Bereitet das vor, die Pakete sollen in spätestens 3 Tagen in Marsch gesetzt werden.“ „Und die Kosten?“ Irrkutsch hob die Hand „Alles peanuts.“ Nach der Sitzung waren sich die Experten einig. Irrkutsch ist schon ein besonders cleverer Mensch.

Gadysch wurde von Irrkutsch informiert. Gadysch lobte seinen Chef, dankte ihm und durfte gleichzeitig das einfache Problem lösen: Wie bekommt man 5 Lieferungen unauffällig an einen gut geschützten Ort? Mitja Majurov war der einzige, der an dem Turm mitarbeiten durfte. Den Zusammenbau bekam er sicher hin, aber fünfmal das Risiko, dass alles aufflog.

Gadysch rief den Inneren Zirkel ein, dort gab es andere schlaue

Köpfe. Professor Haberkov hatte dann die Idee „Wir veranstalten eine Tour de France, von Etappe zu Etappe.“ 4 Mitarbeiter bringen jeweils ein Teil ins amerikanische Lager in jeweils ein spezielles Versteck. Von dort aus sollte dann alles in die Nähe des Turmes an einen Ort, der möglichst nahe am Turm war, aber auch von allen leicht zugänglich war, gebracht werden. Mitja Majurov kann dann die Bombe kurz vor Beendigung der Bauarbeiten an die vorgesehene Stelle bringen, dort zusammensetzen und scharf machen. Der Vorteil der Sache liegt in den kurzen Wegen für den letzten Arbeitsschritt.“ Schwierig und gefährlich war die Sache immer noch, aber leichter machbar. Schnell segnete der innere Zirkel die Tour de France ab.

Die angeforderten Geräte und Leute kamen schon nach 2 Tagen nur waren keine Meeresbiologen dabei.

Gadysch ließ noch mal in Moskau bei General Irrkutsch anfragen, was den mit dem Problem los wäre. Der General ließ den beauftragten Herren aus seiner Stabsabteilung bei sich antreten. „Was ist da los, warum ist das Problem nicht bei mir eskaliert?“ fragte der General barsch. „Von Regierungsseite haben wir das O. K. schnellstens bekommen und eine Liste der Personen. Alle 12 in Frage kommenden Wissenschaftler haben Begründungen geschickt, dass sie unabkömmlich sind, meist wichtige Projekte, Eingliederung etc. Pp.“ „Nun“ sagte Gadysch ich rede noch mal mit dem Kultusminister, ist doch sein Ressort?“ „Ja, teilweise auch die von Forschung und Entwicklung.“ „Es müsste die Lösung 7 helfen – Kürzung des Budgets der Zoos bzw. Aquarien.“ „Neuen Bericht bitte Morgen.“

Gadysch bekam die Antwort. Problem wird Morgen gelöst.

Das Kultusministerium griff den von General Irrkutsch zugespielten Ball auf und drohte mit Budgetkürzungen, meist bekam man erst bei Androhung der 50%-Kürzung eine Zusage. Ein guter Vorschlag, der aus diesem Kreise kam wurde aufgegriffen.

Die Experten reisen auf Abruf an. Gadysch erhielt über Irrkutsch die Antwort neben einer Liste der ausgewählten 6 Meeresbiologen mit Spezialgebiet. Der Meeresbiologe Fenisch durfte nun einen genauen Plan erstellen und hatte die Aufgabe die Leute entsprechend ab zu rufen.

Für Gadysch war das Problem endlich gelöst.

Seine Gruppe war schon wieder einen Schritt weiter voraus. Thema des einberufenen Meetings war Verschärfung der eigenen Sicherungsmaßnahmen.“ An welchen Stellen, meine Herren, sind wir denn am verwundbarsten?“, begann Gadysch die Sitzung. „Na an den Generatoren“, sprudelte es schnell aus Ptr Pjotrvitsch heraus. „Hm“, antwortete Gadysch „aus wirtschaftlichen Gesichtspunkten gebe ich dir sofort Recht, aber am meisten würde uns doch sicherlich treffen, wenn die Kraterseeröhre zerstört würde.“ „Aber die wird doch eingebuddelt, oh ja die Zugänge und die Steuerungsröhren, schon gut, schon gut; ich habe nichts gesagt“, entfuhr es Ptr Pjotrvitsch. „Genau – Priorität 1 hat die Nordregion um die Röhre herum. Die manuelle Sicherung durch Posten 1 und 2 muss verstärkt werden. Wir lassen uns mal ein Laserstahl gesteuertes Alarmsystem mit Belastungsbodenplatten vor den entscheidenen Punkten installieren.“

„Eine Überwachungssteuerung am Postenstand und am Aquarium sollte dabei sein“, kam es aus der Runde. „Müssen wir noch etwas zusätzlich sichern?“ „Den Rechner.“ „Haha, das ist jawohl längst geschehen. Was machen wir mit dem Generator?“ „Eine Zusatztür mit Fingerabdruck.“ „Gut kommen wir noch mal auf die Lasersicherung zurück. Was passiert, wenn es ein leichtes Erdbeben gibt oder wenn ein Tier da rein stolpert“, stellte Gadysch in den Raum. Ptr Pjotrvitsch sagte: „Ich denke da gibt es heute schon Systeme, bei denen der Bodenmechanismus erst bei x Kg Alarm auslöst – flexibel einstellbar.“ „Wenn ich schon höre: Ich denke“, eschofierte sich Gadysch. „Pjotr wie lange bist du schon bei uns?“ „4 Jahre Major“ „Bei solchen Sätzen, aber nicht mehr lange. Schnapp dir gefälligst Mentschov den Elektroniker und dann telefoniert ihr mit der Zentrale in Moskau und lasst euch mit dem Experten verbinden. Ihr bestellt dann gleich das System. Liefertermin gestern. Ich erwarte in 3 Stunden deinen Bericht. Hier ist mein Telefon.“

Pjotrvitsch besprach sich mit Mentschov: Qm-Zahlen, Lichtverhältnisse, Erdbeben und Tiere erkannten die beiden als Problempunkte. Dann riefen sie in Moskau an. In 10 Minuten war alles geklärt. System Smirnov verkraftete Gewichte von 25 kg/ 30 cm2. Bei Erdbeben war eine Amplitude von 10cm o. K. das entsprach einer 4,5 auf der Richterskala. Die Lieferung könnte in 30 Stunden inklusive der Installation erfolgen. Pjotr berichtete dies Gadysch, der nun zufrieden war. „Wir rufen Smirnov zum gegeben Zeitpunkt ab.“

Der sechste Tag kam, das Seitenröhren Verlegen ging zügig voran, nun sollte nach der Mittags-Pause die Kraterseeröhre kommen.

Major Kulikov durfte einen zivilen Helikopter der Marke MI-500 fliegen.

Die Kraterseeröhre wurde auf einem russischen Kampfschiff transportiert, das als brüderschaftlicher Sicherungsschutz in indonesischen Gewässern patrouillierte, um die Kernkraftwerke zu schützen.

Z. Zt. lag das Schiff an seinem westlichsten Punkt, so dass der Transport nicht ganz so lange dauern würde.

Kulikov hasste solche zivilen Einsätze, aber militärische Einsätze gab es ja kaum noch. Eine Abdeckplane, aber nicht in oliv, sollte den Transport sichttechnisch tarnen.

Er flog los und nahm den kürzesten Weg über Java Richtung

Anak-Krakatau.

Das Gewicht der Kraterseeröhre war enorm und Kulikov musste sehr feinfühlig fliegen. Erst als er sich vorstellte, er würde eine Atombombe transportieren ging es besser. 20 Meilen vor dem Ziel, als Kulikov gerade über die Sunda-Strasse flog, geschah etwas Seltsames.

*

Feuer

Im fernen Deutschland saß Bernhardini in seinem Arbeitszimmer als plötzlich das Kasperbuch anfing zu wackeln. Bernhardini öffnete das Buch, es machte zip, ein Feuerstrahl entwich in rasender Geschwindigkeit und alles im Haus wackelte kurz.

Kulikov sah etwas, das so aussah wie eine Sternschnuppe, auf sich zukommen, dann wackelte seine Ladung kurz, ein Abdeckseil der Plane war abgerissen. Er musste gegensteuern und die Schwankung abfangen. Zeit zum Anhalten hatte er natürlich nicht und über dem Wasser war das auch nicht möglich. Ist ja nur eine popelige Röhre dachte er und flog einfach weiter ohne irgendeine Meldung zu machen.

2 Meilen vor der Insel ließ Kulikov seinen Funkspruch los: „Fracht 2 Meilen vor dem Ziel." Das laute Rotorengeräusch war längst zu hören, obwohl er sehr niedrig flog, was das Geräusch minimierte, hallte es hier vom Berg zurück.

*

Lärm

Borgs Mann Bal Sing war gerade dabei mit einer der Ziegen die geforderten Messwerte aus dem Vulkan zu holen, da hörte er dieses besonders laute Geräusch, das sich zehnmal so laut anhörte, wie die sonstigen Helikopter, die in letzter Zeit verstärkt in der Museumsarena und in der Nähe des russischen Aquariums umher flogen. Nun konnte er mit bloßem Auge sehen, was unter der Plane war. Eine riesige Röhre bestehend aus einem großen und einem kleinen Rohr und seitlich einigen, glänzenden Kästen. Sofort machte er Meldung. Borg sagte: „Schreib mal schnell mal auf, was du siehst, so genau wie du kannst." „Habe nichts zu schreiben bei mir." „Mein Gott, das darf doch nicht war sein." Borg zog einen Block mit Stift aus einer seiner Seitentaschen der Hose heraus und begann zu malen und fragte und fragte. So kam eine Zeichnung der Spezialröhre heraus. „Lass dich ablösen und komm dann so schnell her wie es geht."

*

Tarnung

An der russischen Baustelle waren die eingeweihten Mitarbeiter und der innere Zirkel am nördlichsten Punkt versammelt. Man sah den Heli kommen. Gadych schrie. „Nein was sehe ich denn da mit bloßen Augen? Die Plane ist ja fast ab. Eine perfekte Tarnung. Schto sa erundu on tam sdelal (Was machst der da für eine Scheiße?) Jetzt aber dawei, dawei (Dalli, dalli)" schrie er ins

Funkgerät. Der Bauleiter schrei nun auch: „Scheiße mit der Tarnung. Nun muß es aber langsam und präzise gehen. Kaputt gehen darf nix! Es gibt keine Ersatzröhre!“ Gadych gestikulierte wild, stampfe auf den Boden „Macht hin!“

Kulikov war ein genialer Pilot und platzierte die Röhre nach Anweisung durch den Bauleiter und nach Gefühl, trotz der halb herunterhängenden Plane bis auf ein paar Centimeter genau auf die markierte Position. Die Taue wurden ausgeklinkt und der Helikopter zog wieder ab. Kulikov winkte und meldete. „Ladung 7 abgeliefert und dosvidana.“

Der Bauleiter war beschäftigt und Dr. Haberkov und Dr. Vlatschimov und Gadych diskutierten „Ob da wohl jemand was gemerkt hat? Die perfekte Tarnung war das ja nicht! Ich werde mal einen Bericht an General Irrkutsch verfassen“ bemerkte Gadych. „Wenn wir Glück haben, hat ja wirklich niemand was gemerkt“ sagte Dr. Vlatschimov. „Dass der Helikopter lauter war, war aber auch nicht zu überhören, wenigstens kam er pünktlich!“ „Nun sind wir mal gespannt, was bei den Amis läuft.“

*

Auswertung

Borg schnappte sich Bal Sing und ging die Zeichnung zehnmal in verschiedenen Fragetechniken durch, bis er sicher war, dass die gesehene Röhre der Zeichnung entsprach. Nun fragte er Bal Sing nach dem Helikopter aus. Borg zeigte Bal auf seinem Laptop einige russische Helikoptermodelle, als Bal aber keines direkt erkannte, wurde die Suche anhand von Merkmalen durchgeführt und schon hatte man das Modell MI500 gefunden. Die Frage wohin denn der Heli geflogen war, war nun wieder easy. Bal konnte genauestens antworten: „Na an den Nordrand des russischen Projekts."

Borg scannte die Zeichnung ein und schrieb eine mail an den Führungsstab: Sondermeeting Priorität 1 um 14 Uhr im Manager-Casino.

Er schnappte sich Jim Hensson aus der Informatik. „Jim was kann man mit dieser Zeichnung machen. Ich will darüber alle Infos die es gibt! Was ist das? Wo kommt das her? Ect." „Pete hier brauche ich spezifische Hilfe aus dem Fachbereich. Wie heißen die Fachbegriffe, wie die Suchkataloge usw. nur so kann ich sinnvoll suchen!" „Gut", sagte Borg „ich schicke Dir Dr. Roover, verarbeite du schon mal die Zeichnung in andere Formate wie 3-D-Animation, Explosionszeichnung."

Das Casino füllte sich, Borg begann seinen Vortrag, er schmiss die Zeichnung auf die Präsentationsscreens. „Meine Damen und Herren, diese Röhre hat mein Mitarbeiter Bal Sing an einem Gigantenhubschrauber des Typs Mi500, also eines russischen Modells, hängen sehen.

Abgelassen wurde dieses riesige Rohr am Nordrand des russischen Warangeheges. Wir müssen nun herausbekommen, was das für eine Spezialröhre ist. Die Informatik hat aus der gescannten Zeichnung eine 3-D-Animation erstellt." Er klickte auf die Präsentation und man sah eine tolle Zeichnung der Röhre.

Dr. Roover übernahm das Wort. „Nachdem mich Jim Hennsson vor ein paar Minuten zu sich holte und wir mit den Recherchen begannen, entdeckten wir, dass diese eine Spezialröhre ist." „Welch Wunder- eine sensationelle Erkenntnis", schallte es aus dem Podium. „Also eine Einzelfertigung – wahrscheinlich handelt es sich um ein trojanisches Pferd aus Wladiwostock." Schallendes Gelächter ertönte. „Spaß bei Seite, die gesehene Röhre könnten wir in unserem Projekt auch fast gebrauchen, wenn diese Röhre im Norden der Russenranch abgelegt wurde, dann liegt sie sehr Nahe an dem Vulkan und was wollen wir aus dem Vulkan? Na Energie aus der Lava gewinnen. Vermutlich sind das hier, an der Vorderseite der Röhre, Reglersysteme hinter Hochtemperaturisolierungen, die eine Entnahme von Lava, bzw. erhitzter Flüssigkeit ermöglichen. Die kleinen Punkte jeweils am linken und rechten Rand“, er zeigte mit einem Leuchtstift auf die Punkte an der Wand, „das könnten die entsprechenden Rohre dafür sein. Rein spekulativ, versteht sich“, betonte Dr. Roover.

„Könnte nicht die Informatik da noch weiterhelfen“, mischte sich Borg wieder ein.

„Pete“, sagte Dr. Roover „mein Team wird schon mit der EDV genauere Informationen über das Reglersystem herausholen und dieses mit bestehenden, bekannten System vergleichen, aber eine Blackbox mit etwas vergleichen, ist genauso schwer, wie den Vornamen eines T-Rexes heraus zu finden.“ Alles grinste, dieser Dr. Roover war halt immer zu Späßen bereit. „Wir brauchen halt noch ein paar Details, wie wäre es, wenn wir einige Späher aussenden würden, die uns Fotos oder Infos besorgen? Wir bleiben hier am Ball oder besser gesagt am Blechtrottel.“ „Yes Sir, Späher aussenden“, sagte nun Crütten.

„Wir müssen diese Infos schnellstens besorgen, damit wir herausfinden können, was da läuft. Wir machen eine Exkursion“, sagte Crütten ernst, um wieder auf die sachliche Ebene herunter zu kommen. „Die Exkursion stelle ich sofort zusammen. Es wird eine Eselkarawane, die Reis zum Hafen bringt. Diese Karawane kommt dann zufällig am Nordrand der Russenranch vorbei. Tommy, ich brauche 5 Esel und Pete ein bisschen was aus deiner Schatzkiste. Abmarsch in 15 Minuten.“ Crütten schaute zu seinem Assistenten Tom Örtel. „Wie wäre es noch, wenn wir bei den Russen ein paar Leute einschleusen könnten?“ „Das mit den Eseln regeln wir“, sagte Borg.

Crüttens Team wirbelte los. Binnen 15 Minuten waren die Esel ausgerüstet und der Reistransport konnte starten. Crütten hatte sich aus Borgs Trickkiste einige verrückte Kameras und Utensilien zeigen und geben lassen.

*

Der Track

Der Eselstrack startete. Crütten schritt voran. Man hatte sich vorm Abmarsch kurz abgesprochen, bis ca. 3 km vor dem Ziel und wenn Fremde in Sicht waren, durfte nur noch indonesisch gesprochen werden. Nicht alle der 5 "Wahleselshirten" beherrschten diese Sprache so gut, dass sie auch die nun benötigten Sprüche auf Lager hatten. Jim Johnson, der nun Jamal hieß, gab ab und zu einige indonesische Sätze zum Besten und die anderen 4 wiederholten sie.

Z.B. störrischer Esel – lauf zu = bakal akan oder Ich habe einen Stein im Schuh = Aku punya batu di sepatu.

Man war einen kleinen Bogen gelaufen, damit es so aussah, als sei man aus dem Bauernlager im Nordosten der Insel gekommen. Von der gerade erklommenen, kleinen Anhöhe aus, konnte man die Aquariums-Baustelle gut einsehen. Es wurde eine kleine Rast eingelegt, wie es bei Karawanen üblich war, wenn man eine Anhöhe erklommen hatte. „Ab jetzt nur noch indonesisch", raunte Crütten. Die Esel hatte man gut im Griff, dachte man. Die Esel aber merkten, dass sie mehr Freiheiten als sonst hatten. Shantu, der letzte Esel der Reihe, rannte auf einmal los, als George Smith ihn gerade festbinden wollte. Natürlich in die falsche Richtung.

Alle sprangen auf und mussten die anderen Esel festhalten, damit diese nicht auch noch ausbüchsen konnten. Mit einem unbedachten „Damed"; hechte Jim hinter Shantu her. Er erwischte ihn erst 500 m später an einer kleinen Kurve. Shantu stand da in aller Seelenruhe und knabberte genüsslich an einem Busch. Jim ergriff die Zügel und zog den Esel fest in die andere Richtung. Beide trotteten langsam zur Anhöhe zurück.

Die Truppe brach nach ein paar Minuten wieder auf.

Der Pfad schlängelte sich langsam Richtung Baustelle. Der Plan bestand darin normal an die Stelle zu gelangen, an der der klassische Karawanenweg, die kürzeste Entfernung zum Nordrand der Baustelle hatte. Crütten, der für sein schnelles Denkvermögen bekannt war, ging in Gedanken durch, was Borg ihm eingepackt hatte. Er entschied sich für die Version Fußball.

Die Karawane erreichte den Punkt und Crütten schrie „Stopp ich habe einen Stein im Schuh.“ Er ging zur Satteltasche und holte die Borgreisschale für seinen „Fußballauftritt“ heraus, er bückte sich zu seinem Fuß und stieß die Reisschale aus dem Handgelenk Richtung der vermuteten Spezialröhre.

Der russische Wachtposten hörte die scheppernden Geräusche und rief sofort seinen Kollegen zu sich. Beide lugten durch das Fernglas. Ivan Bortsch deutete: „Da gegen 11 Uhr Eselskarawane und davor ein Treiber, der direkt auf uns zu kommt.“ Er zog seine Waffe. „Hey“, sagte Eugen Alexejew. „Steck das Ding weg, du bist hier nicht im Kaukasus und spielst Krieg.“ „Was macht der Typ da?“ Crütten hatte sich die Magnetreflektorschale ausgesucht. Immer, wenn er bis auf ca. 2m in die Nähe der Schale kam, stieß er seinem linken Fuß nach vorne und der Mechanismus, den Borg sich ausgedacht hatte, bewirkte dass sich die gleichen Magnetpole des Schuhs und der Schale abstießen und dadurch wurde die Schale wie ein Fußball zum Rollen gebracht und zwar in Richtung der Röhre.

„Was macht der da? Wann hat er endlich die Schale aufgehoben.“ Eugen zuckte mit der Schulter. „Irgendwann schafft es auch dieser Depp seine Schale aufzuheben.“

Crütten hatte mittlerweile seine Technik so verbessert, dass die Schale permanent in Bewegung blieb. Er wollte auch nicht übertreiben und versuchte nun den linken Fuß nach vorne zu bringen und magnetischen Teil des Schuhs so zu steuern, dass der Mechanismus nicht mehr wirken konnte. Er hatte es mit dieser Technik bis auf 100 m in die Nähe der Röhre gebracht, viel weiter, als je gedacht. Die beiden Wachtposten wurden immer unruhiger. Nun bückte sich Crütten und hob die Schale auf. Er stand so da, dass er mit der Reisschale, die rundherum mit Minikameras ausgestattet war, noch weitere Fotos von der Röhre machen konnte. Er selbst begann nun sich auch einige Details der Boxen an der Röhre einzuprägen.

Nun kam das Utensil Borg2 zum Einsatz. Er griff in die Manteltasche seines Hirtenumhangs und entnahm einen kleinen Basaltstein, so wie hunderte hier herumlagen, nur dieser Stein war mit einigen Superkameras ausgestattet und war wahrscheinlich mehr Wert als der ganze Hang. Er hob die Schale noch mal auf Augenhöhe und tat so ungeschickt, dass die Schale wieder auf die Erde fiel.

Ivan stieß ein lautes „Idiot", hervor, das selbst Crütten hören konnte. Er ließ sich nichts anmerken, bückte sich und hob die Schale auf, dabei ließ er den Stein so aus der Hand auf den Boden gleiten, dass diese Stelle freie Sicht zu der Röhre bot. Die Steinkameras begannen zu senden. Die amerikanischen Wissenschaftler im Casino waren begeistert, als endlich Bilder auf der Medienwand auftauchten.

Crütten ging grinsend, langsam zur Karawane zurück.

Die Karawane musste nun am Westrand des Warangeheges entlang laufen, denn der Weg Richtung Hafen führte hier entlang. Er nach 4 Kilometern konnte man auf einem kleineren Weg in einem Bogen zum amerikanischen Museumsgelände zurückkehren. Man hatte allerdings vergessen genug zu fressen und zu trinken für die

Esel mitzunehmen. Diese blökten immer häufiger und immer lauter und das Führen der Esel wurde zu einem anstrengenden Geschäft.

Endlich war man wieder in heimischen Gefilden. Die Eselstreiber verwandelten sich wieder in Amerikaner und die Esel bekamen extra Rationen Futter.

Im Casino wurden die Karawanemsis begeistert empfangen. Schale und Stein hatten tolle Bilder geliefert. Crütten musste seinen Schalen-Fußball vorführen. Alle johlten und Pete Borg war der Held des Tages.

Die Wissenschaftler hatten viel zu tun, um herauszubekommen, was da in den Boxen auf der Röhre war und welches zusätzliche Equipment man erkennen konnte.

Am nächsten Morgen gab es eine abschließende Expertise mit großer Diskussion. Crütten hatte seinen Beobachtungsbericht auch längst verfasst, aber durch die Fotos waren seine „Zusatzinfos" doch so gut wie überflüssig.

Die These vom Trojanischen Pferd wurde bestätigt. „Mit großer Wahrscheinlichkeit" sagte Dr. Roover (d.h. für einen Wissenschaftler größer 80% und zu mehr ließen sich diese Burschen eh kaum festlegen.) „handelt es sich um ein Röhrensystem, das in der Lage war einen Öffnungsmechanismus zu tätigen und die kleinen Rohre", der Dr. zeigte mit einem Pfeil auf die Stelle auf der Multimediawand, die gerade eingeblendet war, „könnten dazu dienen, Gas oder Flüssigkeit zu transportieren, die auch zur Energiegewinnung benutzt werden. Die tiefe Lage der Röhre lässt auf ein besonders schweres Gewicht schließen, dass man natürlich hat, wenn viel Eisen für die Bewährung benutzt wurde.

Die Partien rund um die potentiellen Schiebersysteme", wieder ließ er den Lichtzeiger um gewisse Teile des Bildes kreisen, „sehen so aus wie Hochtemperaturisolierungen. Wie gesagt zu 80%, genaueres muss eruiert werden. Ist das nicht eine Aufgabe für die

Abwehr?“ Crütten ergriff sofort den Ball. „Abwehr? Ich denke eher hier ist ein kleiner Angriff erforderlich. Das Einschleusen der Mitarbeiter muss vorangetrieben werden, die Vorbereitungen sind ja durch Tom Örtel bereits gelaufen, wir müssen nun mal sehen, ob nicht gewisse Sabotage-Möglichkeiten ausgedacht werden sollten. Mr. Örtel, sie sollten den Vorschlag noch mal durchdenken und mindestens 2 Leute einplanen, die russisch und oder indonesisch sprechen und das Einmaleins von Sabotagen und wissenschaftlichen Untersuchungen beherrschen!“

Örtel sprang auf. „Sorry, ich habe bereits einen Vorschlag erarbeitet und die ausgewählten Personen sind Myers, Rodgers, Thoms, Ma Ling und Westwood. Die Einschleusung ist bereits in die Wege geleitet.“ Crütten schaute Örtel an. „Wau John, das war ja schneller als der Schall. Wir diskutieren intern noch mal die Fähigkeiten der Auserwählten durch, aber ich denke Thoms und Rodgers sind absolut die richtigen.“ Crütten kannte seine Leute und fühlte sich bestätigt, dass er mit einem so großen Stab nach Indonesien gereist war.

Dr. Roover sagte: „Wir haben hier ein paar Fragen, wir brauchen also noch ein paar Antworten. Wer fragt steht ja nun fest, wer antwortet auch, aber wie kommen die Antworten an die Fragenden, und wie verstehen die Frager die Fragen?“ Allen im Saale standen Fragezeichen im Gesicht geschrieben. Roover genoss seine Worte, wartete einen kleinen Moment und sagte dann. „O. k. wir werden das Leiharbeitsteam unterweisen und Crütten regelt die Nachrichtenwege.“

*

Das Besorgen der Informationen von den eingeschleusten Bauarbeitern hatten sich also nun Örtel und Crütten auf die Fahne geschrieben. An Infos von den beiden über den Hafen vermittelten Arbeitern zu gelangen war recht einfach, denn diese Arbeiter wurden von LUKGAZ täglich nach der Arbeit wieder am Hafen abgeliefert. Teils brachten sie dann ihre Infos an tote Briefkästen oder gaben Zettel bei der Begrüßung von Freunden weiter. Sie bekamen ihrerseits auch auf diesem Wege Instruktionen zurück. Diese Infowege hatten sich in kürzester Zeit eingespielt. Die über das Festland angeheuerten Arbeiter dagegen schliefen im Lager an der Baustelle und dort kam man nicht so einfach hin. Örtel hat erfahren, dass am Lagertor einige fliegende Händler ihre Geschäfte machten und dort mischten halt ab jetzt auch einige amerikanische Händler als Inselbewohner getarnt mit. Diese Händler verkauften zum Beispiel Melonen und beim Bezahlen gab es auch neue Anweisungen für die „Festländer“ oder man bekam deren Infos. Die /der Händler konnte an einem einfachen Siegelring mit einem Tigerkopf erkannt werden.

Schnell funktionierten auch diese Wege.

*

Infotausch

Die Strategie der Russen war so, dass die Hafenarbeiter für Erdarbeiten und die „Festländer“ für anspruchsvollere Arbeiten eingesetzt wurden. Thoms war „Festländer“ und Ma Ling Hafenarbeiter, aber man hatte Glück und die beiden arbeiteten fast zusammen und konnten dadurch leicht Kontakt aufnehmen. So war der Infoaustausch innerhalb von 3 Tagen geregelt. Die hereinkommenden Ergebnisse bestätigten den Wissenschaftlern, dass die Theorien stimmten und dass bei den Russen ebenso ein Energiegewinnungsprojekt aus der Lava laufen würde und das Aquarium dabei nur eine Tarnung war.

Nach 5 Tagen kam die Info, dass die Russen neues Gerät bekommen hatten und nach 7 Tagen war klar, dass nun von 4 Stellen aus gleichzeitig gearbeitet wurde.

*

GP-Sitzung

Nach dem üblichen Verfahren: Begrüßung ect. , eröffnete Crütten die Abendsitzung. „Meine Herren, wir sind hier, weil sich bei den Russen etwas getan hat, sie geben auf einmal wahnsinnig viel Gas bei der Ausführung ihrer Bauarbeiten, sie verlegen Rohre von 4 Seiten aus gleichzeitig, da werden sie sicherlich eher fertig werden." Der Bauleiter Mason ergriff das Wort. „Wenn man den chinesischen Effekt etwas abzieht, wird das sicher so sein, dass die Arbeiten schneller fertig sind, es muss halt sehr genau gearbeitet werden. Denken wir halt an die Episoden vom Verlegen der Eisenbahnschienen von Union Pacific und Central Pacific im 19.Jahrhundert.

Aber die Russen werden viel Zeit aufholen."

„Dr. Roover, was hatten die Russen denn für einen Termin propagiert?" Örtel meldete sich als erster „Der 21.August." „Mason, was bedeutet denn eigentlich viel aufholen?" Mason stand auf, wühlte in den Plänen und sagte: „Mal kurz laut gerechnet: bei 3000 m Röhren und einem Trupp benötigt man ca. 6 Wochen, 1 Woche ist schon rum, macht 500 m. Nun schafft man 2000 m oder 1500 m pro Woche, d.h. es werden dadurch 3 Wochen eingespart also Ende Juli" „Oh unser Termin war doch der 8.8.- Hmh wir sollten mal in Washington nachfragen, wie wichtig uns unter diesen Voraussetzungen eine frühere Einführung vor den Russen ist", meinte Dr. Roover. „Mach ich gleich im Anschluss an unsere Sitzung", sagte Crütten.

Der Seismologe Dr. Saunders meldete sich zu Wort. „Ich hätte da mal ein Problem oder besser gesagt eine gewisse Vermutung scheint mir sehr logisch zu sein. Anak-Krakatau zeigt überraschender Weise mehr Bewegung als vorher oder sogar als je zuvor. Wir können aufgrund der Messungen ja natürlich nicht genau vorhersagen, ob was passiert oder wann etwas passieren wird, aber die Wahrscheinlichkeit, dass sich in ein paar Monaten oder in ein paar Jahren etwas tut, ist in letzter Zeit stark gestiegen.

Wir geben bei dieser Gelegenheit bekannt, dass unsere Risikoeinschätzung um 2 Stufen nach oben gesetzt werden muss. Es sollten Evakuierungsmaßnahmen zumindest entwickelt werden. Bitte klären sie das auch mit der Zentrale ab. Bericht hier im Handout, Mails bereits verschickt." „Danke", sagte Crütten. „Ich gebe das in der nächsten Besprechung an die Zentrale weiter. Was hast du denn für eine Vermutung John?" „Tja vielleicht wissen die Russen was Genaueres als wir und deren Vulkanologen treiben zur Eile." „O. k., das nehme ich auch mit auf und spreche es mit den anderen Punkten an und wir warten mal ab, welche diversen Maßnahmen aus den Diskussionen heraus entschieden werden. Meine Herren gehen sie früh schlafen; die nächsten Tage könnten noch arbeitsreicher werden. Morgen früh werden wir die Ergebnisse aus dem Mutterland wohl vorliegen haben. Ich denke ich werde dort einige Leute beschäftigen, und wir können dann bald auch Gas geben." Crütten winkte Örtel und Borg zu sich.

Er ergriff das Telefon und verlangte seinen Chef Bill Trump. „Kommt in einer Stunde" sagte die Sekretärin" „Nö", sagte Crütten und wählte eine Direktnummer. „Good morning", kam es gequält aus der Leitung. „Good evening Sir", konterte Crütten. „Ich will mich nicht lange aufhalten: Folgende Punkte müssen dringend geklärt werden." Crütten berichtete, und ab und zu fiel ihm Trump ins Wort. „Was haben die: Auf einmal viermal so viele Leute und Geräte wie vorher. Da muss was faul sein. Ist denn der Termin so wichtig? Oder wissen deren Vulkanologen mehr? Danke Crütten. Ich übernehme die strategischen Entscheidungen, schmeiße meine Tagestermine um, koordiniere alles und du Crütten hältst dich bereit für die Besprechungen, die ich mit den Betreffenden initiiere."

„Sir neben mir sitzen noch Mr.Borg und unser Örtel. Wir müssten auch noch über die Abwehrmaßnahmen reden. Örtel hatte ja bereits eine Anfrage an das Sprengstoffteam gestellt, es wäre toll, wenn wir da heute zu einer Entscheidung kämen. Könnten sie bitte die Damen und Herren schnellstens an die Leitung bringen lassen?" „Es ging an Dr. Lennox und seine Truppe?" „Ja Sir, und ich glaube, dass es sinnvoll wäre, dass ein Geo- oder Vulkanologe mit dabei wäre." „Klar ich organisiere das und denke gegen 10 eastern time wird sich die Lennoxtruppe bei Euch melden." „Wir warten – bis später."

Trump telefonierte wie wild mit seinem Sekretariat und eine Stunde später war sein Stab im Konferenzraum versammelt, und die Videokonferenz mit seinen Vorstandskollegen für nochmals eine Stunde später avisiert.

Wie immer wurden im Stab heftig Pros und Contras diskutiert und die Situation abschließend wie folgt bewertet:

1. Die Priorität ist als hoch an zu sehen:

Indonesien ist für General Power ein Land mit höchstem Interesse, deshalb darf dort keiner verärgert werden. Ein extrem wichtiger Gesichtspunkt in der Kultur der Asiaten ist es: Sein Gesicht zu wahren, wenn man also einen Termin zusagt, muss der gehalten werden, ist man nun aber vor einem anderen Projekt fertig, also vor dem LUKGAZ-Projekt, so steigt man im Ansehen der Indonesier.

2. die Beschleunigung des Projektablaufes durch Material, Gerät und Personal ist zu empfehlen

3. Die Vulkan-Energie-Gewinnungsmethode als Pilot-Anwendung zu testen wird als mittel eingestuft, aber der materielle Aufwand war und wird so hoch, dass ein Ergebnis mehr als wünschenswert ist

4. Die Geologische/Vulkanologische Situation wird als kritisch bewertet. Evakuierungspläne sollten vorhanden sein.

Daraus ergab sich dann der Strategievorschlag:

Die Einführung des „Museums“ muss vor der des russischen Aquariums liegen

Gerät und Manpower (einfache Arbeiter aus dem Pool Vorort und Ingenieure aus den eigenen Reihen) aufstocken

Gegenmaßnahmen ohne Gefährdung dritter durchführen

Trump schaffte es, seine Kollegen in weniger als 20 Minuten von diesem Vorschlag zu überzeugen.

Sein Stabschef Bob Sollom sollte den Rest regeln.

Sollom ging zur Lennox-Gruppe, die schon mitten in der Diskussion steckte. Sollom erklärte kurz den Vorstandsbeschluss, das bedeutete für die Gruppe auch, dass man das Thema Budget hinten anstellen konnte, denn nun standen Sondermittel zur Verfügung.

Kurz darauf hatte man den Lösungsvorschlag, der zu Örtels Anforderung passte.

Der Sprengstoff für die Gegenmaßnahme musste ein chemischer Sprengstoff sein, dem durch eine metallische Ummantelung nur die Gelegenheit geboten werden sollte, sich nach oben auszudehnen. Dabei würde die konische Form des Mantels dies noch weiter unterstützen. „Wir können die Videokonferenz mit zukünftigen „Feuerwerkern“ in Indonesien nun beginnen“, sagte Lennox. Borg, Örtel und Crütten hörten sich den Vorschlag an. „Hört sich gut an, aber welche Menge geht dann doch noch nach unten los?“, fragte Borg „Wir haben so etwas mal in Nicaragua eingesetzt. Das Loch nach oben war riesig und das nach unten immer noch groß.“ „Wie lange ist denn das her Pete?“, kam es aus der Zentrale von Lennox zurück, der Pete Borg schon ewig kannte. „Na so vor“ Borg überlegte „15-20 Jahren.“ „Glaub mir Pete, die jetzigen Ummantelungen sind sehr stabil und wir sind in der Lage 90% nach oben zu steuern, 5% bleiben im Mantel hängen und nur 5% wirken ungewünschter Weise nach unten.“ „Das heißt wie viele Kilotonnen?“ „Tonnen, du bist wohl verrückt, die Menge ist so berechnet, dass die Wirkung 25m nach oben und 2 m nach unten wirkt. Die Geophysiker haben bestätigt, dass die Spannung des Magmas in Eurem Kratersee auch nicht viel geringer ist. 3 zeitgesteuerte Bomben gehen heute noch auf den Weg zu euch. Hier ist die Konstruktionszeichnung und Pete, leider wirst du arbeitslos. Die Legierung kannst du nämlich mit deinen Werkzeugen nicht mehr bearbeiten, geschweige denn trennen. Wir haben also das Ganze schon in solche Teile zerlegt, dass kein Teil mehr als 3,5 Kg wiegt und man nur 3 Teile zusammensetzen muss inklusive Zündmechanismus für Zeit- und manuelle Zündung, damit es Bumm macht.“

Lennox machte eine Pause. „Moment meine Herren, ich durfte noch als ganz junger Agent von dem großen Pete Borg einiges lernen, das kann also doch noch nicht alles gewesen sein oder?“

„Da fällt mir spontan schon noch was ein“, returnierte Borg. „Halt, halt junger Mann. Der Sprengstoff selbst sieht aus wie Basmati Reis. Besorgt mal bitte ein paar original indonesische kg-Beutel. Der Agent kann also den Reis ganz einfach mitnehmen und in seinen Spind stellen. Die Ummantelung sieht aus wie Trinkschalen in Ton-Farben, die Schalen kann man also auch in den Spind stellen, der Zünder ist im undurchsichtigen, stabilen Plastikbesteck. Aufknicken und es bleiben die Zünder übrig. Die Zeitmechanismen, welch Sensation, sind in einem kubischen Wecker, der bei Bedarf in 4 Teile zerlegt werden kann. Der Wecker ist auch recht dekorativ für jede Schlafbaracke oder den Spind. Na Pete zufrieden?“ „Spion sein ist doch heute ein Kinderspiel.“ Alle lachten und stimmten dem Vorschlag zu.

Crütten schrieb noch ein paar Anweisungen an die Bauplanung: neues Gerät kommt spätestens übermorgen, plant mal neu nach dem Muster der Russenstrategie: Wir arbeiten gleichzeitig aus 2 Richtungen an der „Gangway.“

Den neuen Zeitplan dann an mich.

Leute besorgen und aus dem Mutterland kommen 2 Ingenieure als Bauleiter für diesen 2. Trupp dazu.

*

14 Tage später

Dr. Roover eröffnete die nächste Sitzung: „Meine Damen und Herren sie haben die Agenda gelesen und wir hören uns mal als erstes die Berichte der einzelnen Teams an. Mason bitte erläutern sie uns mal den Baufortschritt.“ „Nun unser Team arbeitet außerordentlich effektiv und durch den Einsatz von Team 2 konnten wir einige Zeit gut machen, um es besser auszudrücken, ca. eineinhalb Wochen. Ohne Veränderungen hätte dies zu einem Termin 8.8. geführt. Dank des Vorschlags zu den vielen neuen Ruderern nun auch noch die Schlagzahl auf der Galeere zu erhöhen von 8 bis 9 auf 12 Stunden, können wir wahrscheinlich noch eine weitere Woche rausholen. Die Hafenarbeiter müssen allerdings nun in den Baracken übernachten. Wir haben weiteres Wohn- und Schlafequipment besorgt und ködern die Arbeiter mit doppeltem Lohn bei 50% Mehrarbeit. Die Tiefbauarbeiten und Turm und Aufleger werden ca. am 16. fertig.“ „Danke, danke, hört sich ja gut an“ Dr. Roover ergriff das Wort. „Wenn das hier eine Galeere ist, dann sind wir wohl die Alchemisten und haben in letzter Zeit einiges gehext und zusammengemischt, so dass wir bereit sind, ab dem 5.7. mit den Tests zu beginnen. Die Entnahme und Rückführung kann auch ab diesem Termin abschließend getestet werden, der Zulauf ins Lavabecken und die Energiegewinnung, können natürlich erst nach Ende aller Baumaßnahmen erfolgen. Der Termin Ende des Monats Juli ist erreichbar. Nun kommen wir zu einem Orakel.“ Dr. Roover genoss es, seine Metapher unterzubringen.

„Die großen Nebel werden langsam durchsichtiger und verheißen nichts Gutes. Alle Messwerte der Vulkanologen steigen und steigen. Zusätzliche Anzeichen, die auf einen baldigen Vulkanausbruch hinweisen, tauchen leider wie ein Phönix aus der Asche, besser Lavaasche auf. Erdbebenaktivitäten in tieferen Schichten, neu auftretende Gasausbrüche aus Erdrissen, teilweise noch unergiebige Lavaströme und ein Ansteigen des Bodens und des Lavaspiegels verheißen, dass uns nicht mehr so viel Zeit, wie gedacht, zur Verfügung steht.

Nach allen Diskussionen empfehlen wir, dass eine echte Galeere in unseren kleinen Hafen geordert wird. Probleme gibt es aber mit den Trommlern“, bewusst machte er wieder eine Pause und dachte ‚na wer wird nachfragen.‘ Örtel tat ihm den Gefallen „Trommler?“ „Ja, denn die müssen nun das Mittelalter verlassen und multitaskingfähig werden. Denn neben dem erhöhten Takt, müssen diese Leute nun auch noch die zweithöchste Alarmstufe trommeln. Evakuierungsplan Bill muss also ausgerufen werden. Wir wissen noch nicht genau wann, aber denken, dass etwas in den nächsten 4 bis 8 Wochen geschieht.“ Crütten warf ein „Wir sind noch mit der Steuerung des Infoflusses von unseren russischen Freunden und mit der Planung der Gegenmaßnahmen beschäftigt. Ich werde gleich darüber berichten. Wer kann sich denn nun um den Evakuierungsplan kümmern? Dr. Roover warf ein „Mein Assistent wird das mit der Security klären und ich besorge die Galeere aus Washington. Mr. Crütten berichten sie.“ „Unsere Leute arbeiten seit Tagen mitten unter unseren Freunden der Firma LUKGAZ, die

Fragebögen sind längst bei den Spezialisten gelandet und haben alle Vermutungen bestätigt. Der Informationsfluss ist geregelt. Wenn wir nun einen bestätigten Termin haben, werden wir den genauen Plan zum Aktivieren der Gegenmaßnahmen umsetzen lassen. Das Material wird dann in Form von Carepaketen verschickt. Mr. Örtel arbeitet seit Tagen an einer Planung und stellt immer wieder Fragen an unsere Leute."

„Mal eine einfache Frage: Wir haben ja die Schlagzahl erhöht, wenn das der Feind auch macht, können wir dann auch die Infoflüsse zu unseren Spähern aufrecht erhalten oder werden dann aus den Infoflüssen Infobäche?" „Hm in der Tat, es würde etwas weniger Wasser fließen – Örtel was machen wir dann?" „Nun Sir, dann werden die Pakete eben vorher schon verschickt, erhöht halt das Risiko der Entdeckung ein bisschen mehr." „Was macht denn die Museumsgruppe? Sind einfache Dokumente zur allgemeinen Verwirrung erstellt?" Frau Prof. Dr. Sybille Maier konnte mit den Späßen von Dr. Roover nicht gut umgehen und lief etwas rot an. „Dr. Roover, wenn ich sie erinnern darf, liegt ihnen je ein Satz der Vulkan- und der Geschichtsdokumentation vor, ebenso haben sie auch das Simulationsmodell schon mehr als einmal gesehen und, wie sie sagten, als brauchbaren Spielfilm mit großem Unterhaltungs- und Informationswert beurteilt." Sie holte tief Luft.

„Madame, es ist wunderbar für mich, dass sie sich so toll an meine Worte erinnern können. Ich sag es mal nun ohne Spaß, sind alle Dokumentationen in den beschlossenen Sprachen zu dem vorgezogenen Termin da und sind alle Führer genügend ausgebildet?" „Vorgezogener Termin? Welcher ist denn das?" „Na wenn sie nichts dagegen haben, wird das wohl der 27.7. sein." „Der Termin war mir aber nicht so bekannt." „Frau Maier, waren sie in den vorherigen Meetings mit dabei?" fragte Roover rhetorisch. „Nein ich bin erst vor 4 Tagen gekommen." Roover schaute seinen Assistenten an. „Sir, wir hatten doch so viel zu tun, daher lief das so mit niederer Priorität neben her. Aber ich denke, das kriegen wir in

4 Wochen geregelt und erhöhen die Priorität. Oder?“ Roover guckte seinen Assistenten Smith vorwurfsvoll an und machte eine Ausholbewegung mit dem Arm. Frau Doktor war das nicht genug. „Ich habe selbstverständlich alle Protokolle gelesen, außer einer Willensbekundung den Termin nach vorne zu verlegen, stand da konkret nichts drin.“ „Tja, wahrscheinlich haben sie Recht, aber nun mal nach vorne geschaut. Werden sie die angesprochen Aufgaben zu dem vorgezogenen Termin erledigt haben?“ „Sir, ich glaube ja, der zeitkritische Pfad ist die indonesische Übersetzung der Scripten und die ist ja wichtig. Wir werden bestimmt mehr Ressourcen benötigen!“ „Bewilligt. Ich fasse noch mal zusammen. Erhöhte Sicherheitsstufe, der Evakuierungsplan wird gestartet, der neue Termin ist der 27.7.

war auch der Wecker nicht zu erkennen. Westwood ging in den Pausenraum zurück. „Ah der fleißige Genosse, alles klar mit ihnen?“ fragte der Professor. „Ja die Verdauung, die viele Feigen, waren doch wohl etwas zu viel des Guten.“ „Ja Ficus Carica sind dafür bekannt, dass man sie nicht zu frisch essen darf. Leute habe ich euch eigentlich schon die Geschichte von dem 1,5 Ohren-Bären erzählt? Also vor ca. 12 oder gar 15 Jahren ...“ Westwood schaute die anderen an, die alle verstohlen grinsten.

Der Professor hatte ein tolles Langzeitgedächtnis, aber an das, was gestern war, konnte er sich nicht mehr erinnern, denn er hatte die Geschichte gestern Nachmittag auch schon erzählt. Egal, denn Geschichten hörte man in Indonesien immer gerne. Langsam kam Westwood wieder zu Kräften.

Am Abend war er einer der ersten bei den fliegenden Händlern, so schnell hatte er lange nicht mehr geduscht. „Frische Feigen“, rief Jamal. „Deinen Reis brauche ich nicht mehr!“ „Was ich habe alle Hebel in Bewegung gesetzt, dass du noch mal welchen bekommst, na egal.“ „Ahnungslose Leute, sogar Kunden in die Bedroullie zu treiben, wohl verrückt", überfiel Westwood Jamal. „Wie, was, wo?", stotterte dieser. „Hier hast du 3 Feigen zurück, die sind viel zu frisch. Gib mir 10 neue, aber ältere." „Was du willst frische Feigen umtauschen. Was soll das denn? Wenn du mir das erklären kannst, bekommst du die 10 ältesten Feigen." „Hey du feilscht ja gar nicht, wohl ein schlechtes Gewissen?" „Schlechtes Gewissen, wieso?" „Der Professor Sorros, eine Koriphähe, hat gesagt: Feigen darf man nicht frisch essen, sonst kann das in die Hose gehen. Das musstest du uns sagen." „Das wusste ich aber doch nicht." „Wie alt sind deine Feigen denn?" „Na so 4 bis 5 Tage" „Was und dann rufst du: Frische Feigen." „Au Mann, hier hast du die 10 Feigen, lass sie 2 Wochen liegen, dann sind sie am verdaulichsten." „Aha du wusstest es also doch!" Jamal gab Westwood die Feigen. Er genoss solche Dialoge und die Bombe war auch schon heute platziert. Er konnte grünes Licht geben, super, damit hatte heute keiner mehr gerechnet.

*

Badmintonausflug

Freitag 14.7. :

In Jakarta

Am nächsten Morgen war fast alles wieder beim Alten. Die Badmintonspieler machten einen Ausflug zum Istana Boger Palast und in den Botanischen Garten von Keban Raya. Hier verbrachten die reichen Jakartaner ihren Sommer. Über 17000 Pflanzen aus der asiatischen und der australischen Fauna waren hier beheimatet. Das zoologische Museum wurde ebenso besichtigt und bestaunt. Als David auf der Rückfahrt gefragt wurde, was ihm am besten gefallen hätte, antwortete er wie aus der Pistole geschossen: „Der ausgestopfte Waran, der war obercool." Vanessa gefiel die Riesenblüte der Königin der Nacht am besten.

*

GP-Sitzung

Als Örtel am nächsten Morgen die Nachricht las, strahlte er und dachte: ‚Genau passend zur heutigen Statussitzung', die schon um 15 Uhr beginnen sollte.

Die relevanten Mitarbeiter waren informiert und eingeladen und bereiteten sich auf das Meeting vor. Pünktlich, 15 Minuten vor Sitzungsbeginn, wackelte die Erde recht heftig. 3 Minuten später war der Spuk schon wieder vorbei. Diesmal hatten alle etwas gemerkt. Der Serviererin war vor Schreck ein Tablett in Eingangsbereich auf den Boden gefallen und sie war panikartig erstmal vors Haus gerannt. Gott sei Dank hatte das Beben so eine Stärke gehabt, dass keine Schäden an den Gebäuden aus Stein oder Beton entstanden war. Einige Gegenstände waren umgekippt und oder auf den Boden gefallen, alles hatte gewackelt.

Die Vulkanologen rannten noch mal zu ihren Messstationen, um die neuesten Werte abzulesen. Der Wecker von Dr. Roover klingelte. Roover hatte sich ein kleines Nickerchen erlaubt, seine Notizen lagen bereit, richtig angezogen war er schon, kurz mit dem Wasser durchs Gesicht und raus. ‚Oh die Blumen waren ja aus der Vase gefallen'. Er telefonierte kurz, damit jemand den Schaden beseitigen würde.

Er erreichte den Sitzungssaal. Alle standen noch im Flur vor der Tür und eine Servicekraft wischte den Boden sauber. „Was ist los?" fragte Roover. „Sir, das Beben!" „Welches Beben?" „Guter Witz Sir, sie haben es aber immer faustdick hinter den Ohren", bemerkte Örtel. Frau Prof. Dr. Maier beherrschte sich und dachte ‚diesmal lasse ich mich nicht hereinlegen'. Roover ging in den Raum und sah noch etliches auf dem Boden liegen. „Nun mal ehrlich Frau Prof. Dr. Maier war das ein Erdbeben oder was ist passiert?" „Nein,

nein“, antwortete sie. Nun hatte sie Roover verunsichert. Er benutzte all seine Routine. „Meine Damen und Herren kommen sie rein und räumen ein bisschen mit auf, damit wir beginnen können.“ „Die Vulkanologen fehlen noch!“ „Warum denn? Deren Meinung wird doch auch gebraucht.“ „Die holen schnell die Messergebnisse vom jetzigen Beben.“ „Jetzigem Beben“, wiederholte Roover. Alle lachten. „Crütten komm mal kurz her. Alles nach Plan mit der Störungsmaßnahme?“, flüsterte er Crütten ins Ohr. Dieser informierte Roover so, dass kein anderer was hören konnte. „Ausgezeichnet“, sagte Roover abschließend.

„Ach da kommen ja die Vulkanologen. Bitte nächstes Mal pünktlicher.“ Wieder lachten alle.

Roover war verwirrt, sonst bestimmte er doch die Pointen. „Na dann lassen wir mal die Stimmen der Vulkanologen erbeben.“ Dr. Saunders schmiss seine Präsentation an die Wand. „Das sind die visualisierten Messwerte von Epizentren und Richterskala. Einen Moment.“ Er öffnete ein Steuerungsfile und trug ein 14.07. 14:45 Uhr. 2 km und 3,9. Die Graphik, die vorher schon steil anstieg, machte noch mal einen Satz nach oben. „Ich denke ich brauche nicht viel zu sagen: Die Entfernung des Epizentrums zu uns nimmt ab und die Richterstärke zu. Die Dauer der Beben ist noch gering, sonst wäre der heutige Schaden auch wesentlich größer gewesen. Um es kurz zu machen: Gibt es einen kleinen Vulkanausbruch in den nächsten 3 Tagen, dann nichts wie weg hier. Auch so ist das Risiko hier zu bleiben ganz schön groß, aber keiner kann das hundertprozentig sagen. Bitte lassen sie Washington entscheiden.“

„Uih, uih, was macht denn die Fähre? Sie soll schon mal in den nächstmöglichen Hafen. 3 Stunden braucht sie dann bis hierher?“ fragte Roover und schaute Örtel an. Örtel stand auf. „Sir die 3 Stunden sind die reine Fahrzeit, das heißt das Schiff müsste startklar sein. Dieses startklar werden, dauert auch 3-4 Stunden.“ „So lang?“ „Ja, ich habe auch nachgefragt und der Kapitän war fast beleidigt.“

„Gut dann beleidigen sie ihn noch mal richtig. Er soll üben. Vom Abruf bis zur Ankunft hier dürfen nur 5 Stunden vergehen und in diesem Punkt wird nicht gefeilscht."

Roover hatte sich gefangen, er musste das Beben verpennt haben. Dass sein Schlaf tagsüber so tief war, konnte er kaum glauben.

„Kommen wir zu den Bauarbeiten. Alles fertig, Mason? Ist die Galeere eingemottet und wir können über die ersten Sanierungen reden?" „Nein Sir!" „Was?" „Nein Sir wir können noch nicht über Sanierungen reden, denn die Abwasserrohre müssen noch etwas zugeschüttet werden. Und die Außenanlagen sind auch noch planmäßig in Arbeit. Wieso gibt es eigentlich diesen furchterregenden Kran? Wer kann das denn mal erklären?"

Frau Doktor Maier hatte nämlich die Aufgabe sämtliche Servicearbeiten peu a peu an indonesische Firmen zu delegieren. „Nun", holte sie aus. „Die Reinigungsfirma war davon ausgegangen, dass man den Laufsteg, wenn Reinigungen anstanden, ebenerdig legen würde. Das stand selbstverständlich nicht im Vertrag und außerdem brauchten und brauchen die Wissenschaftler den Steg ja direkt am Vulkan. Nach einigen Diskussionen und Drohungen kam der Chef der Reinigungsfirma auf die Idee mit dem Autokran. Dieser wurde auf die Schnelle gebastelt. Wir hatten keine Vorstellung, was das für ein abenteuerliches Gerät werden würde. Als ich den Autokran das erste Mal gesehen habe, hat mich fast der Schlag getroffen.

Ich hatte sie doch dann direkt angesprochen Herr Mason, deshalb wundert es mich, dass sie jetzt danach fragen. Sie haben doch gesagt, das wäre abenteuerlich, aber es müsste funktionieren. Egal –Fazit: Wir besorgen der Reinigungsfirma eine fahrbare Hebebühne, damit die Sache sicherer wird. Haben wir noch 50000 Weltdollar im Budget?" „Na klar, wenn sie die Hochglanzbroschüren in Matt ausdrucken lassen", sagte Roover.

Frau Dr. holte tief Luft „Sir!“ „Genehmigt“, fuhr Roover schnell dazwischen, denn es gab wichtigeres zu tun. „Was ist denn mit der Museumsdokumentation, Prospekte, Filme? Können wir was Tolles zeigen?“ „Alles wird Mittwoch fertig sein und das bestens und in Hochglanz.“

„Gut, dann werde ich mal über unsere Gruppe berichten. Die ersten Entnahmen aus dem Vulkan waren erfolgreich und auch erste Werte wurden geliefert, um aber fundierte Aussagen machen zu können, muss die Entnahmemenge und damit der Effekt bis runter zum Generator noch erheblich gesteigert werden. Die Durchflussgeschwindigkeit war auch schnell genug, sodass die Lava „keine“ Chance zur Erhärtung hatte. Die Temperaturmessungen im Laufsteg, während Lava durch die Wannen floss, waren excellent, d.h. die Isolierungen funktionieren. Wir als Amerikaner wandeln ja, wie geschichtlich bewiesen, schon immer auf heißen Böden. Für unsere Auswertungen brauchen wir aber noch 3 Wochen, wenn alles gut geht. Danach hoffen wir, hat sich das Ganze, schon ein bisschen gelohnt.

Mr.Crütten, was vermelden sie?“ „Nun die Störungsmaßnahmen stehen vor einem weithin sichtbaren Abschluss. Im Hause selbst sind, wie im Rundschreiben 7 veröffentlicht, die Zusatzsicherungen aktiv. Hier nochmals der Hinweis, wer abends ab 18 Uhr im Turm arbeiten will, muss das in unserem Büro melden, sonst brummt ihm der Schädel, wenn der Alarm losgeht.

Apropos Alarm: Hier noch mals der Hinweis zur Evakuierung: Die Sirene geht dreimal an und wieder aus; jeweils 30 Sekunden, d.h. dann: Alles stehen und liegen lassen, die Nottasche holen und in Richtung Nothafen gehen oder fahren. Einige Gruppen, die bereits informiert sind, haben noch zusätzliches Gepäck mitzunehmen. Alles steht in Anweisung Bill 3 vom 1.7. in der Version 4 von gestern. Bitte unbedingt allen nochmals vorlesen.“ „Die Erlaubnis und evtl. weitere Regeln für den Evakuierungsplan Bill holen wir uns gleich noch aus Washington ab. Okay", sagte Roover „Vielen Dank für den tollen Einsatz in allen Bereichen. Wir sind rundherum zufrieden. Nun hoffen wir, dass der Anak-Krakatau sich wieder beruhigt und dass die Eröffnung...

Oh, die Eröffnung hatte ich ja glatt vergessen. Smith, wie sieht es damit aus?" Smith hob den Daumen nach oben. „Die Offiziellen können, wie geplant kommen. Frau Doktor und ich haben das gemeinsam gemanaged." „Gut, gut, also hoffen wir, dass die Indonesier mit der Eröffnung und dem Museum zufrieden sein werden. Mr. Crütten, Örtel und Smith und natürlich Borg bleiben mal noch kurz hier. Den anderen schönes Wochenende oder gutes Gelingen für ihre Arbeiten."

Roover ließ Smith telefonieren. „Bob Sollom, hallo", klang es aus dem anderen Ende der Leitung. „Hallo hier sind die Indonesier Roover, Crütten, Örtel und Smith. Wir brauchen eine schwierige Entscheidung von ihnen. Der Status des Projekts ist so: alle Arbeiten sind im Plan, die Störungsmaßnahmen sind erfolgreich platziert. Heute gab es ein Erdbeben der Stärke 3,9 und einem Epizentrum, das nur noch 2 km von unserem Museum entfernt war. Die Fähre für den Evakuierungsplan Bill ist morgen am Zielort. Die Wissenschaftler brauchen noch 3 Wochen um die Ergebnisse der Stufe 1 liefern zu können. Die Lage ist jetzt schon prikär. Wann sollen wir denn evakuieren?"

„Hatten wir nicht einen Richter-Wert festgelegt?" „Natürlich Sir: 4,5 aber das ist ja nur ein Parameter. Die Vulkanologen sagen, wenn es jetzt einen kleinen Vulkanausbruch gibt, wäre das der späteste Zeitpunkt zur Evakuierung, denn auf eine kleinen folgt meist ein größerer Ausbruch."

„Was passiert denn bei einem kleinen Ausbruch?" Smith schaute Roover fragend an, der übernahm das Wort. „Hier spricht jetzt Roover. Asche und Lava werden in die Luft katapultiert. Wo die Lava einschlägt, gibt es natürlich Probleme. Bei einem kleinen Ausbruch sind das aber nur ein paar Kubikkilomer Asche und Gestein, die durch die Luft fliegen, einen Lavastrom kann es dann ebenso geben wie einen pyroplastischen Strom, der dann den Vulkan herunter käme. Uns würde es dann, je nach Wind, mehr oder weniger treffen.

Bei einer größeren Explosion bekommen wir bestimmt so viel ab, dass Mensch und Gut geschädigt würden. Sie kennen ja die Berichte von uns oder können da ja Details nachlesen." „Ja, ja überflogen habe ich das schon mal; ist aber alles sehr vage oder?" „Ja leider." Alle nickten. „Ich rede mal mit Trump und die Antwort gibt es spätestens in 12 Stunden. Ich schlage Trump also vor: Evakuiert wird bei einem Beben der Stärke 4,5 und aufwärts oder bei einer Explosion größer Stärke 3. Roover: Was halten sie davon?" „Guter Vorschlag, das heißt mehr als 1 Kubikkilometer, das ist o. k. und gefährlich genug." Drei weitere Daumen zeigten nach oben.

„Die Störungsmaßnahme!" sagte Crütten. Roover zuckte mit der Schulter. „Die sollte beobachtet werden." „Und wie soll es nach einer Evakuierung weitergehen?" „Messwerte sollten in 3 Tagesrythmen geholt werden", schlug Roover nun vor. „Ich regle die Messungen und Crütten die Beobachtung?" „Okay, ich ergänze den Vorschlag um diese wichtigen Details, das hört sich gut an", sagte Sollom.

„Oh da sehe ich ein rotes Licht, das anzeigt, dass Trump erreichbar ist. Ich probiere mal durchzustellen." Die Verbindung klappte und Sollom stellte auf Konferenzschaltung um, er wiederholte die Vorschläge, druckreif formuliert. Trump sagte: „Also unter diesen Voraussetzungen, kann ich mich sowie so nur auf ihre Empfehlungen verlassen, deshalb stimme ich dem Vorschlag zu. Bei den Rahmenwerten wird nach oben gerundet. Selbstverständlich werden wir Anweisungen aus Indonesien berücksichtigen, d.h., wenn eine Warnung aus Indonesien kommt, wird diese beachtet und evakuiert.

So bald es zu einer Evakuierung kommt, möchte ich persönlich informiert werden, bei Tag oder Nacht. Aber Leute am Liebsten will ich davon nichts aus Indonesien hören. Okay?" „Okay", kam es wie aus der Pistole geschossen von allen Beteiligten. „Bye, bye, Sollom komm mal zu mir, und von den anderen erwarte ich einen ausführlichen Bericht"

Das Gespräch war beendet. „Smith" „Ja, ja ich werde mich drum kümmern und schreibe den anderen auch noch eine mail, ich bin ja Kummer gewohnt." „Super, Danke."

*

Nächstes Meeting bei LUKGAZ:

Nachdem die Erfolgsmeldungen für die Störungs-maßnahmen eingetroffen waren, war es an der Zeit ein großes Meeting ein zu berufen. Termin Freitag 17 Uhr, nach bekanntem Ritual.

Die Baukolonne war gerade dabei die Gedenktafel einzusetzen. Petrov selbst gab die Kommandos: „Anheben, ein Schritt vor, 30cm rechts, 10cm vor, 2 … ." Die Erde begann zu beben und sofort rutschte den Bauarbeitern die Tafel aus den Händen. „Verdammt noch mal ihr Idioten, habe ich was von ab gesagt?" schrie Petrov. Dieser war so konzentriert bei der Sache, dass er nichts gemerkt hatte. Die anderen vier schauten Petrov an, nach dem Motto: Der merkt auch nichts. Jetzt kippte Petrov aus seiner Hockposition nach vorne und bemerkte endlich auch das Beben. – An der Tafel mussten einige Schrauben nach dem Ende des Bebens nachgezogen werden, denn die vorderen Füße hatten sich verbogen.

Die Warane, die sonst um die Uhrzeit schon träge umherliefen, waren schon seit Minuten unruhig und probierten im Süden auszubrechen. Die Sicherung hielt. Die Tiere beruhigten sich erst wieder, als es dunkel wurde.

Gadysch und Pjotrvitsch wollten noch Tests an der Nordost-Sicherung durchführen. Gadysch gab Pjotr ein Zeichen, das einschalten bedeutete. Gadysch schaute auf den Boden, auf eins der versteckten Lämpchen, das ihm anzeigte, dass die Anlage scharf war. Er bückte sich noch ein Stück herunter, und dann begann die Erde zu wackeln. Gadysch fiel nach vorne und löste den Alarm aus. Pjotr, der schon auf dem Weg zu Gadysch war, drehte um und ging breitbeinig zum Schalter zurück. Manchmal war ihm so, als würde ihn jemand stoppen. Er schaltete die Alarmanlage wieder aus. Er dachte: ‚Oh, wenn mir das passiert wäre.' Gadysch reagierte mal wieder wie ein Spitzenmann. „Mach das Ding wieder an und halte Abstand von dem Sicherungsfeld. Wir haben nun unseren Erdbebentest. Bis 5,0 soll nichts geschehen." Kaum hatte er das gesagt, bebte die Erde wieder fester, doch bis zur Alarmauslösung kam es nicht.

Die Meeresbiologen wurden nass, denn in allen Räumen war das Wasser oben aus den Becken geschwappt. Fenisch dachte zuerst es könnte der Rochen gewesen sein und auch Frau Dr. Seleskova hatte so etwas noch nicht erlebt. „Bei so großen Becken kann das doch gar nicht gehen", murmelte sie. Nach und nach bemerkten alle die wirkliche Ursache. „Die rausgefallenen Fische schnell in die Nebenbecken und raus hier", kam der Befehl.

Die Wissenschaftler hatten sich um die Monitore der Vulkanologen versammelt. Sie wussten, dass Sitzen besser war als Stehen. Jeder hatte seinen Laptop gesichert und ausgedockt und nun lagen diese auf den Schößen der Wissenschaftler. Es war für alle spannender als der beste Thriller.

Nach 5 Minuten war der Spuk wieder vorbei. „Oh, das hätte auch der große Ausbruch werden können." „Nein, nein nicht bei den Parametern." Man diskutierte munter drauf los.

Pr. Paklin war durch und durch Wissenschaftler und wenn er etwas hasste, dann waren das Spekulationen. „Fakten, Fakten, Fakten" sagte er. „O. k. Stärke 3,9 Dauer 5:07 min Epizentrum 1000/2000. Paßt genau in unsere Reihe oder?" „Ja", rief jemand aus „Okay, meine Herren, baut die Werte noch in meinen 17 Uhr Vortrag ein."

Sitzungsbeginn - Dr. Vlatschimov war wieder an der Reihe. Nach seiner höflichen Begrüßung begann er: „Was sagen die Baumeister?" Petrov erhob sich. „Grün in allen Bereichen, wenn heute nichts Großes kaputt gegangen ist, haben wir doch gut gebaut oder?" „Ja, ja ausgezeichnet" „Em, die Aussenarbeiten und diverse Umplanungswünsche stehen in den nächsten Tagen an."

„Danke, was vermelden denn die Meeresbiologen?" Fenish erhob sich: „Das Aquarium 3: Südchinesisches Meer wird Mittwoch fertig. Der indische Ozean wird auch schon mit Leben gefüllt. Aber wir haben seit dem 13. längere Wege und haben einiges an Zeit verloren." „Jetzt sagen sie bloß nicht durch das Rettungsboot", warf Vlatschimov ein. „Doch die Leut müssen zweimal 50 m mehr laufen als vorher." „Dr. Fenisch, lassen sie den Blödsinn. Ich glaube sie haben den Ernst der Sache nicht verstanden: Die Leute werden fürs Laufen bezahlt, dann haben sie halt ab jetzt einen etwas härteren Job! Die Sicherheit geht 100%ig vor. Geben sie nun Grün?" „Grün." Fenisch war clever genug nun zu schweigen.

„Die Security bitte, Major stellen sie aber die Evakuierungsmaßnahmen erst am Ende der Sitzung dar." „Gut die Störungsmaßnahme wartet am richtigen Ort auf baldige, durchschlagende Wirkung. Die Sicherungsmaßnahmen des

Geländes sind in Betrieb und haben auch den Erdbebentest bestanden, auf den wir uns bislang theoretisch verlassen mussten. Er funktioniert im echten Leben bei 3,9 Richter. Also in diesem Bereich alles Grün“

„Schön: jetzt will noch Dr. Paklin berichten.“ „Meine Damen und Herren sie sehen einige Graphiken, den So2 Ausstoß, die Entfernung zum Epizentrum, die Erdbebenstärke und -länge, die Höhe des Lavaspiegels, das vermehrte Auftreten aller Kleinstfaktoren. Alle Graphiken zeigen uns eine Tendenz, und besonders die heutigen Werte umtermauern dies.“ Er zeigte auf die Präsentation an der Wand. „Fazit, die Wahrscheinlichkeit nimmt zu, dass es zu einem Ausbruch kommt. Erreicht uns die Gasblase, wird es ganz gefährlich werden. Man sollte nun Werte festlegen, an denen wir die Evakuierung einleiten sollten. Wir schlagen vor Richterstärke 4,5 oder Epizentrum kleiner 1 km. Ich bitte um Klärung: Ich sage eine Evakuierung sofort wäre sicherer, aber ich weiß auch was alles daran hängt.“ „Dr. Paklin, bitte bleiben sie anschließend mit mir, Dr. Haberkov und Major Gadysch und seinem Adjutanten Pjotrvitsch da, wir sprechen mit Moskau.“

„Gut dann noch etwas zur allgemeinen Lage. Die erste Lava ist herum transportiert worden. Der Generator hat ein bischen Strom erzeugt, der Lava-Fluß allerdings bereitet noch Probleme, denn die Lava darf nicht fest werden. Das Problem war ja bekannt und damit war zu rechnen und deshalb sind wir voll im Plan. Die gesamten Erkenntnisse sind uns eigentlich noch zu gering, dass wir sagen können Mindest-Mission erfüllt.“

„Gadysch nun zum Evakuierungsplan“ Gadysch zeigte mit dem Finger auf Pjotrvitsch. Dieser begann zu erklären: „Bitte lesen sie die Anweisungen Evakuierung 1 bis 6 mit ihren Gruppen durch. Ich wiederhole nochmals die Eckpunkte: Das Schiff, dass uns im Evakuierungsfall herausbringen soll, liegt bereits im Hafen. Die Alarmsirene heult 4mal kurz 4mal lang, das Ganze 3mal je 30

Sekunden. Arbeitsplatz verlassen, Notgepäck aufnehmen, Dv-Sicherungskonzept ausführen, Nahrung fassen, im Zentralbüro in der Eingangshalle registrieren lassen und das Schiff besteigen. Die Sondertransporter holen die Sonderkisten ab, die Küchenkolonne transportiert Nahrung. Die EDV und wir führen einige zusätzliche Sicherungsmaßnahmen durch. Die Sondertransportführer und der Chef der Küchenkolonne melden ihr okay, dann geht auch das Sonderkommando Security/EDV an Bord. Ziel in 2 Stunden sind alle an Bord."

„Danke Herr Pjotrvitsch und an die anderen Chefs, bitte gehen sie den Plan, wenn es sein muss, alle 2 Tage mit ihren Leuten durch." „Was ist denn mit den Leiharbeitern aus dem Hafen?" „Sollen mit aufs Schiff, wir haben nachgefragt: 13 Ortsansässige wollen unbedingt in ihre Dörfer zurück. Das kann man verstehen, aber wir können dann auch nichts mehr für sie tun. Es wären also 104 Leute zu evakuieren."

„Danke, hoffentlich eine erfolgreiche Woche und Donnerstag um 16 Uhr checken wir nochmals die Einweihungsmaßnahmen ab. Mir war übrigens grün in diesem Bereich signalisiert worden. Guten Abend."

Dr. Haberkov, Major Gadysch, Dr. Vlatschimov, Dr. Paklin und Pjotr Pjotrvitsch blieben sitzen und Dr. Vlatschimov wählte per Sattelittentelefon die Nummer von General Irrkutsch.

Kurz danach: „Irrkutsch, guten Tag" „Abend General, hier sind die Herren Dr. Haberkov, Major Gadysch, Herr Pjotrvitsch, der Vulkanologe Dr. Paklin und ich Dr. Vlatschimov. Wir wollen ihnen gerne Bericht erstatten und brauchen eine Entscheidung in Bezug auf die Evakuierung." „Berichten sie erstmal" Vlatschimov legte los und Irrkutsch stellte immer mal zwischendrin eine Frage.

„Gut", resumierte Irrkutsch „Alles ist im Plan, nur konkrete wissenschaftliche Ergebnisse haben wir noch nicht, erst in so 2 bis 3

Wochen. Ich würde mir wünschen, dass eine Evakúierung erst dann notwendig wäre. Das Schiff habe ich ja deshalb für 4 Wochen geordert." „Wir wollen das auch, aber" „Schon gut Gadysch, ich will in diesem zivilen Bereich auch kein unnötiges Risiko eingehen. Ich akzeptiere ihren Vorschlag. Ein Erdbeben der Stärke 4,5 oder Epizentrum kleiner 1 km. Was wäre denn bei 4,6 oder 4,7 Herr Dr. Paklin?" „Das Risiko steigt exorbitant." „Schon gut, also wie vorhin gesagt. Gadysch, die Störungsmaßnahme steigt wie geplant?" „Na General, wenn ein riesigeres Erdbeben kommt ist eh alles kaputt, allerdings auch bei uns." „Gadysch, nach einem Beben welcher Stärke gehen denn die Ladungen hoch?" „Größer 5." „Gut."

„Wir lassen 2 Beobachter da, wenn vor dem Störtermin evakuiert wird, die berichten sollen. Sie bekommen ein extra Bötchen zum Flüchten. Wenn nach der Evakuierung der Ausbruch nicht eintritt, lassen wir jemanden alle 3 Tage die Werte kontrollieren, um schnellst möglich wieder weitermachen zu können." „Gute Idee, Dr. Vlatschimov soll sich da was ausdenken, ggf. opfern wir ein bisschen Equipment." „Gute Idee, denn die Messwerte, die von der Insel kommen, sind für die Vulkanologen auf alle Fälle sehr wertvoll." „Na Bravo, Gadysch am Tage x die Erfolgsnachricht an mich und von einer echten Evakuierung will ich eigentlich nichts hören, aber die Meldung geht dann auch an mich persönlich. Guten Tag die Herren." „Guten Tag General" kam es fast aus einem Mund.

Dr. Paklin strahlte. „Ich werde mir mal ein paar permanente Messstationen ausdenken, super" „Pjotr, bau das in den Evakuierungsplan EDV mit ein. Deshalb Dr. Paklin: nicht mal was ausdenken, am besten gleich oder bis morgen Mittag." „Gut." „Guten Abend."

*

Samstag in Jakarta:

Am nächsten Tag standen die Finals der Profis auf dem Programm. Die ausländischen Gäste durften im Teilnehmerblock hoch oben in der Halle über der Haupttribüne Platz nehmen. David hatte sich extra eine dänische Fahne besorgt, denn sein Freund Birger Kogen hatte es diesmal als einziger Europäer bis ins Finale geschafft. Das erste Finale war das der Damen. Sagenhaft wie die Ladies die Bälle doch noch cm vor dem Boden weg fischten. Die Stimmung war toll, aber ganz anders als man es in Old-Germany kannte. Es wirkte irgendwie geordneter. Die Fangesänge klangen fast wie eine Choraufführung und es gab sogar Dirigenten, die das ganze steuerten.

Nun war das Herren-Finale an der Reihe und als Birger herein kam, sprang David auf und schwenkte die Fahne für seinen Freund, der gegen den Indonesier Simon Sugiarto antrat. Davids Fahne war rot mit einem weißen Kreuz und die meisten Fahnen der anderen Zuschauer in der Halle waren die weiß-rot, die indonesischen Farben oder weiß mit einem roten Kreuz, entsprechend der Fahne Westjavas. Das Spiel begann und David jubelte bei jedem Punkt von Birger Kogen und einige im Teilnehmer-Block jubelten mit ihm, aber wenn Simon Sugiarto punktete, gab es frenetischen Applaus und eine Strophe des Volksliedes, das die deutschen an „Auf du junger Wandersmann“ erinnerte, wurde geschmettert. 15:11, 11:15, 13:15, 15:9 und 19:17 und Birger Kogen hatte sensationell die Nummer 1 der Welt besiegt. David war aus dem Häuschen und seine Stimme war fast heiser, so doll hatte er seinen Freund Birger angefeuert. Es folgten die anderen Finals und dann die Siegerehrungen. Als die Herren dran waren, fühlte sich David auch wie ein Sieger. Vanessa hatte sich mit Susan Fletcher, ihrer britischen Gegnerin mehr über die tollen Kleidungen als über

Badminton unterhalten und dauernd musste die beiden kichern, was ihre Nebensitzer überhaupt nicht verstanden.

In einer Nebenhalle gab es noch ein großes Abschiedsfest mit einem tollen Programm. Birger Kogen ging auf David zu, tätschelte seinen Kopf „Hey du hast mich ja toll angefeuert.“ „Hast du das gemerkt?“, fragte David. „Na klar“, sagte Birger. Er schenkte David den Tiger, den er bei der Siegerehrung neben vielen anderen Präsenten erhalten hatte.

Stolz stolzierte David durch die Reihen und erzählte jedem: „Habe ich von Birger bekommen.“

Als er Vanessa traf und seinen Spruch abgezogen hatte, bemerkte er, dass Vanessa ihn etwas eifersüchtig anschaute. Er reagierte sofort. „Weißt du was, ich werde den Tiger Vanessa nennen.“ Vanessa strahlte. Kurz darauf begegnete David Bernhard und fragte ihn „Na, trittst du auch gleich auf?“ „Nein, nein hier doch nicht. Ich bin doch nur ein Hobby-Zauberer.“ „Ach wo, so gut, wie der Zauberer vorhin, bist du allemal.“ Bernhard war gerührt.

Nach der Feier ging es spät ins Hotel und die Großen gingen noch in die Bar und hier führte Bernhardini noch seinen größten Trick, den Zigarettentrick vor. Er wurde gebeten doch den Kartentrick von der Schiedsrichterprüfung noch mal vorzuführen, Bernhardini war froh, dass er sich hier leicht durch die lapidare Aussage: „Ach die Karten habe ich gar nicht dabei“, herausreden konnte.

Also führte er den Zigarettentrick vor. Er zündete eine Zigarette an, zog seine Jacke, die er sich vorher trotz 35 Grad im Schatten angezogen hatte, aus. Er steckte einen Teil der Jacke in die Faust, die er mit seiner rechten Hand so geformt hatte, dass eine Ein-Weltdollar große nun mit Stoff ausgepolsterte Lücke blieb. Nun nahm er die Zigarette aus dem Mund, blies den Qualm langsam aus, hielt die Zigarette nach oben, hob die rechte Hand an und ganz langsam schob er die Zigarette mit der Glut nach unten in die Öffnung. Jetzt rieb er seine linke Hand so an der rechten, dass es aussah als würde er die Zigarette zerbröseln. Er schüttelte seine Hände aus, und hob die Jacke in die Luft. Es war kein Loch zu sehen. Die Barbesucher klatschten.

„Moment, Moment“, sagte Bernhardini und hob beschwichtigend die Hände. „Ich muss noch mal einen kleinen Schluck trinken“, sagte Bernhardini und ging langsam zur Bar, dabei hielt er Sichtkontakt zu einer Gruppe am ersten Tisch. Er griff zur Sektflasche, die in einem Sektflaschenkühler steckte und zog vorsichtig und plötzlich hatte er die Zigarette in der Hand. Wieder brauste Applaus auf. Es wurde noch eine lange Nacht.

*

Am Sonntag war Abfahrt aus Jakarta. Mit dem Bus ging es zur Hafenstadt Labuan, von dort aus sollte der Ausflug zum Ujung Kolon-Nationalpark am nächsten Morgen starten. Der Park hatte eine riesige Ausdehnung und der Hauptteil des Parkes lag an der Südspitze Javas, dorthin hätte man auch über Land fahren können, aber einige Teile des Parks lagen auf den Inseln, wie den Krakatau-Inseln und die konnte man nur per Boot erreichen, bzw. daran vorbei fahren. Nach dieser mehrstündigen Schifffahrt waren noch 3 Safaris im Nationalpark geplant. Im Park gab es noch wilde Nashörner, Gibbons, Leoparden und vielleicht konnte man auch ein Banteng, das seltene Wildrind, sehen. Anschließend sollte noch ein kurzer Badeurlaub folgen.

Von irgendwelchen Meldungen hatte man nichts mit bekommen, denn in Indonesien waren Meldungen von Erdbeben bis zu einer bestimmten Stärke an der Tagesordnung und auch Aschewolken und kleine Lavaströme wurde in den Nachrichten-Sendungen erst gar nicht erwähnt. Für Morgen war ein kurzer Monsunschauer angesagt, der in dieser Jahreszeit eigentlich unüblich war und sonst nichts.

*

Badmintionausflug

Montag:

Die deutschen Gäste wurden früh aus dem Bett geholt, denn die Schiffe sollten um 7 Uhr ablegen. Im Hafen warteten 2 Ausflugboote. Bei der Aufteilung wurde dann festgestellt, dass auf das Ausflugsboot 2 doch nur 55 anstatt 60 Passagiere passten. Ad hoc erfand man das Boot 3, auf das nun David, Vanessa, Bernhard, Elke Dankwart und Heike Magan zugeteilt wurden. Im stillen Kämmerlein war Hektik angesagt, nur ein nicht den Standards entsprechendes kleines Boot war auf die Schnelle zu chartern, also engagierte man dieses. Den deutschen Passagieren, war es fast egal, denn die 5 kannten sich ganz gut und als Belohnung wurde die Verschiffung 1 Stunde später eingeleitet.

Am Hafen winkten die ausgeguckten 5 nun den anderen auf den beiden Ausflugsschiffen bei deren Abfahrt zu und wünschte ihnen eine gute Fahrt. Sie selbst wurden nun in einen anderen Bereich des Hafens verfrachtet und ihnen wurde die Bigfish 5 zugeordnet. Nur gut, dass keiner indonesisch lesen konnte, denn es prangte ein Schild Hochsee-Angelfahrten an der Kajüte. Bernhard dachte zwar, was ein Appelkahn, aber da Kasper sich nicht rührte, war für ihn die Welt in Ordnung.

Nach einer ruhigen Fahrt, erwies sich der normale Monsunregen, der eigentlich immer nachmittags kam, heftiger als erwartet und setzte dicke Nebelschwaden in die Welt. 3 Stunden später erreichte eine Warnung aus Anak-Krakatau die Behörden und Minuten später wurde dort entschieden alle kleineren Boote zu evakuieren. Ein Taifun in Orkan-Stärke in Verbindung mit einem kleinen Mini-Seebeben in der Nähe der Krakatau-Inseln sorgte für übermäßig hohe Wellen.

Die Wellen waren in der Sunda-Strasse unterwegs und hatten bisher keine großen Schäden angerichtet, aber aus Sicherheitsgründen wurden die Schiffe in den nächsten, südlich gelegenen Hafen beordert, da der Taifun in Richtung Norden unterwegs war. Die beiden Ausflugsschiffe gehorchten den Befehlen umgehend, aber Bigfish 5 hatte leider keine Funkverbindung und blieb vorerst auf dem geplanten Kurs.

Durch das Gewitter funktionierten die Handies auch nicht, was aber zunächst keiner bemerkte. Bigfish 5 hatte sein Tempo reduziert, laut Radar war man erst am Anfang der Gewitterfront und fuhr direkt darauf zu. Ein Ausweichen war auch nicht möglich, da das Gebiet zu groß war. Das Boot hatte schon wegen des Wetters die Geschwindigkeit gedrosselt. Der Regen wurde stärker und stärker, und die Sicht immer schlechter.

Der Kapitän gab die Order kleinste Fahrt voraus, und er schickte einen Matrosen als Ausguck an die Bootsspitze, der dann ab und zu Anweisungen rief. Der Matrose musste sich anleinen, so heftig ging es hin und her, rauf und runter.

Die Ausflügler waren längst unter Deck, da die Regenplane wegen des Windes eingerollt werden musste. Die Kinder hatten Langeweile, draußen schüttete es wie aus Eimern und es gab nichts zu sehen bis auf ein paar Blitze, die immer heftiger wurden.

Bernhard zog eine Zigarette aus der Tasche. „Juhu“, rief David „zeigst du uns den Trick von gestern Nacht?“ „Na gut, aber du musst mir deine Jacke geben.“ Bernhardini bemerkte sofort, dass der Augenblick doch nicht der beste war, denn David hatte die Jacke unter seiner Rettungsweste an. „Denk daran David, manchmal klappt der Trick aber auch nicht und du hast ein Loch in der Jacke.“ „Macht nix, dann kauft Mama mir eben eine neue“ „Großkotz“ sagte Vanessa und auch Elke Dankwart guckte ganz grimmig. „Jacke her und Weste wieder an“, sagte Bernhardini. Bevor er nun die Zigarette in die Öffnung in der Hand schob, nahm er einen extra tiefen Zug. David starrte Bernhardini an ‚Wahrscheinlich gab es doch großen Ärger, wenn die Jacke kaputt geht', dachte er. „Halt", schrie er daraufhin. Bernhardini musste lachen. „David da passiert nichts, versprochen." „Na gut." Nach dem Zerreiben der Zigarette klatschten alle unter Deck. Bernhardini hob die Hand und ging auf das Buddelschiff, das Mitten auf dem Tisch stand, zu und sagte: „Was ist denn das da für ein Licht?" und tat so als zöge er die Zigarette aus dem Buddelschiff.

Das Meer wurde stürmischer, das geplante Ziel war die Insel Selibi, aber auf dem Radar war nun absolut nichst mehr zu erkennen, Funk und Handies gingen immer noch nicht.

Was keiner bemerkte, der Orkan hatte das Schiff erfasst und ließ es um sein Auge kreisen. Gut, dass niemand sah, auch der Ausguck nicht, (der zwar angeschnallt oder trotzdem wahnsinnig tapfer seinen Platz hielt,) dass das Schiff nicht immer Kontakt mit dem Wasser hatte.

Nach einer weiteren halben Stunde erbarmte sich Bernhardini: „Also da es so langweilig ist, zeige ich euch noch einen Trick, den bisher noch keiner hier in Indonesien gesehen hat." Er kramte in seinem Rucksack und zog ein gelbes Tuch aus der Tasche, knuddelte das Tuch in die rechte Hand und sagte: „Achtung nun fliegt das Tuch in die linke Hand." Er schaute auf die rechte Hand und machte mit dem Kopf einen Looping in der Luft, um anschließend fest auf die linke Hand zu schauen. „Nun ist das Tuch hier." Er hob die linke Hand in die Luft und dann schaute er von der linken Hand in die Luft im Bogen weiter zur rechten Hand hinüber. „Jetzt ist das Tuch wieder in der rechten Hand." Er hielt nun die rechte Hand nach oben und zog das Tuch heraus.

„Haha", schrie David. „Das kann ja wohl jedes Baby." Bernhardini gab David das Tuch: „Hier bitte", sagte Bernhardini dabei. Das Schiff wackelte nun schon so doll, dass es schwierig war ruhig zu stehen. David nahm das Tuch von Bernhard und stopfte es in die rechte Hand „Summ, summ, summ nun ist das Tuch in der linken Hand.“ Huch da schaute ein Teil des Tuches aus der linken Hand heraus. Er schrie: „Nein!“ und ließ das Tuch fallen. Bernhardini schaute David an: „Da hat jemand mitgeholfen.“ „Ah, hier hast du das Tuch zurück.“ „Nun langsam zum Mitschauen“, sagte Bernhardini. Er schaute von rechts nach links, öffnete die linke Hand und hier war das Tuch, allerdings nun in rot. „Und zurück „und das Tuch war wieder rechts, allerdings wieder gelb. „Nun noch mal schneller.“ Er sagte „links – rechts“ öffnete die rechte Hand und sie war leer und die linke ebenso. Applaus .

*

Auf der Insel

Der Montag begann auf den Krakatau-Inseln wie ein normaler Arbeitstag und mittlerweile hatten fast alle ihre Arbeit aufgenommen. Am Himmel zeigten sich ein paar Wolken, normalerweise verstärkten sich diese bis sie am Nachmittag als fester Regen auf die Erde kamen.

Im Süden waren schwarze Wolken zu erkennen. Die Wolken zogen mit hoher Geschwindigkeit Richtung Norden. Sie drehten sich dabei im Kreise. Die Sicht in Richtung der Wolken wurde schlechter, es sah so aus als würde es dort feste regnen und Nebel kam auf. Die Front kam näher, aber sie zog in ein Paar Kilometern Entfernung an der Insel vorbei. Ein heftiger Wind war zu spüren und es wurde dunkler als sonst. Was auf der Insel keiner wusste: Ein Taifun zog durch die Sundastrasse an der Insel vorbei, doch bald gab es hier genug andere Probleme.

Kaum wurde es ein bisschen heller, erzitterte die Erde für ca. 7 Minuten. Viele, viele lose Gegenstände bewegten sich, einiges ging dabei zu Bruch, auch mehrere Fischerhütten am Hafen und in den Dörfern erlitten Schaden. Gehen war kaum möglich und fast alle hatten die Gebäude verlassen und warteten im Freien. Die Gebäude der beiden Stiftungen blieben weitgehend unversehrt.

Bei General Power war die Stiftungstafel abgedeckt, aber das war im Moment sehr unwichtig. Die Vulkanologen beobachteten ein Beben der Stärke 4,7 auf der Richterskala. Es war exakt 9:30Uhr.

Sofort als Roover das Ergebnis der Messung bekam, ließ er die Evakuierung ausrufen. Örtel ging in den Schaltraum und ließ die Sirene 30 Sekunden heulen, er wartete 30 Sekunden, drückte wieder den Alarm und wiederholte das ganze erneut, wie es ausgemacht war.

Er telefonierte mit Labuhan und gab den Befehl die Fähre in Gang zu setzen. Der Kapitän war gar nicht begeistert. „Vorhin ist hier ein Taifun vorbeigekommen mit Windstärke 10 und mehr, die See war total unruhig, manchmal dreht so ein Taifun und kommt zurück.“ „Kapitän Selung hier gab es ein Erdbeben der Stärke 4,7; gleich kann der Vulkan ausbrechen. Es warten mehr als 100 Leute hier auf sie und ihre Männer und alle hoffen, dass sie uns so schnell wie möglich retten. Der Sturm hat schon fast die Sundastrasse passiert und zieht Richtung Borneo. Tempo, tempo, wir rechnen mit ihnen in weniger als 4 Stunden.“ „Ja, ja, wir eilen!“

Oertel hatte im Vorfeld alles geregelt. Den Hafenarbeitern war freigestellt worden mitzufahren oder zu ihren Familien in die Dörfer selbst zu gehen. Eine halbe Stunde nach Ausruf der Evakuierung stand sogar ein Fahrzeug bereit, das vollbeladen zum Dorf am Hafen fuhr und zwar mit den Hafenarbeitern, die eine Familie auf der Insel hatten und sich in die Selbstevakuierungsliste eingetragen hatten. Die anderen Arbeiter, die waren damals extra vom Festland gekommen waren, als sie gehört hatten, dass es hier viel Arbeit gäbe, diese Leute nahmen gerne das Angebot an mit der Fähre zu fahren.

Alle mussten sich im Büro E melden, damit ein Gegencheck stattfinden konnte.

Die Sicherungs- und Geheimhaltungsmaßnahmen waren nicht einfach und von langer Hand vorgeplant. Alle, die am Computer arbeiteten, hatten ihre Daten zweifach zu speichern. Eine Sicherung war für die Zentrale und die andere blieb im persönlichen Besitz am Körper. Die 12 Resortleiter nahmen zusätzlich ihre Laptops mit.

Der Chefinformatiker hatte nach den 30 Minuten Packzeit 15 Minuten Zeit eine Komplettsicherung zu ziehen, sollte er dies nicht zeitlich hinbekommen, galt die Sicherung von Gestern und die Tagesdaten würden für verloren erklärt. Nach diesen 15 Minuten durfte er den Befehl: Delete all starten, davon hatte er schon mal geträumt. Auf seinem Joystick hatte er dann noch einige Programme, die dann die Daten auch noch physisch löschten, in petto. Diese Programme würden dann auch noch mal 15 Minuten Laufzeit in Anspruch nehmen.

Beim Gegencheck in Örtels Büro musste die eine Sicherung abgeben werden. Sie kam dann in eine Metallkiste, die mit auf die Fähre genommen werden sollte. Nach dem Gegencheck bekam der Informatiker das Zeichen, die Arbeiten durchzuführen.

Der Gegencheck war erledigt: der Bauleiter Kanalisation Nord-West und seine Gruppe fehlten noch, sie hatten ja auch den längsten Weg.

Örtel entschied, der Informatiker sollte zusätzlich die persönlichen Daten zweifach kopieren und dann mit den festgelegten Arbeiten beginnen.

Die Baupläne und alle wissenschaftlichen Zeichnungen waren digitalisiert. 2 Mann aus Crüttens Gruppe sammelten die

Zeichnungen ein, schmissen alles in die Shredder, die nun auf Hochtouren liefen.

Frau Dr. Mayer klopfte an Örtels Tür. „Sir ist alles geregelt?“ „Ja fast alles o. k. . Warum?“ „Nun die teuren Hochglanzbroschüren, können wir die nicht noch mitnehmen?“ „Frau Doktor wer soll denn dafür auf sein Gepäck verzichten?“ „Ist das so knapp.“ „Ja.“ „Oh dann lassen wir das lieber, mir war es eine Frage wert.“ Crütten bemerkte aus dem Hintergrund. „Vielleicht ist beim nächsten Mal ja Platz.“ „Beim nächsten Mal?“ fragte Frau Doktor erschreckt. „Ja man weiß nie.“ Crütten musste sich wegdrehen um nicht laut zu lachen, ‚Roover wird sich freuen, wenn er diese Story hört‘.

Als Sicherungspersonal, das Vorort bleiben sollte, hatte Borg - Ba Ling und seinen Vetter Rasun ausgesucht, denn Borg hatte Ba Lings Glanztat, die zu dem Hubschraubereinsatz führte, noch gut in Erinnerung. Er wies Ba und Rasun nochmals an: „Ihr kontrolliert von jetzt an alle 2 Stunden bis Mitternacht, dann macht ihr eure geheime Beobachtung und ihr müsst 3 Explosionen bei unseren russischen Freunden hören. Davon will ich als erstes, wenn ihr in Sicherheit seid, hören.“ „Das sind ja 14 Stunden Arbeit am Stück“, warf Bal ein.

Borg, der sonst ein Gemütsmensch war, verlor die Geduld. „Bal, du bist wohl nicht ganz gesund, das ist ja wohl ein Notfall.“ „ Okay, okay.“ „Hier sind die Schlüssel für euer Rettungsboot, das ihr dann nehmt. Fahrt mit Autopilot 3 in Richtung Nordwest, Richtung Sumatra.“ „Bye, bye und viel Erfolg.“ Da Borg seinen Bal nun schon länger kannte, versteckte er noch ein paar Wecker im Wachbüro.

Jetzt, 2 Stunden nach dem Ausruf von Plan Bill, waren die meisten Personen auf dem Weg Richtung Anlegeplatz der Fähre oder hatten den Platz bereits erreicht. Die Checklisten waren abgehakt, die Hafenarbeiter, die zu ihren Familien wollten, waren unterwegs in die Dörfer. Der Rechner war so ausgelastet wie noch nie, aber es gab keinen Systemabsturz und nun waren alle Dateien gelöscht. Nur eine Anwendung lief noch; Dr. Saunders hatte über Roover durchgesetzt, dass die vulkanischen Messwerte nach einer Datenbereiningung weiterhin aufgezeichnet wurden, man erwartete sensationelle Werte.

Die Sicherungen wurden nun in den Metallkasten verpackt und Richtung Evakuierungshafen gebracht.

Ein dumpfer Knall erschütterte die Insel und Geräusche waren zu hören. Gas entwich aus dem Krater in Richtung Stratosphere, verbunden mit ein bisschen Asche. Ebenso flogen feine Gesteinsteile und ein bisschen Lava, dieses fiel aber meist nach einigen Metern wieder auf die Erde zurück, manchmal aber spritze es auch sehr weit weg. Die Rauchfahne zeigte nach Nordosten und irgendwo am Horizont drehte der Auswurf sich. Wer gute Augen hatte oder gar ein Fernrohr, konnte erkennen wie sich das Gas-Asche-Gemisch spiralförmig mit den schwarzen Wolken des Taifuns nach oben drehte. Wer weiß wo dies wieder auf die Erde kommen würde.

Aber so wirklich hatte, außer den Vulkanologen, keiner ein Auge dafür.

Mittlerweile hatten fast alle den Evakuierungshafen erreicht. Örtelsgruppe schaffte nun mit allem, was fahrbar war, die Nahrung zum Hafen.

Währenddessen hatte es die Fähre geschafft nach 60 Minuten beladen aus dem Hafen Labuhan auszulaufen. Der Kapitän wählte den Südkurs und hier war das Wasser schon wieder etwas ruhiger, und man konnte besser fahren als gedacht. Nach einiger Zeit entdeckte der Ausguck die Rauchfahne des Vulkans und der Kapitän rang sich durch den Befehl: Volle Fahrt voraus zu geben. Das hatte er mit seinem Schiff schon mehr als 10 Jahre nicht mehr ausprobiert.

Borg, Örtel und Crütten erreichten fast als letzte mit einem Bulldozer den Evakuierungshafen. Borg sah als erster, wie toll seine Leute die Einteilung auf die 5 Boote geregelt hatten. Er schlug die Hände vors Gesicht und schüttelte den Kopf. Mit den vorher 5 hergestellten Schildern standen seine Leute in Seelenruhe nebeneinander. Borg winkte die 5 zu sich. „Abladen und die Schilder an mich", sagte Borg zu seiner Gruppe. „Leute Ruhe", schrie er. „20 Personen zum Schild 1 bitte, mit Gepäck und Verpflegung." Borg nahm das Schild 1, schnappte sich einen seiner Leute, drückte dem wieder das Schild 1 in die Hand ging ganz nach links, vor die Felsen. „Steck das Schild hier in den Boden", dann machte Borg ein entsprechendes Handzeichen, damit sich die 20 Leute hinter dem Schild sammelten. „Jetzt die nächsten 20 hierher."

Nachdem alle Leute hinter den Schildern saßen, rief er wieder seine Leute zu sich. „Hier bitte noch das abgeladene Material, die Metallkisten und das Essen schön verteilt vor die 5 Schilder stellen. Ihr seid mir dafür persönlich verantwortlich." Borg hob drohend den Zeigefinger.

Der Kapitän freute sich mit der Fähre mal wieder soviel Fahrt zu machen. In der Nähe der Südspitze der Krakatau-Inseln tat sich ein kleines Problem auf. Die Strömung war viel stärker als sonst und er musste all sein Geschick einsetzen um um die Südspitze herum zu kommen.

Crütten hatte vor Tagen das Notgelände mit Dr. Saunders gesichtet. Die Felsen an der linken Seite boten Schutz, falls es zu einem pyroklastischen Strom kam. Dies Aussage war umstritten, aber auf alle Fälle boten sie Schutz vor umherfliegenden Lavabrocken.

Das ausströhmende Gas konnte am Nothafen gerochen werden, es stank etwas nach Schwefel und manchmal süßlich und bei einigen fingen die Augen an zu tränen. Angeblich waren das Kriechgase, die sich über den Boden hangabwärts bewegten. Oben auf dem Vulkankopf bewegten sich auch einige Lavateile langsam bergabwärts, meistens versandeten sie an den zahlreichen Felsen oder erkalteten einfach so. Von dieser Seite bestand keine Gefahr. Die besonderen Lavaspritzer aber flogen bis zu 200 m hoch oder mehr als einem Kilometer weit, was aber durch die Neigung dazu führte, dass der Weg der Lavaspritzer noch weiter war. Es sah aus wie ein kleines Feuerwerk. Der Wind der den Gas- und Aschestrom beeinflusste, hatte bei den schweren Lavateilen fast keinen Einfluß.

Am Nothafen schlug ein Lavaspritzer in Form eines kleinen Feuerballs im Wasser ein. Es zischte sehr heftig, und nach dem Auftauchen war das Lavastück ein Stück größer als vorher, aber nur noch hellrot. Es dunkelte bald darauf aus. Die Leute rutschten näher an die Felsen heran und ihnen wurde bewusst, dass sie sich doch in riesiger Gefahr befanden. Nun bebte die Erde auch wieder allerdings nur kurz und nicht so heftig. Dr. Roover bemerkte die Panik in den Augen der Leute. Er musste zur Beruhigung noch mal eine Erklärung abgeben.

„Leute, die ganze Sache ist selbstverständlich gefährlich, sonst hätte es auch keine Evakuierung gegeben. Lassen wir die Statistik spielen.

In einigen seltenen Fällen gibt es gigantische Vulkanausbrüche, bei denen Hunderte von Kubikkilometern Masse aus einem Vulkan heraus geschleudert werden. Der Himmel verdunkelt sich und alles Leben in einem Umkreis von einigen Tausend Kilometern bekommt immense Probleme.

Hier fliegt z. Zt. Gas aus dem Vulkan und ein bisschen Masse, so dass wir von der harmlosesten Stufe 1 reden.

Manchmal fließt Lava den Hang herunter, die ist in der Regel nicht so schnell, wir sind hier am Wasser und können ausweichen.

Der pyroklastische Strom ist extrem schnell und alles, an dem er vorbei kommt, verbrennt. Die Felsen geben uns aber wahrscheinlich Schutz. Also ist unsere Lage an diesem Standort außerordentlich gut. Das Schiff müsste auch bald kommen, erwartungsgemäß geht das doch meist schneller als beim Testen.“

Einige fühlten sich wieder sicherer. Die Wissenschaftler hielten sich zurück und erklärten nicht, was doch noch alles passieren kann und dass ein großer Ausbruch auch hier tödlich verlaufen konnte (man denke nur an eine Flutwelle).

Das Schiff hatte nur noch 2 Meilen zurück zu legen. Kapitän Selung hatte die Geschwindigkeit reduzieren lassen, um bald den fast Stillstand zu erreichen. Das anstehende Drehmanöver würde sein übriges tun. Bis wie nah konnte man an den Hafen heranfahren?

Zwischendurch konnte die Schiffsbesatzung immer wieder mal den Vulkan sehen, von weitem sah es ganz toll aus. Eine riesige schwarze Fahne mit ein paar funkelnden Teilen an der Seite und rings um den Krater glühende Punkte, die wie kleine Bäche den Hang herunter liefen und qualmten.

Nun war die Bucht zu sehen, Selung lies die Schiffssirene ertönen, die Leute am Ufer sprangen auf und jubelten.

Örtel schaute auf die Uhr 3 Stunden 10 - super. Der Kapitän wendete die Fähre und fuhr langsam rückwärts und hielt an, nachdem er eine bestimmte Fadenmessung zugetragen bekam. Auch mit dieser kleinen Rückwärtsfahrt und dem Stoppen des Motors bewegte sich das Schiff immer noch eine ordentliche Strecke. Der Anker wurde geworfen. War es nicht egal ob er nun 100 oder 150 m vom Ufer entfernt war? Die Boote mussten sowieso benutzt werden. Die Matrosen hatten die Boote dorthin gebracht, wo sonst die Fahrzeuge standen. Die Winde schleppte die Boote nun bis an den Rand der geöffneten Klappe. Kräftiges Schieben war erforderlich und das erste Boot war im Wasser. Kurz darauf fuhr es los in Richtung Strand.

Die 20 Leute hinter Schild 1 hatten sich längst mit all ihrem Hab und Gut bis ans Wasser begeben.

Das erste Boot ließ sich mit einer Welle ans Land tragen. Alle stiegen ein, aber 5 Mann mussten wieder heraus, um das Boot etwas anzuschieben und dann ab Richtung Fähre. An der Fähren-Klappe war das Aussteigen viel bequemer und viele Hände hatten auch das Boot bald wieder an Deck.

Minuten später konnte die Fähre ablegen. Roover und Crütten berieten schnell mit dem Kapitän welchen Hafen sie anlaufen sollten: Zurück nach Labuhan oder nach Bandar Lampung auf Sumatra. Die Entscheidung fiel zu Gunsten Bandar Lampungs, denn dann musste man nicht ¾ der Insel umrunden und war während der gesamten Strecke in Gefahr. Die Sicherheit sollte vorgehen. Also an dem Verlaten-Teil der Insel vorbei Richtung Bakauheni Port von Bandar Lampung.

Nach 10 Minuten gab es wieder einen Knall und diesmal flogen Asche, Steine und Lavabrocken aus dem Vulkan und ein kleiner Teil der Bergspitze flog mit. Die Wind- und Hauptauswurf Richtung zeigte weiterhin nach Nordosten, doch diemal flogen mehrere Brocken in alle Richtungen aus dem Krater. Der Himmel war dunkler geworden und die Bergspitze leuchtete intensiver am Himmel. Ein pyroklastischer Strom, gefolgt von einem kleinen Lavastrom ging ebenfalls in nordöstliche Richtung ab und richtete auf seinem Weg einigen Schaden an. Man sah sogar von weitem einiges brennen. Gott sei Dank blieb der ganz große Knall aus und es entstand keine Flutwelle.

Mehrere Felsbrocken und einige Lavastücke schlugen im Meer ein, die Fähre war aber schon weit genug entfernt.

Der Hafen wurde ohne Problem eine Stunde später erreicht.

Dr. Roover meldete seinem Chef Trump, dass alle wohl behalten angekommen waren. Der Empfang war allerdings äußerst schlecht und über UMTS war auch kein Signal zu bekommen, so bekam Roover nicht mehr mit, dass er Trump zwischendrinn immer wieder mal hätte informieren sollen. Sei es drum.

*

Evakuierung LUKGAZ

Kaum hatte Dr. Vlatschimov das Beben wahr genommen, hangelte er sich zu seinen Leuten vor. „Und?“, fragte er. „4,1“ „Gott sei Dank.“ „Abwarten!“, sagte Petrov und schon schwankte es heftiger. „4,4“, rief jemand. „Evakuierung“, schrie Vlatschimov. Die Nadel bewegte sich weiter und hatte bei 4,7 den größten Ausschlag. Vlatschimov telefonierte mit der Standleitung. „Gadysch 4,7. Evakuieren, wenn es aufhört zu wackeln, müsste bald so weit sein“, schrie er. Genau wusste auch Vlatschimov das trotz seiner Erfahrung nicht. Diesmal sollte er Recht behalten. Pjotrvitsch setzte den Alarm in Gang. Die Sirene heulte 4mal kurz 4mal lang, das Ganze 3mal je 30 Sekunden. Jeder wusste was zu tun war, denn heute Morgen, bei Arbeitsbeginn war es ihnen wieder mal erklärt worden.

Arbeitsplatz sichern, ins Quartier gehen, die Nottasche holen, Verpflegung fassen und am Zentralbüro abhaken lassen. Die auf der Insel bleiben wollten, bekamen auch noch Lohn, bevor sie sich abhakten. Das Gartenfahrzeug stand ihnen zur Verfügung, einige hatten ja fahren gelernt oder konnten das.

Die Biologen ließen erst die umhergeschleuderten Fische nach kurzer Begutachtung wieder ins Becken zurück bringen, oder sie entsorgten die Kadaver in den Müllfässern. Die Futterautomaten waren sowie so immer für 3 Tage mit Trockenfutter bestückt, leider würden die Raubfische nach ein paar Tagen für viel Platz in den Aquarien sorgen. Mehr als die Futtermaschinen für weitere 2 Tage zu füllen konnte man nicht tun. Auch das dauerte einige Minuten. Die Lieferanten wurden nach Hause geschickt. Neue Lieferung auf Abruf. Meldung in spätetsens 4 Tagen. Die Lieferanten waren nicht begeistert, aber selbstverständlich wollten sie so schnell weg, wie es ging.

Die Gruppenleiter brachten ihre Laptops nach Beendigung des letzten Arbeitsschrittes ins Zentralbüro, wo die Informatiker begannen, die fest definierten lokalen Bereiche zentral zu sichern. Die Pläne und Zeichnungen waren selbstverständlich auch im System abgelegt und wurden dadurch mitgesichert. Die Gruppen mussten selbst für die Vernichtung des Papiers sorgen. Shredder wurden in Russland ja bekannterweise in Massen produziert und waren auch in diesen Gebäuden reichlich vorhanden.

Das integrierte Messaufnahmesystem wurde kurz gestoppt, komplett gesichert, die Platten und Speicher leergeschaufelt und das System auf autark umgestellt, die Daten wurden also jetzt nur noch im Messaufnahmesystem selbst aufgezeichnet. Dr. Paklin hatte die Speicherkapazität aufmotzen lassen und so müssten ca. 10 Tage aufgezeichnet werden können. Via Prioritätsliste, würden peu a peu die unwichtigeren Systeme abgeschaltet, damit für die wichtigen Sachen, die dann immer enger werdenden Kapazitäten zu Verfügung standen.

Seine Gruppe stand um die Anlagen des Messsystems herum und beobachtete, dass alles richtig lief.

Nach der Sicherung und der Umlegung des Schalters auf autark, fiel der Strom aus.

Hektik brach aus. Dr. Paklin rannte zu Gadysch und brüllte den

Informatiker an: „Mitkommen." Kaum waren sie bei Gadysch, rief er erneut: „Kein Strom, jetzt haben wir gar kein System, verdammt noch mal." „Langsam, langsam", sagte Gadysch „Holt mal den Herrn Mentschov, der soll auf Notstromaggregat umschalten und den Fehler suchen."

Mentschov wurde gesucht. „Ich brauche meine Geräte wieder, den Laptop und Prüfgerät 17 und mein Spezialwerkzeug, das ist alles schon schön eingepackt." „Pjotr", rief Gadysch, der sich nun doch von der allgemeinen Hektik anstecken ließ. Pjotr, aber hatte die Ruhe weg. Er durchsuchte seine Liste nach Namen und schaute unter Mentschov. „Mentschov, da, em: Adam, Eugen, Vladimir aha da. Kiste 3." Mentschov ging mit Pjotrvitsch zu Kiste 3.

In der Kiste waren einige Laptops, die aber alle gleich aussahen, nur auf einem klebte eine kleine Rakete. „Der mit der Rakete." Der Sohn von Mentschov hatte mal eine Rakete auf den Laptop geklebt und dafür hatte er viel Schimpfe bekommen und nun erwies sich das Ganze als ein riesen Vorteil. Man entnahm die benötigten Teile und Mentschov benutzte diese elektronischen Geräte, um damit den Fehler im Sicherungsystem zu suchen. Er bekam Fehler 17 gemeldet. Er schaute im Handbuch auf seinem Laptop nach. Aha Überlastungsschutz. Er ging zum EDV-Schaltkasten und legte den Hauptschalter wieder um.

„Meine Herren, Gott sei Dank war das kein Schaden aufgrund der Beben, das war lediglich eine Abschaltung wegen einer Überlastungsschutzsicherung; ich nehme das in meine Unterlagen auf, dass wir die Parameter demnächst etwas hochsetzen müssen. Ich denke nun müsste es reichen, denn einige Sicherungen sind doch schon gelaufen. Oder?" er schaute den Informatiker an, der nickte. „Weiter, weiter" drängte Dr. Paklin. Man einigte sich die Sicherung des Messsystems zu wiederholen. Alles lief glatt und der Strom blieb an. Nun konnte der Schalter auf autark gesetzt werden. Die Gruppe der Wissenschaftler schaute auf das Messsystem. „Ah" stöhnten alle erleichert auf, als die Aufzeichnungen weitergingen. Draußen war zwar auch für die Vulkanologen viel zu sehen, aber die Gruppe war sehr auf die Messstation fixiert.

Das Okay von Paklin kam.

Der Zentralrechner konnte nun auch gesichert werden. Nachdem die Programme durch waren, ging der Chefinformatiker zu Gadysch und holte sich das Okay zum Löschen. Alle Sicherungen wurden selbstverständlich besonders sicher verpackt. Die Mannschaft hatte das Schiff klar zum Ablegen gemeldet, nun durften die ersten Personen die ihnen zugewiesenen Bereiche unter Deck besiedeln. Beim Abhaken hatte ein jeder noch die Platznummer auf seinen Arm geschrieben bekommen.

Pjotr Pjotrvitsch hatte Stunden verbracht, genügend sichere Plätze zu finden und hatte diese fein säuberlich nummeriert. Pjotr hatte sich von den Vulkanologen beraten lassen, aber er hatte letzendlich mit seinem Chef entschieden, was genau gemacht werden sollte, denn wie gehabt, riet ihnen jeder Vulkanologe etwas anderes.

Gadysch und Pjotrvitschs Prämissen waren: Plätze unter Deck, weg von den Bullaugen, damit die Hitze eines evtl. pyroklastischen Stroms wenig Schaden anrichten kann und festgezurrt, falls es wackeln würde und Wellen kämen.

Eine Feuerwache gab es auch, denn Sorros hatte von dem Spielfilm über die Explosion des Krakataus erzählt, den er als Kind sehen durfte. Da war so ein doller Ascheregen, der das Schiff so schwer machte, dass es ohne das Ascheschaufeln untergegangen wäre. Hier gab es auch keine eindeutige Meinung. Der Kapitän wies auf das Gewicht der Panzer hin. Einige Vulkanologen meinten Sorros Erzählung wäre ein sehr realistisches Scenario; andere dagegen sagten: „Es ist wissenschaftlich erwiesen, dass es keinen Schutz gegen die Gewalt eines pyroklastischen Stroms gibt. Alles was der Strom übberrollt verbrennt oder verglüht.“ Die Diskussion wurde lauter. Gadysch schrie dazwischen.“Halt, Stopp, wir kriegen jetzt bestimmt keine Lösung hin, also: Sicherheit geht vor: Wir machen eine Feuerwache, wie geplant. Ende und aus. Da vorne ist feuerfeste Kleidung und los!“

Nun waren die Sondertransporte aus der Küche und dem Zentralbüro unterwegs und letzendlich konnten Gadysch und Pjotrvitsch die Schlüssel an die ausgewählte Wache Igor Korusewitsch und Eugen Alexejev aushändigen. Gadysch hatte lange hin und her überlegt, aber Korusewitsch hatte schon so viele brenzlige Situationen überstanden, so dass ihm Gadysch dies hier auch zutraute. Alexjevew war der kleine Chef und konnte Korusewitsch, wenn dieser mal übers Ziel hinausschoss am besten bremsen. Er hatte versprochen eine Prämie im fünfstelligen Bereich oder eine Beförderung in die Wege zu leiten. Die Mail war über die Admiralität an General Irrkutsch mit der Kopie an die beiden Ehefrauen gegangen. „Danke nochmals und nur schauen was sich bei den Amis tut und dann nichts wie weg mit dem Boot Richtung Osten. Doswedana.“

Endlich oder schon? Alle waren auf dem Schiff und man konnte ablegen.

Der Kapitän hatte die Order einen Hafen in Südjava anzusteuern.

Die Wissenschaftler wollten nun auf Deck, um was zu sehen. Pjotrvitsch verdrehte die Augen. War das nicht zu gefährlich. Gadysch fand den Kompromiß, dass nur die Wissenschaftler und nur unter der rechtlichen Bedingung: Auf eigene Gefahr, zur Beobachtung an Deck durften.

Geräusche aus dem Vulkan waren schon einige Minuten zu hören, hier auf See konnte man das Ganze nun auch noch gut beobachten. Die Gasaschewolke, die in den Himmel zog und die

Lava, die aus dem Krater überschwappte, auch die Riesenschwapper beobachteten die Vulkanologen sehr genau, von solchen Entfernungen hatten sie noch nie etwas gelesen. „Das müsste vom Druck des Gases kommen, lasst uns mal messen wie lange es bis zur nächsten Entladung dauert."

„Pyroklasmus da vorne rechts, springt hinter die Kajüte!" Mehr oder weniger geschickt schmissen sich die nicht mehr ganz jungen Männer auf den Boden, aber in ihren meist militärisch begleiteten Karieren hatten sie Fallen geübt. Alle, auch die, die ja eigentlich glaubten, es würde nichts helfen, lagen auf dem Boden. Die Besatzung und Feuerwache hatte sich extra auf den Boden hinter stählerne Gegenstände in Deckung begeben.

„Wie lange kann das dauern?" „Die Ströme können bis zu 400 km schnell sein, müssten in schneller als einer Minute hier sein." Alle kauerten gespannt auf dem Boden.

Erst nach 5 Minuten erhob sich Dr. Paklin als erster. „Entwarnung, statistisch gesehen kommt hier keine Hitze mehr vorbei. Schaut sie ist da den Hang runter nach Nordnordost." Man sah eine schwarze Schneise, in der noch einges flackerte und schmorrte. Gadysch kam hoch. Man beriet sich kurz.

Ein Vulkanologe musste ab sofort nach neuen Strömen Ausschau halten und sein Kommando galt auch für die Feuerwache. Nach vielen schönen naturwissenschaftlich interessanten Beobachtungen kam man in unruhigeres Gewässer, die Sicht wurde etwas schlechter und viele waren froh jetzt unter Deck gehen zu dürfen.

Nach 1,5 Stunden erreichte man sogar den nächsten Hafen von Labuhan unversehrt. Ein erneuter Bericht, via dem einzigen Satelittentelefon, ging, (wie direkt nach dem Ausruf der Evakuierung), an den im Bett liegenden Irrkutsch. Viel zu verstehen war allerdings trotz modernster Technik nicht. Alle waren froh, heile an Land gehen zu können.

*

Auf dem Ausflugsschiff

Plötzlich kam ein Schrei von oben und der Ausguck sprang in das Cockpit des Kapitäns. Die Matrosen griffen an die Geländer an der Bordwand. Bernhard hatte es verstanden und rief: „Los haltet euch auch so fest ihr könnt." Bumms das Cockpit an Deck flog weg. Das Schiff kippte auf die rechte Seite und schoss mit hoher Geschwindigkeit durchs Wasser. Auf einmal krachte es, und das Schiff barst fast in der Mitte auseinander.

Alle wirbelten durch das Wasser, mal unter dem Wasserspiegel mal kopfüber darunter. Vom Schiff blieben nur noch ein paar Teile übrig, die nun verstreut auf dem Wasser herumlagen. Das Grollen wurde leiser und entfernte sich. Nach einer kurzen Zeit, die den Schiffbrüchigen unendlich lang vorkam, waren die meisten wieder an der Wasseroberfläche und konnten schwimmen. Bernhard sah vor sich ein kleines, helles Licht und er schwamm darauf zu. Das Wasser war kälter als am Badestrand, aber bei weitem nicht so kalt wie befürchtet.

Als er näher kam sah er: Es war ein Buch; nein es war das Buch! Es musste aus seiner Tasche geflogen sein. Er dachte: ‚Was nun?' und es kam ihm in den Sinn ‚schwimm darauf zu'. Neben dem Buch bemerkte er nun den Mast eines Schiffes, der auf dem Wasser trieb. Er ergriff das Buch und suchte sich eine gute Stelle in der Mitte des Mastes aus, an der er sich festhalten konnte.

David sah auch ein helles Licht und schwamm darauf zu. Auf einmal wurde das Licht dunkler. Er schrie „Licht bleib an" Bernhard hielt das Buch sofort in Richtung Schrei und rief ebenfalls: „Hierher!“, dann erkannte er David und David ihn. „Super“ rief dieser und schwamm so schnell er konnte auf Bernhard zu. Bernhard zeigte auf ein Stück am Mast, an dem sich 2 Taue kreuzten „Schön festhalten und ein bisschen verschnaufen.“, „David, hast du wen gesehen?“ „Nein und du ?“ „Ich auch nicht.“ Bernhard hielt das Buch nun so hoch wie er konnte, vielleicht half das noch jemandem vom Boot.

Da hörte man ein Wimmern in der Ferne, es kam näher. „Hey help me.“ „Ist das Vanessa oder Elke?“ David schrie: „Hier, hier!“ „Jay – ich komme“, hallte es zurück und 2 Minuten später konnte man die Konturen erkennen und noch mal 2 Minuten später hatte auch Vanessa einen Platz am Mast eingenommen.

Die 3 strahlten sich glücklich an „Und jemanden anderes gesehen?“ „Ne, aber ich bin erstmal froh, dass ich euch getroffen habe, dass war ja schlimmer als Achterbahn mit dreifach Looping.“ „Ich bin auch froh“ sagte David und drückte Vanessas Hand ganz, ganz fest.

Langsam wurde es heller. „Ich habe tierischen Durst“ sagte David „Ich auch, aber besser gar nicht dran denken“ sagte Bernhard „ich glaube wir haben erstmal andere Sorgen.“

„Was ist denn das da hinten? Da sind so komische Flossen sind das etwa Haie, Scheiße nein!“ schrie Vanessa. Alle schauten in Richtung der Flossen. Die 5 Flossen kamen langsam auf den Mast zugeschwommen. 50 m, 30 m Bernhard schaute Richtung Kasper. Es sah so aus als grinste dieser und Bernhard kam ‚keep cool’ in den Sinn und er rief auch: „Keep cool“ aber mehr aus Ärger, dass Kasper ihm nicht half. David und Vanessa aber fühlten sich etwas besser. Nur 10 m vor ihnen tauchten Körper aus dem Wasser und man konnte erkennen, wenn man so etwas schon mal gesehen hatte, dass es Pilotwale waren. Bernhard stöhnte laut auf „Wale und keine Haie!“ sagte er, „die tun einem nichts“ und schon schwammen die

Wale an der Gruppe vorbei.

Es wurde noch heller, aber es war am Horizont nur Wasser zu erkennen und ringsherum war es pechrabenschwarz und es sah so aus, als würde sich alles rechts rum drehen. Bernhard schaute sich um. „Ich glaube in einem Film habe ich so was schon mal gesehen; wir sind in der Mitte eines Orkans oder wie es hier heißt Taifuns. Erholt euch, gleich wird es wieder ungemütlich.

„Hey, was ist denn das da?“, fragte David und zeigte nach rechts. „Da schwimmt ja ne Cola-Flasche.“ David schwamm sofort dahin. „Ist auch noch ne Cola-Light! Super !“ Er hatte sich extra für die Tour 2 Flaschen in einem Supermarkt besorgt und musste in Jakarta lange danach suchen, denn so was war sehr selten in Indonesien. „Hier ist auch noch dein Zaubertuch.“ „Nee“, sagte Bernhard „langsam trinken und schön einteilen. Jeder trinkt was und dann binden wir die Flasche hier fest an.“ Bernhard mochte eigentlich keine Cola-Light, aber nun schmeckte sie wie Champagner.

Nun sah er, dass David Holz in seinem Oberarm hatte 3 Splitter schauten links heraus und rechts hing ein Holzklotz daran. „Das muss raus.“ David schaute ihn fragend an, er konnte Gott sei dank gar nicht sehen, was da in seinem Arm war. „Tapfer sein“, und Bernhard zog das Holz mit einem Ruck aus dem Arm heraus. David stöhnte. Vanessa hatte seine Hand ergriffen und drückte diese. Schnell nahm Bernhard das Tuch, band es um den Oberarm und sagte: „Hex, hex.“ David wirkte sehr gefasst. „Ist schon besser, das Tuch kühlt ganz doll. Zeig mal her, ich hatte nur so ein Pochen, dahinten am Arm.“ Bernhard schaute zum Buch – Kasper grinste zufrieden.

„Oh dahinten ist ja ein Berg“, rief Vanessa. „Ne Wolken.“ „Ne ein Berg.“ „Ja jetzt glaub ich auch, dass das ein Berg ist. Bringt den Mast in die richtige Richtung, gleich kommt der Sturm wieder.“ Der Mast trieb langsam auf den Berg in weiter Ferne zu. Bernhard hatte noch einige Anweisungen gegeben und bald kam die Gewitterfront auf sie zu. Es wurde wieder dunkler, nebliger und der Regen begann wieder, wurde heftiger und schließlich so stark, als würde es aus Eimern schütten. Anfangs konnte man den Mast noch mittels gezielter Fußbewegungen in die gewünschte Richtung steuern, aber dann hatten Wind, Wasser und der Wirbel die Herrschaft übernommen und machten mit dem Mast was sie wollten, aber die drei Passagiere konnten sich gut an den Tauen des Mastes festhalten. Die Berg und Talfahrt der Wellen wurde extrem heftig, Blitze zuckten immer wieder in schneller Folge über den Himmel, es waren die einzigen Momente in denen man was erkennen konnte.

Nach circa einer halben Stunde tauchten 2 Felsen vor ihnen auf. „Denen müssen wir ausweichen, rechts stark treten", schrie Bernhard, aber sie hatten keine Chance der linke Felsen zog sie magisch an. Vor diesem Felsen spritze die Gicht nur so daher, auf einmal wurde die Fahrt etwas ruhiger. Man konnte nun die beiden Felsen erkennen, sie waren miteinander verbunden und in der Mitte war so etwas wie eine Bucht und da trieben sie hinein.

Das Auf und Ab war nun erträglicher. „Wir warten den Sturm ab", schrie Bernhard. Nach einiger Zeit, die ihnen wie Stunden vorkam, ebbte der Sturm zum Gewitter ab und der Regen ließ nach, die See wurde ebenso ruhiger. Nun hörte der Regen ganz auf. „Da links die Gischt so stark war, ist da bestimmt eine starke Brandung, wir probieren rechts raus zu kommen." Er schaute auf das Buch – Kasper nickte.

Kaum schaute die Spitze des Mastes aus der Bucht heraus, beschleunigte sich der komplette Mast und wurde nach vorne links getrieben. Da die Sicht ja mittlerweile wieder gut war, erkannte Bernhard, dass sie nicht in Richtung Berg trieben. „Rechts feste strampeln", schrie er und probierte auch von der rechten Seite aus den Mast in die andere Richtung zu manövrieren. Langsam bewegte sich der Mast aus der Strömung der Felsen heraus und glitt mit den Wellen in die gewünschte Richtung.

Bernhard war erleichtert. Nach einer kurzen Weile konnte man um den Berg herum Festland erkennen, vielleicht eine Insel. Welle für Welle ging es voran, auf einmal gab es einen ohrenbetäubenden Knall. Eine Wolke war an der Bergspitze zu sehen, der Berg schien ein paar cm kleiner geworden zu sein und es sah so aus, als würde es in der Ferne regnen. Man konnte mit bloßem Auge erkennen, wie diese rot, schwarzen Regentropfen ins Meer platzten. „Komischer Regen“ sagte Vanessa. Einige wenige Regentropfen kamen näher und man konnte erkennen, dass es Felsbrocken oder rote Feuerbrocken waren und kein Regen. Dort wo die Brocken ins Meer einschlugen, gab es kleine Explosionen, die Brocken dehnten sich aus, die Oberfläche wurde langsam schwarz und von innen glühte es rot. „Alle nach links hinter dem Masten Deckung nehmen“ schrie Bernhard. Ein Brocken traf sogar die Felsen, in dessen Bucht die drei noch vor 20 Minuten den Sturm überstanden hatten. Ein Stück des linken Felsens fehlte nun. „Was ist das?“ fragte David. „Ich denke das ist ein kleiner Vulkanausbruch. Der Stein- und der Lavaregen werden wohl hoffentlich bald vorbei sein, wir liegen hier wohl am Rande der Auswurfrichtung, die Fahne da vorne zeigt von uns weg aufs Meer hinaus. Das könnte eine Aschewolke sein.“ „Daumendrücken, das uns nichts passiert“ sagte Vanessa. Unbewusst strampelten die drei etwas fester. Die Fahne verdunkelte den Himmel und ein paar schwarze „Schneeflocken“ landeten auch bei ihnen im unruhigeren Meer. Der Steinhagel hatte aufgehört, auch der Ascheschnee hörte auf und vom Berg war immer weniger und vom Land war immer mehr zu sehen.

2 Stunden später hatte man den Strand der Insel erreicht. Die drei strahlten sich an. „Gott sei Dank.“ „Juchuu“ und „Knorke“, fielen sie sich ins Wort, sanken auf den Boden und schnauften durch.

Nach ein paar Minuten streckte Bernhard sich und sagte „David, zeig mir mal deinen Arm.“ David streckte ihn aus und Bernhard knotete das Tuch los, außer drei roten Punkten war nichts mehr zu sehen. „Tut gar nicht mehr weh“, sagte David. „Sensationell“, entfuhr es Bernhard und er schaute auf das Buch – Kasper strahlte. „Hier ist es aber schön warm, schaut mal, wie schrunzelig unsere Haut aussieht“, entfuhr es Vanessa, die dabei herzlich lachte. „Zieht mal alles aus, was ihr ausziehen wollt und legt dann die Sachen da vorne auf die kleinen Felsen zum trocknen.“ „Ja Chef“, sagte David und führte seine rechte Hand zur Stirn, wie zu einem militärischen Gruß und war Sekunden später splitternackt.

„Wie viel haben wir denn noch zum Trinken?“ „Einen halben Liter.“ „Gut jeder noch einen kleinen Schluck, den Rest gibt es, wenn wir Wasser finden.“ Nach einer kleinen Pause begann Bernhard wieder zu denken. „Was nun? Was ist uns denn noch so geblieben? Die Rettungswesten und die Kleidung am Körper, hm das heißt die Kleidung da vorne auf den Steinen, ein halber Liter Cola und unser Buch mit Kasper.

Was habt ihr denn noch tolles in euren Taschen?“ Bernhard ging zu seiner Hose und kramte in den Taschen „Nasse Zigaretten, ein Feuerzeug, 3 Papiertaschentücher, ein Tuch von Mac Mampf mit Hannover drauf, oh bei Hannover fehlt jetzt der rechte Teil vom N und ein Portemonnaie mit“, langsam öffnete er es „mit einem Personalausweis, einem Führerschein, einer Kreditkarte, feuchten 80 Weltdollar und ein paar Münzen.“

„Ich habe die Schatzkarte“, sagte David und zog sie aus seiner Tasche „Die ist ja trocken“, schrie er und legte sie auf den Boden. „Nasse Taschentücher habe ich auch. Bätsch. Und ein Handy. Oh wo ist denn mein Brustbeutel? Scheiße, der ist weg, aber hier ist noch mein kleines Schweizer Messer.“

Vanessa sagte stolz. „In der Hose habe ich nur ein Taschentuch, ein echtes aus Stoff, aber Jungs, ätsch meinen Brustbeutel habe ich noch, der war zwar in der Hose, aber er ist noch da, ist von meinem Opa und hat schon viele Demos überstanden.

Was ist das denn eigentlich für ein Buch?“ Bernhard schaute das Buch und damit Kasper an. ’Ja, du kannst nun alles erzählen’, kam es ihm in den Sinn ‚aber beeil dich.’

Bernhard begann zu erzählen, David und Vanessa saßen mit offenem Mund und hörten gespannt zu. Ab und zu dachte Bernhard ‚schneller’ und die Erzählung hielt sich so im zeitlichen Rahmen. ‚Und jetzt?’ Kasper schaute und Bernhard verstand. „Vanessa ist deine Karte im Brustbeutel?“ Sie nickte mit dem Kopf, kramte die Karte aus dem Beutel und legte ihren Teil neben Davids auf die Erde. Bernhard nahm das Buch so in die Hand, dass Kasper auf die Karte schauen konnte und schwupps war die Karte einteilig und das Pergament glich einer überzogenen Plastikkarte.

„Was sind denn das für Buchstaben?“ fragte David. „Ich kann nur Berg erkennen, den Rest verstehe ich nicht!“ Bernhard antwortete für Kasper „Das waren Buchstaben aus allen Sprachen, die es auf der Welt gibt.“ „Wir brauchen lieber solche, die wir auch verstehen können, am besten eine deutsche Karte.“ Ein kurzes Flimmern und es standen nur noch deutsche Texte auf der Karte. Bernhard begann laut zu lachen, David und Vanessa staunten, denn sie konnten immer noch nichts lesen.

„Was ist denn das?“ fragte diesmal Vanessa „Na deutsche Schrift, wir schreiben lateinisch, schon mal gehört.“ „Na klar, oh Mann o Mann“, entfuhr es David. Und in Sekundenschnelle war alles in lateinischer Schrift. „Mist, dass keiner einen Stift dabei hat, dann könnten wir vieles fragen, praktisch alles, was wir wollen.“

‚Bernhard’, antwortete Kasper in Bernhards Gehirn. ‚Du hast doch schon oft eine Frage einfach nur gedacht und eine Antwort bekommen, ich dachte du hättest das kapiert. Zum Mitdenken: Schau dir die Karte an und sie wird dir zeigen was du wissen willst, aber das geht 100% genau nur in einem Umkreis von 2 Meilen oder 3218,688m.' „O.K, ich werde es nun laut sagen, damit die Kinder auch was mit bekommen." Kasper nickte und flösste Bernhard ein ‚sag ihnen noch mal, das ihnen absolut nichts passieren wird.'

„David du hast doch Durst, schauen wir mal, wo es was zu trinken gibt." Schwupp die Karte vor ihnen änderte sich. Vor ihnen öffnete sich eine extrem brillante 3-dimensionale Ansicht der näheren Umgebung. Es war, als gingen Augen vom Ausgangspunkt in schneller Geschwindigkeit in Richtung der Antwort. Neben dem laufenden Auge gab es auch noch einige Zähler, die Informationen abgaben. In diesem Fall: Entfernung Ausgangspunkt Treppe 350 m 4 Minuten 12', dann kam die Info: Treppe an Felswand 680 m, 180 Höhenmeter, 12 Min 8' 1700 m, halblinks Trinkwassersee, hier schien das Auge zu halten und ein Trinkbecher erschien als Symbol. David sagte „Wo gibt es denn Cola?" „Cola", wiederholte Bernhard und am See entstand ein Schild 3,512 km und zeigte nach halbrechts.

„Wahnsinn", schrie David. Bernhard sagte: „Dem Auge nach." Bernhard war nun endgültig von den Aussagen und Gedanken Kaspers überzeugt." „Cola her. Jeder einen letzten Schluck und los, dem Auge nach." „Avanti" sagte auch Vanessa.

Bernhard dachte: ‚Wie gigantisch diese Karte war, das wäre im Nu der Verkaufsschlager.' ‚Kann kein anderer Mensch auf dieser Welt herstellen', kam die prompte Antwort und Bernhard musste lachen. „Schon gut, schon gut kein Profit, das muss ich noch lernen, aber ich arbeite daran." Los ging es.

„Mein Gott, was für eine tolle Sicht, schaut euch mal den Stein da vorne an. Von hier aus sieht er aus wie ein Kiesel und tatsächlich ist das ein Riesenbrocken." So ging das den ganzen Weg bis hin zur Felswand. Der Mausbau war genauso interessant, wie der Termitenbau. Kasper mahnte zur Eile, für ihn war das ja auch nichts Faszinierendes mehr.

Nun standen sie vor dem Aufstieg auf die Klippen, der überwunden werden musste. Jetzt konnte man erkennen, dass hier nicht nur Stufen waren, sondern dass dieser Aufstieg so breit war, dass neben den Treppen noch eine Schräge den Fels hinauf führte. Vanessa zählte die Stufen, obwohl ein Zähler auf Kaspers Karte mitlief. Bernhard benutzte lieber den Weg. David fragte: „Warum ist denn diese Schräge da?“ Bernhard überlegte und dann sah er auf der Karte ‚Eselskot 1 Tag 17 Stunden alt‘. „David, das ist für die Lasttiere.“ „Aha.“ „Noch 34 Stufen“ und dann waren sie auch schon oben.

Die Karte hatte sich permanent verschoben. Nun war auch mit bloßem Auge zu sehen, wie riesig der Frischwassersee war. Er erstreckte sich bis zum westlichen und östlichen Horizont der Detailkarte. In der Gesamtsicht konnte man erkennen, dass der See, doch aus mehreren Teilen beestand und fast ringförmig wirkte. Auch stand bei einigen Teilen: „Nicht trinkbar!“ Der vor ihnen liegen See hatte aber Trinkwasser.

Als sie ihn erreichten, schrie Bernhard: „Vorsichtig, der See ist hier sofort 200 m tief, macht die Colaflasche voll, trinkt ordentlich und dann füllt die Flasche wieder auf.“ „Und die Cola?“, fragte David. Auf dem Schild war immer noch 3,4 km zu lesen. „Trinkt was!“, ermahnte Bernhard ihn. „Wo wollen wir denn hin?“ fragte er dann laut. „Na zur Cola, denn wo es Cola gibt, gibt es bestimmt auch was zu essen“, kam es prompt von David. Nach ein paar Schritten erschienen am linken oberen Rand der Karte Hütten mit Kühlboxen. Kasper hatte überall Messer und Gabel und Trinkbecher hingemalt. Unter dem Cola-Wegweiser stand nun auch Hafen 4,3 Km.

„Hey hier steht nun Hafen; ich denke da sollen wir hin.“ Und schon bewegte sich das Auge in diese Richtung und zeigte damit den dreien, was sie machen sollten. David schaute zu den Kreuzen auf der Karte, schließlich sollten sie doch einen echten Schatz suchen. Krakatauschlot 1 gepresster Kohlenstoff 1.001.173.543 vor Christus und neben Vanessas Kreuz stand Krakatauschlot 9 gepresster Kohlenstoff 1.200.442.127 vor Christus.

„Habt ihr schon gelesen, was neben den Kreuzen steht?“ „Nö, gepresster Kohlenstoff, was wollen wir denn damit und auch noch so uralte Steine sollen das sein. Das stinkt bestimmt“, entgegnete Vanessa. „Leute, gepresster Kohlenstoff das sind Diamanten und Diamanten sind die wertvollsten Steine, die es überhaupt gibt“, erklärte Bernhard. „Da kommen wir bestimmt bald hin.“ „Jetzt hier lang“, drängte Bernhard. – Achtung da vorne ist ein Reptil.“ „Hihi“, lachte Vanessa „ein ungefährlicher 1,34m langer Waran – steht doch da.“ „Voran.“

Nach 20 Minuten blieben sie wieder stehen, denn nun war der Hafen zu erkennen und man sah 3 Fischerboote, die randvoll mit Menschen beladen waren und gerade abgelegen wollten. Auf dem Kai standen noch tausende von Sachen: Kisten, Säcke mit Esswaren und Habseligkeiten, Tiere, Karren und andere Tragegestelle und Transportgeräte. Vor lauter Details war fast gar nichts mehr zu erkennen. „Das eine Schiff legt gerade ab und das zweite schwimmt schon, die schmeißen ja noch Reis ins Meer. Boh, schaut mal wie viele Fische da fressen.“ Bernhard sagte nochmals laut: „Das sind zu viele Informationen.“ Im Nu verschwand die Anzeige der Anzahl der Fische der unterschiedlichen Fischarten. „Wir brauchen noch 24 Minuten und nun legt auch noch das letzte Schiff ab, was sollen wir denn nun am Hafen?“

Nun konnte man auf der Karte ganz deutlich und klar 2 Eselskarawanen erkennen, die sich von allen anderen Sachen auf der Karte deutlich abhoben. „Aha auf zu den Eseln.“ Sie schlugen die Richtung ein. Beim ersten Getränkebecher wurde David nervös. „Gibt es da Cola?“ „David, Cola, sei froh, wenn wir was zu Essen finden.“ „Haha da vorne vor der nächsten Hütte steht Cola und das Schild blinkt.“ David rannte auf die Hütte zu, die so eine Art Kiosk war. In einem durchsichtigen Kühlschrank sah er einige Dosen und Flaschen liegen. Er öffnete die Tür. „Ist aber nicht mehr kalt“, sagte er und schon war die Dose geöffnet und geleert. Bernhard dachte ‚dann kann ich mir ja auch ein Bier wünschen’. Er schaute auf die Karte und Bier blinkte in der Hütte, in der sie waren.

Rast 15 Minuten stand auf der Karte. Ah da unten sah er nun auch ein paar Bierdosen. „Mein Gott die Leute müssen ihr Quartier aber schlagartig verlassen haben“, 1. Vulkanausbruch Stärke 1 Gas 2. Vulkanausbruch Stärke 2 8:30 Uhr, 1. Erdbeben Stärke 4,7 auf der Richterskala 9:30 Uhr, 2. Erdbeben Stärke 2,3 auf der Richterskala 10:30 Uhr. „Leute wann haben wir denn die Felsbrocken fliegen sehen?“ fragte Bernhard. „Das müsste noch ne Stunde später gewesen sein, den 1.Ausbruch haben wir wegen des Sturms wohl nicht mitbekommen.“ ‚Das war dann wohl der 2. Ausbruch!’ „Egal“, sagte Bernhard.

Vanessa mampfte eine Art Fladenbrot, Bernhard hatte Reis auf einem Ofen entdeckt, der auch noch lauwarm war und schmeckte. David hatte Reiswaffeln gefunden. Die Karte beantwortete ja alle Fragen. Bernhard ermahnte David: „Komm iss mal was Vernünftiges. Hier ist genug Reis und die Sauce hat genug Fleisch, die schmeckt toll.“ David schaute auf die Karte: Sauce: 61 % Wasser, 17% Mehl, 6% Pilze, 8% Lamm, 6% Pute, 1% Pfeffer 1% Curry, 100 Gramm 317 Kcal. Die Drei schlugen sich den Bauch voll. „Ich glaube, wir sollten nun weitermachen. Wenn Kasper schon sagt: Wir sollen uns beeilen. Da vorne ist ein Reissack, den packen wir voller Essen und Getränke.“ Auf dem Schild Hafen stand nun 23 Minuten und Esel 21 Minuten. In der Ecke stand auch noch eine Sackkarre, die wurde beladen. David wollte unbedingt schieben. Es ging an einigen Hütten vorbei. Auf einmal blinkte es auf der Karte. „Spitzhacke da vorne“ und die Hacke wurde aufgeladen. Schaufel und Grubenlampe kamen auch dazu. Längst durfte Bernhard schieben und die beiden Kinder trugen die neuen Sachen.

Im Hafen, den sie nun erreicht hatten, sah es aus wie auf einem Schlachtfeld. Es war kein Boot mehr zu sehen und auf der Erde lagen die verschiedensten Dinge herum, die wohl die Fliehenden mitgeschleppt hatten und für die nun kein Platz mehr auf den Schiffen frei war, da dieser Platz wohl für die Menschen benötigt wurde. Ein paar Vogelkäfige standen offen herum, aber die Vögel, die anscheinend ausgesetzt wurden, hatten die Wege zurück in die Käfige gefunden.

Jetzt hatten sie die Esel erreicht. Vanessa sagte: „Ich reite gerne, aber von Eseln habe ich keine Ahnung, die sollen aber bockig sein und darauf habe ich wiederum keinen Bock." „Was nun?", sagte Bernhard laut. Kasper instruierte ihn. „Aha; zuerst alle Satteltaschen leeren. Dahinten steht noch ein Eimer, hier schütten wir Wasser rein und geben den Eseln zu trinken. Vanessa, du nimmst den ersten Esel an den Zügeln und gibst ihm etwas Wasser aus dem Eimer und du, David füllst ab und zu Wasser nach. Ich leere die Taschen. Am 1. Esel lassen wir die mit Wasser gefüllte Ziegenhaut hängen, dann haben wir fürs erste Stück noch was Zusätzliches zu trinken. Hacke und Schaufel kommen zu Esel 2, der Proviant wird geteilt, das Essen geht zu Esel Nummer 3 und die Getränke in die Taschen der Nummer 4."

Alle hatten zu tun. Der Eselszug bestand aus 12 Eseln, die mit Seilen miteinander verbunden waren.

Vanessa zog Esel 1 feste am Halfter und sagte „Los!" und Esel 1 folgte und die anderen auch. Die Karawane kam noch an 6 freien Eseln vorbei, die einfach auch hinterher trotteten. Nach einiger Zeit führte Vanessa die 18 Esel, als hätte sie das schon tausendmal gemacht. „Wo müssen wir eigentlich hin?", fragte David. „Na ist erstmal egal, die beiden Kreuze sind doch beide nördlich von hier und der Weg geht erstmal in die gleiche Richtung." Das Auge zeigte die nächsten Kilometer genauer an, die marschiert werden sollten. Durchs kleine Hafenstädtchen wieder bergauf an den

Trinkwassersee und an dieser Brücke über ihn hinweg.

Schon legte die Karawane(bestehend aus den 3 Mann und 18 Eseln) los Richtung Brücke und den beiden Kreuzen.

Nach einiger Zeit schaute David Bernhard an und sagte. „Du Bernhard, was weißt du eigentlich über Kasper?“ „Nur, dass er edel ist und was Gutes will.“ „Also“ übersetzte Bernhard: „Ich, Kasper bin ein Nachfahre, derer, die im Paradies nicht vom Apfel gegessen haben.“ „Was“ , entfuhr es Vanessa.“ „Mein voller Name ist Kasper Michael Seth. Von unserem Stamm gibt es nur noch wenige und unsere Körper sind schon alt und gebrechlich, aber unsere Sinne sind geschärft, und wir haben viele Fähigkeiten, die der heutigen Welt verloren gegangen sind. Andererseits erweitern wir unseren Horizont laufend und geben einen Teil unseres Wissens, wenn es an der Zeit ist, weiter. Wir helfen dadurch mit, wenn auch nur im ganz Kleinen, den paradiesischen Zustand wieder zu erlangen. Wir dürfen nicht direkt helfen, sondern können alles nur durch andere geschehen lassen. Wind, Feuer, Wasser setzen wir auch gelegentlich ein.

Unser Hilfsvorrat ist sehr begrenzt, denn solche Hilfen sind sehr, sehr anstrengend für uns. Manchmal greifen wir ein, um ganz schlimmes zu verhindern. Zum Beispiel haben wir die 7 Plagen mit initiert, Nero das Feuer entzünden lassen. Bei der Erfindung von Penicilin und Antibiotika kamen die genialen Ideen von uns in die Köpfe der Wissenschaftler und auch Einstein hat seine Theorie von uns ins Hirn vorgegeben bekommen. Wir unterstützten die Strategien und Ideen der französischen Revolution, helfen immer den Unterdrückten oder denen, die für eine gute Sache kämpfen, z.B. den Nordstaatlern in Amerika, Gandhi in Indien, Martin Luther King in den USA, und auch dem Dalai Lama und Nelson Mandela halfen wir. Wir haben auch die Leute in der polnischen Gewerkschaft unterstützt und sogar Fast-Heiden in die DDR-Kirchen geschickt. Leider bedeutet dies aber nicht immer, dass unsere Seite auch siegt, wir können halt auch nicht überall sein und das letzte Jahrhundert war extrem grausam."

„Ich bin tief beeindruckt." „Du Bernhard von einigen Leuten habe ich schon mal was gehört, aber noch nicht von allen", sagte Vanessa. „Na klar, das nehmt ihr bestimmt noch in Geschichte durch." „Ich habe alle Namen schon mal gehört", sagte David stolz. „Angeber, haste etwa in Geschichte eine 1?" „Ne, eine 3, aber 3 plus." „Aha – Haha."

Die Eselkarawane kam langsam voran. „Du Bernhard?", fragte Vanessa „Ich dachte immer mit Eseln wird man schneller." „Wenn man darauf reitet", bemerkte David daraufhin barsch und grinste. „Ein Esel ist ein Lasttier, das heißt, es trägt etwas, was man sonst selber tragen müsste. Dadurch wird man insgesamt schneller und es ist bequemer. Wenn man reitet, ist man noch schneller, aber dann kann der Esel fast nichts anderes mehr tragen. Da einer trotzdem die Esel führten sollte, darf also immer einer reiten, aber nur auf den hinteren Eseln."

Am Rande des Dorfes gab es einige Hütten mit Löchern im Dach und 2 Hütten sahen so aus, als wären sie frisch abgebrannt. Auf der Karte stand Feuer 13:15 Uhr und 13:17 Uhr. Nach einiger Zeit hatten sie den Trinkwassersee wieder erreicht. „Da hinten an der Brücke machen wir eine Pause, gebt den Eseln zu trinken." Bernhard schaute auf die Karte und entdeckte ein blinkendes Schild 2,3 Km Übernachtungshütte Kinder. ‚Was ist das denn?' dachte er. ‚Die Schatzbergung soll Morgen früh von statten gehen und du, Bernhard hast noch wichtiges zu tun. Beeilt euch, die Esel bleiben bald stehen', oktruierte ihm Kasper ein. „Die Esel bleiben bald stehen", wiederholte Bernhard. „Wieso?", fragte David. „Na weil?" Bernhard hielt inne und wartete auf eine Antwort von Kasper. „Weil die Esel ihr Leben lang nur gearbeitet haben, wenn es hell war, also von Sonnenauf- bis Sonnenuntergang", wiederholte er Kaspers Ausführungen. „Also weiter"

Nach einer Viertelstunde schrie David „Da Menschen" und zeigte nach Norden. Am Horizont war ein Trupp zu erkennen. Ein Mann hatte ein riesiges Tragegestell geschultert, das voll beladen war. Eine uralte Frau, eine Frau und 3 Kinder waren daneben zu erkennen. Sie kamen näher. „Boh ey, was der Mann alles trägt", erkannte David.

Dann trafen die beiden Gruppen sich. Die 3 Erwachsenen sahen sehr geschafft aus und redeten wie die Wasserfälle durcheinander auf Bernhard ein. Da rief der Mann etwas und es war Ruhe. Er hatte gemerkt, dass man ihn nicht verstand. Er begann zu gestikulieren und mit Händen und Füßen zu reden. Er machte ein Zeichen für ein Haus, deutet auf seinen Sohn und sagte dann „Ali" , zeigte mit 2 Fingern auf seine Augen und machte „Meck, meck, meck", Dann zitterte er mit den Beinen, sagte „Bumm, Meck, meck" , machte eine Slalom-Bewegung mit der Hand, dann zog er den Kopf ein und hielt sich die Arme schützend vors Gesicht/den Kopf und zeigte zum Berg und machte ein Zeichen derart, dass er die Hand hob, die Finger einzeln bewegte und dann die Hand langsam sinken ließ. Nun zeigte er auf seine Familie und machte bei jedem eine Bewegung mit dem Daumen als wollte er jedem den Hals aufschlitzen.

Nun war Ali wieder dran. Der Mann zeigte auf seinen Sohn sagte: „Ali, meck, meck", er bewegte die Finger und tippelte mit ihnen und bewegte die Finger erst hoch und dann wieder herunter dann wieder hoch. Dann sagte er: „Wumm", und bewegte seine Hand von oben schräg nach unten so schnell er konnte, anschließend kreuzte er seine Arme und machte wieder die Halsabschneider-Bewegung. „Ali", sagte er erneut, zeigte mit beiden Händen eine Spitze, zeigte mit der rechten Hand über die Spitze und hob den Daumen zu einer 1. Jetzt zeigte er auf die Familie, fuhr wieder mit 2 Fingern zum Auge bei allen außer bei Ali, dann kam die Tippelbewegung mit den Fingern in einem Bogen und machte dabei eine Wellenbewegung. Er hielt sich die Hosen ein bisschen hoch und watete voran. „Ali, Ali“, rief er dann und umarmte seinen Sohn. Schließlich zeigte er in Richtung Berg und schüttelte den Kopf als Verneinung und zeigte in die andere Richtung und schüttelte den Kopf als Ja-Geste.

Man hätte diese Gesten gut verstehen können, der Mann hatte das toll gemacht, doch Bernhard, David und Vanessa schauten Richtung Kasper.

Bernhard übersetzte. „Also der Mann war mit seiner Familie im Haus, nur Ali hütete die Ziegen. Nun zuerst bebte die Erde ein paar Mal, dann gab es ne Explosion und Lava und Brocken flogen durch die Luft, danach gab es Ascheregen. Es sind viele in der Nähe des Hauses gestorben. Ali liefen die Ziegen weg und Ali ihnen hinterher. Den nächsten Hang hoch wieder runter und den nächsten Hang wieder hoch...“ „Aha“, kam es von den beiden anderen immer wieder mal dazwischen. „Das Wumm bedeutete, dass ein pyroklastischer Strom mit einer wahnsinnigen Geschwindigkeit den Berg herunter sauste.

Dieser Strom verbrannte alles in Sekunden Schnelle. Ali war hinter dem gefährlichen Berg. Die Familie suchte. Schließlich kamen sie an das pyroklastische Gebiet und wateten dann durchs Wasser. Endlich fanden sie Ali. Die Warnung, nicht in Richtung Berg, sondern in Richtung Hafen zu gehen, die müsstet ihr aber mindestens verstanden haben.“

„Der Mann hatte laufend Banduur gesagt, was heißt denn das?“, fragte Vanessa „Na das gleiche wie Trochowski.“ „Ach so.“ Bernhard bot der Familie einen Esel an, damit sie nicht mehr so viel selber tragen mussten und zeigte mit beiden Händen Richtung Hafen. Als Bernhard dem Mann den Esel übergab, gesellten sich 2 weitere lose Esel dazu. Bernhard zeigte Richtung Brücke und machte ein Trinkzeichen. Der Mann strahlte und verneigte sich ein paar Mal ganz tief. Nochmals versuchte er dann die drei davon zu überzeugen doch mit ihm Richtung Hafen zu gehen.

Die Drei wirkten aber trotz dieser Empfehlung sehr entspannt, als sahen sie keine Gefahr auf sich zu kommen und gingen aus seiner Sicht in die falsche Richtung. Nach etwa einem halben Kilometer kam eine Abzweigung. Die Kreuze lagen geradeaus, aber Bernhard sagte: „Rechts.“ „Rechts, wieso rechts“, bemerkte David sofort. „Die Kreuze liegen geradeaus.“ „Siehst du hier das Schild auf der Karte 1,4 Km Übernachtung Kinder. Kasper hat außerdem gesagt, der Schatz wird Morgen geborgen. Die Esel laufen bald nicht mehr, und ich bekomme noch einige Spezialaufgaben, da bin ich aber sehr gespannt.“ Nach 500 m blieben auf einmal die Esel stehen, denn es war dunkel. „Hey weiter“, rief Vanessa. Nichts tat sich.

Vanessa klatschte auf den Popo des ersten Esels, er bewegte sich ein paar Schritte weiter. Dann ging sie zum zweiten Esel und klatschte auch auf den Po, dann bewegte sich dieser, David und Bernhard halfen. Nach 3 Minuten war man 10 m weiter gekommen. „Diese störrischen Biester.“ Er schaute Kasper an ‚Habe ich es nicht gesagt! Also in Satteltasche 3 sind Möhren, nimm welche heraus und halt sie Esel 1 vors Maul, aber so, dass er nicht gleich fressen kann, gehe langsam ein paar Schritte rückwärts und lass ihn ab und zu von der Möhre beißen.’

Es ging voran, wenn auch langsam. Nach ein paar Minuten, begann der Esel auf einmal zu rennen, Vanessa konnte den Führesel kaum festhalten und musste mitrennen. „Was ist denn nun los schrie sie?“ „Ah da vorne ist so eine Art Bauernhof.“ Man sah ein Haus und ein Gebäude, das so aussah wie ein Stall. „Esel entladen, füttern und in den Stall.“ „Ja Chef“, kam es von den Kindern. In den Stall trotteten die Esel von alleine, denn sie konnten das Stroh und Gras riechen, das im Stall herumlag. Oben auf dem Speicher lag noch mehr Heu rum. Bernhard zeigte nach oben: „Schmeißt noch was davon herunter und verteilt es auf alle Esel.“

Nachdem das erledigt und die Scheune geschlossen war,

inspizierte man das Haus. Küche, Wohnraum und ein Raum, in dem ein paar Matten auf der Erde lagen. „Was ist denn das für ein Raum?“ „Na ich denke der Schlafraum“, antwortete Bernhard. „Aber da sind doch gar keine Betten“, sagte Vanessa. „Den Bewohnern scheinen die Strohmatten zum Schlafen zu genügen.“ „Ganz schön hart.“ Im Nebenraum lagen noch 8 weitere Matten herum. Vanessa sammelte sie ein, legte sie auf die linke Seite und fühlte: „Ja jetzt ist es weicher.“ „Moment Mal!“, blies sich David auf. „50: 50 ist gerecht – Gib mir auch 4 Matten. “ „Nein“, fuhr nun Bernhard dazwischen. „10 haben wir also 4 für Vanessa, 3 für David und 3 für mich!“

Im Wohnraum zurück entdeckte man sogar einen Fernseher. David probierte ihn sofort aus. Leider war kein Empfang. Bernhard winkte die Kinder in die Küche „Kochkurs“, rief er und zeigt beiden, wie man Wasser heiß machte um darin Reis auf zu wärmen. Wie zu erwarten, wollte David lieber Nudeln. Nun der Unterschied war gering und da es 2 Töpfe gab, konnte sich jeder sein Essen machen.

Bernhard schob sich noch einen Fladenbrot rein und verabschiedete sich von den Kindern. „Schlaft schon mal, ich komme spät zurück. Kasper hat noch Mal versichert, dass Euch nichts passiert.“ Kasper hatte kurz davor dafür gesorgt, dass Bernhard noch eine Taschenlampe fand und ihn angewiesen den Kindern nichts Weiteres zu erzählen. Bernhard ging und war gespannt was nun kommt. Er fragte nochmals, ob er nicht noch etwas anderes bräuchte. Kasper ließ ihn wissen: ‚Er habe gespeist, getrunken und die Taschenlampe dabei. Vielleicht könne ein Getränk für unterwegs nicht schaden, aber nicht zuviel mitschleppen.’

*

Durch die Dunkelheit war es natürlich beschwerlicher voran zu kommen. In der Ferne strahlte der Gipfel des Berges in einem gelb, roten Licht und half dabei ein bisschen zu erkennen.

An der Abzweigung, an der er vorhin mit den Kinder zur Übernachtung abgebogen war, ging er nun Richtung Norden. Da kein Protest von Kasper kam, musste das wohl der richtige Weg sein. Nach 20 Minuten kam er an die Stelle, an der man in der Nähe des Kreuzes von Schatz 1 war. Er hielt inne, schaute mit der Taschenlampe auf die Karte.

Bombe las er da in Leuchtschrift. „Ich soll eine Bombe entschärfen, bin ich etwa Jesus?" ‚Ruhig Bernhard', erklärte Kasper. ‚Das mit den Bomben war sicher nicht so geplant. Die Amis und die Russen haben hier 2 Tarnprojekte und jeder hat dem Anderen mindestens eine Bombe untergejubelt. Sie waren so konstruiert, dass sie nach oben los gehen sollen, damit sie zwar Schaden anrichten würden, aber auf keinen Fall sollte die Lava entweichen können. Der Lavaspiegel ist aber nun einige Meter gestiegen und wenn wir nichts tun, explodiert die Insel schon so früh, dass wir keinen Schatz bergen können und auch einige Menschen mehr sterben müssten und das wollen wir doch nicht oder ?' „Nein."

Bernhard sah nun, dass 2 Schilder blinkten und las die Leuchtschrift Bombe 1 – 3 1,6 km , 1,8 km, 3,7 km und das Schild zeigte nach Nordosten und auf dem anderen Schild stand Bombe 4 5,1 km, dieses Schild zeigte nach Nordwesten. Er rechnete 5,1 km hin und zurück. Oh Mann dachte er, da muss ich ja noch mindestens 10 km laufen – es sollten noch einige mehr werden. Kasper sagte ihm ‚Ja du hast heute Nacht viel zu tun, ist ja für einen guten Zweck.'

Nach ein paar weiteren Hundert Metern hatte er das Gefühl der

Weg würde immer anstrengender, es ging langsam bergauf, dann kam es ihm vor als ginge er durch Schnee und das bei 28 Grad plus. Er schaute auf die Karte und las Aschefeld Länge 400 m Alter 17 Stunden. Bernhard erinnerte sich an die Schilderung von Herrn Banduur. Es ging sehr mühsam voran. Seine Beine wurden schwerer und schwerer. Alles roch hier auch noch verbrannt und es stank nach Schwefel und anderen Gasen. Er schaute lieber nicht auf die Karte, denn so genau wollte er das lieber nicht wissen. Bernhard musste husten; endlich hatte er das Feld überwunden. Er wollte geradeaus, nun meldete sich Kasper: ‚Bernhard du musst jetzt rechts rein und folgst dem kleinen Pfad. So nach ca. 500 m geht es los.'

Bernhard wurde langsam nervöser und dachte ‚warum gerade ich?' Kasper sah sich erneut genötigt zu antworten: ‚Jetzt hast du schon ein paar Abenteuer überstanden, den Rest werden wir auch schon schaffen. Vertrau mir, ich helfe Dir. Auf !'

Bernhards Schritte wurden wieder etwas schneller und er erreichte die Startstelle. ‚Also nun aufpassen, dass dich keiner sieht. Als erstes die wichtigste Aufgabe: Die Nordostbomben entschärfen. Die Bomben kannst du auf der Karte als gelbe Punkte erkennen, die roten Punkte, das sind die beiden Wachsoldaten, die noch im Gebäude sind. Gleich kommt das große Verwaltungsgebäude mit dem Naturkundehaus und den Aquarien, da musst du rechts daran vorbei, über den Steg des kleinen Hafens und dann nach 50 m links den Wall hoch. Gehe immer, wenn du die Fenster sehen kannst oder wenn du meinst jemand könnte dich vom Fenster aus sehen in Deckung.'

„Deckung?“ entfuhr es Bernhard. ‚Bäume, Sträucher, Bodenwellen ect. Ich zeigs dir schon.'

Bernhard wechselte in den Pirschgang. Nach ein paar Minuten konnte er die riesigen Tafeln erkennen, die ihm auch einen wunderbaren Lichtschutz boten. In Indonesisch, Kyrillisch (vermutete er) und Englisch stand dort:

Das Naturkundehaus wurde im Jahre 2016 von indonesischen und russischen Arbeitern errichtet. Es soll eine Informationsquelle über die Tier- und Wasserwelt Indonesiens sein. Gezeigt werden viele Tiere und fast alle Meerestiere, die in den Meeren rund um die Indonesischen Inseln vorkommen. Die Aquarien sind nach den Lebensräumen der Tiere: Indischer Ozean, Java See, Banda See und Südchinesisches Meer getrennt. Die Becken haben die Größe von 10, 10, 20 und sogar 50 Millionen Litern. Dieses Becken ist das zur Zt. größte Meerwasseraquarium der Welt. Das ganze ist ein Geschenk der Firma Lukgaz an das indonesische Volk. Moskau, den 25.07.2016 General Irrkutsch, Evgenie Putin, Juri Gobartschow, Vladimir Miller und Tarak Alekperov. Bernhard sah hinter der Tafel eine Abdeckplane, wahrscheinlich sollte das ganze nächstes Wochenende eingeweiht werden.

In der Schaltzentrale des Gebäudes unterhielten sich die beiden Wachsoldaten Ivan Bortsch und Eugen Alexejew.

„Es ist doch einiges lockerer geworden, nicht wahr Eugen? Im Kaukasus hätten wir jetzt Wache geschoben, auch wenn die ganze Welt zusammengebrochen wäre. Nun müssen wir mal kontrollieren und schauen, ob woanders was passiert. Die Welt besteht nur noch aus Weicheiern." Eugen antwortete. „Ivan, manchmal verstehe ich dich überhaupt nicht. Wir werden hier fast geopfert und müssen unseren Kopf hinhalten, auch wenn bald die ganze Insel in die Luft fliegt und du, du denkst über Weicheier nach. Welche Erfahrung hast du denn mit Schlauchbooten? Haste Ahnung vom Navigieren?" „Schnick, schnack. Navigieren. Hast doch gehört: Kopf drücken, lenken und dann immer den Vulkan im Rücken lassen, na das bekommen wir wohl auch noch hin." „Hey Genosse, es ist dunkel, die Steine könnten wieder fliegen." „Ach weißt du, ich bin schon durch so viel Kanonenfeuer gelaufen und hier sagt uns sogar ein lauter Knall: Gleich geht's los.

Gib mir mal die Wodkaflasche." „Halt dich zurück und

übrigens dein Wodka ist Reisschnaps.“ „Egal du Weichei“ und Ivan verschwand Richtung Kühlschrank in den Aufenthaltsraum.

Bernhard lugte hinter der Tafel hervor Richtung Haus. Er sah wie die eine Wache den Raum verließ. Der andere schaute nach rechts auf die Kontrollschirme. Geschätzte 6 m musste Bernhard überwinden, dann boten die Büsche des Eingangskreisels wieder ausreichend Deckung, anschließend noch mal 6 m und dann führte die Treppe runter zum Museumshafen, wie es auf Kaspers Karte hieß.

Ein Blick von Bernhard zum Haus und los flitzte er. 2 Sekunden später war er wieder in Deckung, dann noch mal 2 Sekunden und er hechtete die Treppe hinunter. Da kam Igor aus dem Aufenthaltsraum mit der Reisschnapsflasche. „Hey Eugen, schau mal raus die Tafel ist ja enthüllt, sollte das nicht nächste Woche geschehen und unserer allseits geliebter General kommen? Egal, es ist ja zur Zt. eh keiner da, der das lesen kann.“

Bernhard war bis zum Hafensteg runtergelaufen. Er sah das beladene Schlauchboot, nach 30 m musste er auf der anderen Seite die Treppen wieder hoch. Nun führte der Weg schon Richtung Norden, entlang des Walls am Warangehege. ‚Da oben auf dem Wall sollten die Touristen lang gehen und sich die Warane anschauen.’ „Ja dann gehe ich auch mal schauen.“ ‚Halt Bernhard bleibst du wohl in Deckung. Du gehst jetzt fast bis zum Ende neben dem Wall entlang.’

Es war ein riesiges Gehege, Gott sei Dank lag hier keine Asche auf dem Boden. Er näherte sich dem Ende des Geheges. Er schaute auf die Karte. Bombe 1 56m, Lasersicherung 31-138m, Waransicherung 8- 1724m. Es blinkte gelb (die Bombe) und Orange (das war die Lasersicherung), die roten Punkte verharrten ruhig im Haus. „Und nun?“ ‚Du musst darunter.’ „Ins Warangehege? Wohl verrückt.“ ‚Also in der Ecke, da wo der große Felsbrocken ist, da kletterst du auf die Felsen. Unter diesen Felsen sind die

Waranhöhlen. An dieser Stelle ist die Sicherung so, dass du bequem drüber steigen kannst, wenn du dich am Metall festhalten kannst.' „Und die Warane?" ‚Die schlafen alle, nur einer ist wach und den schicke ich jetzt mal zum Jagen.' Schon hörte Bernhard Geräusche und sah wie der Waran Richtung Haus fortrannte.

‚Los.' Bernhard kletterte auf einen der Felsen und ging in Richtung Befestigung der Sicherungsdrähte. Tatsächlich war der Zaun dort nur ca. 75 cm hoch, und er konnte bequem darüber steigen. Er stand nun auf einem kleinen Felsvorsprung und schaute nach unten und erkannte dabei, dass ca. alle 50 cm so ein kleiner Felsvorsprung war. Was er in der Dunkelheit nicht erkennen konnte, dass der Felsen ja künstlich war und diese Felsvorsprünge extra eingebaut worden waren. Egal schnell war er unten. Er musste aber sofort wieder an den freilaufenden Waran denken und das machte ihn ganz schön nervös.

‚Da vorne musst du einen Baum fällen, den riesigen da.' „Ich kann doch kein Karate" ‚Nee, wie wäre es denn mit einem Job als Kleintierdompteur?' „Dompteur?" ‚So der Fels da vorne, das ist ein Termitenhügel. Du hälst deine Hand ins Eingangsloch und holst ungefähr 300 Termiten raus, das ist eine ordentliche Hand voll. „Fressen die mich nicht?" ‚Nein, los Hand rein.' Bernhard, griff ins Eingangsloch und als die erste Termite seine Hand berührte zog er sie sofort wieder raus. ‚Los die Aboriginies machen das seit tausenden von Jahren schon immer so und gefressen worden ist noch nie einer dabei.' Bernhard griff erneut ins Loch, es fühlte sich nicht toll an. ‚Jetzt', kam der Befehl ‚geh zum Baum und lege die Termiten ab und zwar so, dass sie an der Seite liegen, die in Richtung der Ecke zeigt.

Nun zurück zum Loch und erneut zugreifen. Jetzt gehst du wieder zurück zum Baum und streifst dabei immer wieder ein paar Termiten ab, vom Termitenhügel bis zum Baum.' Kaum hatte er das gemacht, wurde das Wimmeln stärker und stärker. Tausende von

Termiten waren unterwegs um einen Job für Kasper zu erledigen.

‚Zurück auf den Wall.' Bernhard kletterte auf demselben Weg zurück, auf dem er gekommen war. Es ging relativ leicht. ‚Da vorne geht's du in Deckung'. Ein paar Minuten später kippte der Baum um. Er brach auf dem Wall so auseinander, dass ein Stück vom Gehege zum Wall hoch ging und damit war die Waransicherung unterbrochen, das zweite Stück lag auf dem Wall und das dritte ging vom Wall bis mitten ins Laser-Sicherungsfeld und ein Nebenast war im Zugang des Schaltraums eingeschlagen.

In der Zentrale war es laut geworden, denn die ausgelösten Alarme machten ordentlich Lärm. Nur einzeln konnten die beiden Wachen die Alarme wieder ausschalten. „In der Nordostecke ist was passiert, auch der Alarmknopf für die Zugangstür ist an, hoffentlich ist die Spezialröhre nicht kaputt! Wir müssen dahin und nachschauen, Klamotten an, Gewehr holen und los."

2 Minuten später waren die beiden in voller Montur vor dem Haus und starteten in Richtung der Störungen. Seitlich versetzt, wie hunderte Mal geübt, bewegten sich die beiden Wachen in Richtung der potentiellen Gefahrenquelle. Nach 5 Minuten hörten sie auf einmal Geräusche, sie schmissen sich auf den Boden in Deckung. Igor hatte die Waffe sofort im Anschlag, da kam von Eugen „Das ist ein Waran! Weiter." „Ich denke die Dinger schlafen nachts." „Egal, leise weiter."

Bernhard hatte Deckung in einer Mulde am Hang zwischen 2 Sträuchern gesucht und musste auf Anweisung von Kasper hin ein bisschen warten. Auf seiner Karte waren viele Lichter ausgegangen, nur die beiden roten Punkte leuchteten irgendwie heller und kamen näher und näher. Igor und Eugen näherten sich der Nordostecke. Bernhard hatte das Gefühl sie kämen direkt auf ihn zu. Igor ging mit seiner Waffe vorne weg. Bernhard dachte ‚wenn der mich sieht der ballert sofort los.'

3m vor ihm hielt Igor an, da Eugen „Stopp“ rief. Eugen schloss auch noch bis zu Igor auf. „Hey da ist ein Baum umgekippt, war bestimmt der Vulkan oder ein kleines Beben.“ „Ich habe nichts gemerkt und du?“ „Nee, der Baum ist auf die Waransicherung gefallen und auf den Wall, lass uns mal weiter schauen, dahinten wo er eingeschlagen ist.“ Sie gingen weiter und passierten Bernhard und hatten dabei nur den Baum im Blick. Bernhard hielt die Luft an und schwitzte aus allen Poren, die Wachen merkten nichts. „Wir müssen den Stromkreislauf wieder schließen, da vorne ist doch die Versorgungstür für die Viecher.“ „Bist du verrückt, da rechts ist der Waran.“ „Au Mann. Lass uns mal schauen, was mit dem Laserfeld passiert ist.“

Bernhard schnaufte durch, als die beiden vorbei waren. Er hatte sogar riechen könne, dass einer der beiden Wachen etwas getrunken hatte. Igor schlug die Hände über dem Kopf zusammen als er sah was hinter dem Wall auf dem Laserfeld passiert war. „Ui, Ui, dööfer hätte der Baum nicht fallen können. Ein Stück auf dem Wall und ein Riesenteil auf dem Laserfeld. Hey pack an Soldat“, rief Igor zu Eugen. Das nur 4 m lange Baumteil ließ sich von den beiden nicht einen Millimeter bewegen. „Vergiss es – lass uns mal da unten schauen, was da zu retten ist, da ist der Baum dünner. Wir müssen ihn in Stücke schneiden und peu a peu aus dem Feld räumen. Die Warane vergessen wir erstmal, die soll irgendwer wieder einfangen.“ „Und wenn die uns fressen und unser Boot?“

Sie kletterten ins Laserfeld hinunter. „Man die Tür ist ja fast gespalten“ Ein langer Ast war wohl mit voller Wucht dort eingeschlagen. Sie schauten sich das genauer an „Was machen wir nun Brüderchen?“ „Das muss schon eine gewaltige Kraft entwickelt haben, Gott sei Dank reicht der Ast nur bis in den Raum und nicht bis zur Röhre. Ich denke wir holen eine Kettensäge und probieren einige Baumstücke so vor die Tür zu legen, dass da keiner mehr rein kann.“ „Wie wäre es mit einer kleinen Mine davor?“ „Mine?“ „Ja die haben wir auch dabei“ „Und was geht dann dabei noch kaputt?“

„Gut überlegen wir uns mal, was wir noch als Sicherung da hinzaubern können.“ „Der ruhige Abend ist wohl dahin, holen wir mal die Säge und Flickzeug für die Waransicherung.“

Die 2 erklommen den Wall erneut und marschierten zurück Richtung Haus. Bernhard lag noch in seiner Deckung und sah auf der Karte, dass die roten Punkte wieder näher kamen. Er hörte schon die Geräusche der Stiefel. ‚Schon wieder’, dachte er. Igor blieb 4 m vor Bernhard stehen. Der rote Punkt aus dem infraroten Zielsystem der russischen Waffe zeigte direkt auf Bernhards Stirn. Der Schweiß lief nun in Strömen Bernhards Gesicht hinunter. ‚Wenn der was merkt, wenn der was merkt’, dachte er. Igor war aber mit was anderem beschäftigt, er zog Zigaretten aus seiner Hosentasche, machte sein Feuerzeug an und zog dann genüsslich an der Zigarette ohne auch nur irgendwas bemerkt zu haben.

Kaum waren die beiden Wachen außerhalb der Sichtweite, verließ Bernhard seine Deckung. Er streckte sich und schüttelte seine Glieder und wischte sich den Schweiß aus dem Gesicht. „Was nun?“ ‚Na da vorne den Hang hinunter zur Tür, die Bombe entschärfen. Du hast sicher 20 bis 30 Minuten Zeit bis die beiden wiederkommen.’ Bernhard schaute noch mal auf die Karte und sah das gelbe Licht bei Bombe 1 nun aufblinken. Er ging bis zur Tür und sah wie sie gespalten war. ‚Von so einem dünnen Ast dachte er. Was da wohl für eine Gewalt dahinter gesteckt haben muss. Kasper hatte die Termiten ja weltklasse-mässig gelenkt’.

Er kletterte auf den Ast und konnte sich leicht durch die Lücke zwängen. Trotz der halboffenen Tür war die Luft in dem Gang sehr stickig. Bernhard ging von Kasper angeleitet geradeaus und dann rechts. Hier war ein kleiner Schaltraum mit jeder Menge von Steuerungen. Zur Tarnung, aber das konnte Bernhard nicht verstehen, stand da Meerwasser auf und zu auf einigen Geräten. Kasper führte ihn zu einem Lüftungskasten rechts neben dem Steuerpult. Er zog an der oberen Leiste, es machte klick und schon hatte Bernhard die Klappe in der Hand. Da hing nun die Bombe1 an der Innenwand, es sah aus als hätte dort jemand seine randvoll mit Reis gefüllte Schale, mit einer Uhr oben drauf, angeklebt. Er berührte sie vorsichtig, auf einmal gingen die Leuchtziffern an 18.07.2016 23:59 Uhr konnte er nun lesen.

„Na da habe ich ja noch Zeit“ sagte er ‚Ja’ antwortete Kasper ‚7 Minuten, dann musst du wieder hier draußen sein, du musst ja nur noch 3 andere Bomben entschärfen’. „Gut was soll ich tun?“ ‚Also du suchst vorsichtig nach dem blauen Draht, nicht dem braunen und klickst ihn dann aus dem Zünder raus.’ „Wie, was, wo, warum? Blau und braun, das kann ich in dem Licht nicht erkennen. Warum stelle ich die Uhr nicht einfach um 1 Tag vor?“ ‚Mensch’, antwortete Kasper ‚mach das, das ist ja viel sicherer. Rechtes Rad einmal rum und schon steht dort 20.7.’ Gesagt, getan. Bernhard war mächtig stolz auf sich. Er hatte dem unendlich weisen Kasper etwas vorschlagen können. ‚Nun raus und linksherum zum Hauptgebäude zurück.’

*

Derweil hatten die beiden Wachen im Geräteraum gestöbert, eine Kettensäge, eine Handsäge und 2 Schaleisen gefunden. „Baumfäller Eugen auf zum Brennholz machen!“ Draht und eine Spannvorrichtung und ein Befestigungseisen hatten sie ebenso in eine Schubkarre geladen.

Bernhard lief währenddessen auf dem anderen Wall in Richtung Verwaltungsgebäude, dabei beobachtete er auf der Karte genau was die beiden roten Punkte machten. Ihm kam das, was die machten, sehr chaotisch vor, so oft ging es dort hin und her, aber egal solange die Punkte in der unmittelbaren Umgebung des Hauses waren, kam er gut voran. Schnell hatte er die Nordwestecke erreicht und auch bis zur Mitte des Rückweges ging alles sehr einfach.

Auf einmal sah er, wie die beiden Punkte das Haus verließen und auf dem Weg zum Reparieren waren. Um etwas direkt zu erkennen, war es zu weit, ach da drehten die beiden Punkte wieder um. Bernhard beschloss aus Sicherheitsgründen sich bis maximal 300 m dem Haus auf dem Wall zu nähern. Der Waran trabte unten im Gehege hinter Bernhard her. „Hoffentlich verrät das Viech mich nicht.“ ‚Weißt du Bernhard die anderen sind froh, wenn der Waran weit weg von ihnen ist, da schauen sie lieber nicht hin, bevor sie von ihm bemerkt werden’.

Bernhard hatte seinen ausgewählten Punkt erreicht und suchte sich einen schönen Abstieg aus.

Nachdem Igor und Eugen noch mal was eingefallen war, was sie noch gebrauchen konnten, waren sie jetzt endgültig auf dem Weg zur Reparatur. „Brüderchen, das ich auch noch Holzfäller spielen muss“ stöhnte Igor erneut und die Schubkarre musste er auch noch schieben. Die Kalaschnikov hängte er über seinen Rücken, auch Eugen hatte die Waffe dort, damit er Igor helfen konnte mit der Schubkarre den Wall zu erklimmen.

Bernhard ging mittlerweile parallel zum Wall Richtung Süden, die Wachen auf dem Wall Richtung Norden. Bernhard beobachtete die beiden Punkte auf der Karte intensiver und intensiver. Als die Punkte genau auf seiner Höhe waren, hielt er inne, kein Geräusch sollte ihn jetzt verraten. Die Punkte hielten auch an. „Meine Lunge braucht Nahrung", sagte Igor und zündete sich die nächste Zigarette an. Endlich bewegten sich die Punkte wieder.

Bernhard atmete wieder tief durch. Eigentlich bestand ja gar keine Gefahr, aber sein Nervenkostüm lag blank. Weiter ging es und nach 2 Minuten erreichte er das Hauptgebäude. Gelb blinkte es rechts und links im Gebäude und rot hatte noch nicht ganz den halben Weg Richtung Nordosten geschafft. „Was nun? Wie komme ich zu den Bomben?" ‚Die Werkstatttür am kleinen Hafen ist nicht abgeschlossen, von dort aus kommst du zur Bombe 3, die das kleine Banda-See-Aquarium sprengen soll, das Haus mit den Wachen würde dann in die Luft fliegen; das wollen wir ja nicht. Also gehe mal dahin.'

Bernhard marschierte los, am Gebäude vorbei, die Treppe runter Richtung Geräteschuppen. Die Tür ließ sich öffnen, im Raum entdeckte er eine weitere Tür, er ging durch und stand in einem Raum hinter dem Aquarium. Ein Mordsding, wenn das das kleine Aquarium ist, wie riesig mussten dann die anderen sein. ‚Da hinten ist ein Filtersystem, zwischen Filter 2 und 3 ist eine Lücke, da steht wieder eine Reisschale mit der Uhr unter einem Schwamm'. „Schwamm?" ‚Ja ein Naturschwamm.'

Bernhard ging darauf zu und fühlte mit dem Arm den Schwamm. Er hob ihn an und sah die Uhr des Zündmechanismusses. Er probierte die Uhr zu erreichen, um sie vorsichtig anzuheben. Er kam nicht dran, so sehr er sich auch streckte. „Mist", sagte er. ‚Dahinten ist so ein Stab mit einem Enterhaken, der wird normalerweise benutzt um große Fische als

Futter zu transportieren, siehst du ihn?' „Ja Chef!“, sagte Bernhard. Er nahm den Stab und angelte und bald hatte er die Uhr am Haken. Er zog den Haken mit der linken Hand vorsichtig hoch, um dann mit der rechten Hand an die Uhr zu kommen. Er fühlte an der Rückseite. ‚Das 2. Rad von rechts', dirigierte Kasper. Bernhard fühlte, durch die Berührung konnte er die Leuchtziffern erkennen und jetzt drehte er vorsichtig bis er die Zahl 20 erkennen konnte. Flutsch rutschten ihm der Stab aus der linken Hand und die Uhr mit der darunter hängenden Bombe und knallte die ca. 20 cm runter auf den Boden. ‚Alles aus', dachte Bernhard, doch es passierte nichts – Gott sei Dank.

*

„Nur raus hier", sagte Bernhard, wieder wischte er sich den Schweiß aus dem Gesicht, so oft hatte er schon lange nicht mehr geschwitzt. ‚Nun zu Bombe 2', trieb Kasper an.

Bernhard schaute auf die Karte, die beiden Punkte waren immer noch im Nordosten. Sie wollten gerade die Waransicherung ausbessern. Ein Stück neuen Draht hatten sie schon mit dem bisherigen verbunden, das Spanneisen wollten sie provisorisch am Ende des ersten Baumteils einschlagen. „Hey der Waran kommt" schrie Eugen. Warane sind gute Kletterer und dieser Waran war locker den Baumstamm hoch gelaufen. Igor schlug mit dem Spanneisen auf den Waran, der öffnete das Maul und biss zu. Die Beißkraft des Warans war zwar nicht so groß wie viel Menschen glaubten, aber sie reichte um Igor das Eisen locker aus der Hand zu ziehen. Der Waran würgte das Eisen nun herunter und zischte heftig auf, er schüttelte den Kopf und rannte schnell weg.

„Was machen wir, schnell?" „Da vorne ist das alte Eisen hingeflogen, hol es her, ist zwar schief aber es müsste noch zu gebrauchen sein." Igor hielt nun sein Gewehr im Anschlag. Eugen holte das alte Eisen und schlug es in den Baum ein. „Schnell die Drähte drüber. Es sieht zwar komisch aus, aber es wird schon seinen Zweck erfüllen!" „Jau da muss nur jetzt schnell Saft auf die Leitung." „Lass uns zurück gehen und die Anlage wieder scharf schalten." „Nee, nee, das dauert doch viel zu lange. Das Viech wird wohl die Schnauze im wahrsten Sinne des Wortes voll haben, wenn es noch mal kommt, ballern wir drauf. Okay?"

„Ja, räumen wir mal auf." „Wir legen so viel Holz vor die Tür, dass da keiner mehr reinkommt. Am besten wir nehmen die Stücke vom Wall. Wir schneiden die Stücke so groß wie es geht und probieren sie mit dem Schaleisen vorwärts zu rollen." Die Säge heulte auf und Eugen sagte: „Los, aber pass auf, dass sich die Kette nicht verkeilt. Säg erstmal die Knickstelle da vorne ab. Dann säge mal ein Meterstück ab. Die Säge heulte los, das abgebrochene Stück peitschte noch ein Stück nach oben und hätte beinahe Igor getroffen. Der hatte von diesem Augenblick an einen mords Respekt vor der Kraft des Holzes. Eugen wies Igor an erst einen kleinen Keil heraus zu sägen, dann ging die Säge leichter bis auf den Boden des Walls hinunter. Mit viel Kraft und mit Hilfe des Eisens ließ sich das schwere Holzstück bewegen. „Da vorne ist die Tür, wir lassen es hier herunterrollen und hoffen, dass es vor die Tür rollt. Ich halte hier dagegen und du drehst. Stopp, so müsste es gehen und ab.“ Das Holz rollte den Hang herunter und landete auf dem Nebenast, der die Tür zerstört hatte. Der Ast brach sogleich ab und das Holz landete direkt vor der Tür. Die Öffnung war nun schon etwas kleiner. „3 - 4 solcher Stücke und die Tür ist zu!“

*

„Wie komme ich denn am besten zur Bombe 2?“ Kasper musste einen kleinen Moment überlegen und hatte eine Lösung. ‚Du gehst jetzt aus dem Versorgungsraum heraus in Richtung Gebäudeinneres, also am Banda-See-Becken vorbei, nimmst den Aufzug und fährst bis zum Dachgeschoss. Dort steigst du aus, ziehst die Dachleiter herunter, kriechst über den Boden bis zum anderen Ende des Daches. Dort gehst du über die dortige Dachleiter wieder herunter, nimmst erneut den Aufzug und steigst im 1. Stock aus. Nun folgst du dem Hinweisschild Reptilien. In dem Raum liegt dann Bombe 2.’

Bernhard öffnete die erste Tür und schon war er in einem riesigen Raum, dem Banda-See-Aquarium. Er ging durch einen langen Tunnel aus Acryl-Glas, die Stärke des Glases musste enormen Druck aushalten und war sehr dick, der Betrachter merkte aber nichts davon. Er konnte viele Fische neben sich und über sich in der Dunkelheit erkennen. Die meisten Tiere lagen/„standen“ auf der Stelle oder schwammen knapp über dem Boden. Dahinten leuchtete etwas. „Was ist denn das?“ ‚Das ist ein Tiefseelicht’ „Ein Tiefseelicht, ein treffender Name“ Bernhard ging weiter, gerne hätte er sich das alles genauer angeschaut. Da war eine Art Riesenhai, da ein großer Rochen.

Er erreichte einen größeren Vorraum mit dem besagten Aufzug. Bernhard drückte auf den Pfeil nach oben. Sekunden später war der Aufzug da. Es leuchtete Minus 3 auf. Er drückte auf 4. Die Tür schloss sich, und der Aufzug fuhr hoch zum Dachgeschoss.

Er stieg aus und schaute sich um. „Wo ist denn hier der Einstieg zum Dachboden? Ach da vorne ist eine Luke, wie kriege ich denn die Leiter darunter?“ Er schaute und schaute, bis er neben einer Art Garderobenständer einen Stab entdeckte, mit dem er die

Luke öffnen konnte. Er klappte die Leiter herunter und stieg hoch. „Ui ist der Raum niedrig kaum 1,10 m hoch.“ Obwohl es Licht gab, das er auch anschaltete, waren viele Teile des riesigen Raumes, der sich über die komplette Dachfläche erstreckte, schlecht beleuchtet.

Er ging tief gebückt, es war sehr anstrengend. Ab und zu lag etwas auf dem Boden herum. Kurze Zeit später kam er in einen ganz dunklen Teil, nur Kasper auf dem Buch und die roten Punkte auf der Karte sorgten für eine Art Dämmerlicht. Bernhard stolperte und fiel auf den Bauch. Er krabbelte ein Stück und schrie. Er ritzte sich seine Hand auf, was war denn das? Er schaltete die Taschenlampe an. Er war mit der Hand im Maul eines ausgestopften Java-Tigers gelandet, der wohl bei der Gestaltung des Museums nicht verwendet werden konnte.

Er rappelte sich hoch und langsam ging es weiter, bald hatte er das andere Ende des Dachbodens erreicht. Er sah die Leiter und sagte: „Von innen habe ich so was noch nie geöffnet“ ‚Einfach darauf treten, aber nicht so doll’ Bernhard sah die Umrandung der Treppe und er trat mit dem Fuß vorsichtig auf die Leiter – nichts tat sich. ‚Auf der anderen Seite.’ Er ging die 2 Schritte weiter und trat wieder vorsichtig auf die Leiter, es tat sich immer noch nichts; nun trat er kräftiger zu. Erst knartschte es, und dann klappte die Leiter auf, und es schepperte laut durchs Gebäude. „Wenn jetzt jemand im Haus gewesen wäre, wüsste er nun wo ich bin.“ Er ging die Treppe herunter. ‚Mach das Licht lieber wieder aus’. Bernhard kletterte die Leiter wieder hoch, knipste das Licht aus und kletterte wieder die Leiter herunter.

Er schaute auf Kaspers Karte nach, was die beiden roten Punkte machten. Sie waren wieder auf dem Wall, schienen aber dort zu verweilen, also bestand vorerst keine Gefahr. Bernhard holte den Aufzug, drückte auf 1 und stieg kurz danach in besagtem Stockwerk aus.

Da vorne war auch gleich ein Schild zu erkennen: Reptilien. Er folgte der Beschilderung und erreichte bald den gewünschten Raum. Er schaute sich um. Verschiedene Warane, diverse Echsen und viele, viele Schlange waren zu sehen. „Wo ist denn nun die Bombe 2?“ ‚Dahinten in der rechten Ecke, da ist ein Schlangengelege. Geh zu dem mit den 2 Eiern.’ Bernhard ging in die Ecke. Da waren 3 Gelege, 2 davon mit jeweils 20 Eiern, die nur mit den Spitzen aus dem hellen Sand herausschauten.

Das dritte Gelege sah so aus, als sei der Sand irgendwie körniger, dort schauten 2 Eier heraus. „Sieht irgendwie aus wie Reis und hat nur so wenige Eier“ ‚Glückwunsch, du hast die Tarnung der Bombe entdeckt. Nun schaue mal hinter die Bombe. Erst jetzt registrierte Bernhard, dass das die Bombe war, die er so in Gänze sehen konnte, irgendwie wie eine Reisschale. Er tastete hinter die Schale und fühlte den Zündmechanismus. In diesem Falle war er wohl mit der Schale zusammengeklebt. Vorsichtig drehte er alles langsam um 180 Grad. „Zweites Rad nach rechts“ ‚Stopp. Du bist wohl lebensmüde. Durchs Drehen ist es das zweite von links, meine Nerven’ hämmerte Kasper Bernhard ins Hirn. Bernhards Schädel brummte „Aua“ schrie er auf. Er hatte das falsche Rad schon in seinen Fingern, aber noch nicht gedreht. Nun griff er zum zweiten von links und drehte bis das Datum auf einen Tag später gestellt war. Er drehte das Eiergelege, sprich die Bombe wieder herum. ‚Nix wie raus’, trieb Kasper ihn an.

*

Die beiden roten Punkte waren auf dem Rückweg. Igor und Eugen hatten insgesamt 4 große Baumstücke so vor die kaputte Tür bugsiert, dass nur noch kleine Tiere in der Lage waren sich durch die Lücke zu zwängen. Das Laserfeld vom Rest des Baumes zu befreien ergab ja nun keinen Sinn mehr, da die Baumstücke ja so wie so Alarm auslösen würden. Eugen resümierte: „Also das Objekt ist geschützt, die Warane können nicht mehr aus dem Gehege heraus. Die Gerätschaft bleibt versteckt vor Ort und wir, wir beiden hübschen, gehen jetzt gemütlich zurück.“ Igor schaute auf die Uhr „Nur noch 2 Stunden 15 Minuten auf dieser heißen Insel. Eugen beeil dich lieber, ich habe großen Durst.“

Bernhard wusste, dass er sich beeilen musste und rannte zum Aufzug. Im 4. Stock angekommen, kletterte er schnell die Leiter wieder hoch. ‚Hochziehen und Licht auslassen', befahl Kasper „Scheiße im Dunkel dauert es doch länger“ ‚Ich leuchte heller.' „Was das geht“ ‚Na klar, denke ans Meer bei dem dicken Nebel. Es ist nur wahnsinnig anstrengend für mich.'

Bernhard ging los und fing unterwegs an zu rechnen. Die Wachen haben etwas mehr als die doppelte Strecke zurück zu legen als ich, ich muss auch noch Aufzug fahren, durchs Aquarium und die Treppe hoch. Er ging gebückt so schnell es ging. Kasper leuchtete. Bumms. Bernhard stieß mit dem Kopf an die Decke. Weiter hastete er und stieß nochmals an die Decke.

Oh die Punkte blieben stehen. Igor rauchte mal wieder, aber nach dem Anzünden der Zigarette gingen die Wachen langsamer weiter. Bernhard hatte gerade die zweite Dachluke erreicht und ganz kurz war ein heller Punkt am Verwaltungsgebäude zu erkennen. „Eugen, ich glaube da war was am Dach.“ „Ich hab nix gesehen, war vielleicht wieder so ein komischer Lavabrocken.“ Igor drehte sich um und schaute zum Vulkan, dann murmelte er: „Mistding behalte dein Zeug bis wir außer Reichweite sind.“

Er beschleunigte nun automatisch seine Schritte wieder. Bernhard hatte endlich das Ende des Dachbodens erreicht. Nachdem er die Leiter herunter gestiegen war und diese hochgeklappt hatte, schaute er noch mal genauer auf die Karte. Die beiden Wachen hatte schon ca. zwei Drittel der Strecke geschafft. Er drückte auf den Aufzugsknopf -3. Er zog sein Tuch aus der Tasche und tupfte. Kurz danach war der Aufzug im Keller angekommen.

Bernhard schaute während er rannte immer wieder auf die beiden roten Punkte. Es kam ihm vor als wären die beiden auch schneller geworden. „Na Igor wie sieht es aus, wollen wir in die Holzfällerbranche wechseln?“ „Nee, nee ist ja eine wahnsinnige Knochenarbeit. Ich muss mich gleich noch schnell umziehen, alles ist nass geschwitzt.“ „Ich auch, wir haben aber doch noch massig Zeit.“

Bernhard hastete durchs Banda-See-Aquarium, ab und zu konnte er noch die Umrisse von den großen Fischen erkennen. Endlich erreichte er die Tür zum Versorgungsraum. Die Wachen hatten noch 200 m zu gehen. Schnell durch den Raum in die Werkstatt. Die Wachen waren bis auf 130 m herangekommen. Bernhard erreichte die Tür, das Tuch glitt ihm unbemerkt aus der Hose auf den Boden – Kasper checkte die Lage. Umkehren würde zu knapp werden, also nichts tun. Derweil rannte Bernhard den Steg entlang und ‚Stopp – leise gehen!’ Bernhard bemühte sich so leise wie möglich und dabei so schnell es ging die Treppe hoch zu steigen. Er war oben.

Igor hatte noch 10 m bis zur Treppe. Bernhard schaute sich um. ‚Weg – sofort’, hämmerte Kasper ihm wieder ins Hirn. „Mein Kopf, mein Kopf“, sagte er und ging weiter um die Ecke. Die Wachen hatten die Treppe erreicht. Eugen sah sofort das rot-gelbe Tuch und zeigte mit dem Finger darauf. „Hey, was ist das?“ „Los schauen wir nach.“ Bernhard hatte nur noch eins im Sinn, so schnell wie möglich aus der Sichtweite des Hauses zu kommen.

Er war am Eingangskreisel als Igor das Tuch aufhob. „Oh ein Mac Mampf – Tuch. Da steht drauf Mac Mampf Hanoi“, übersetzte er die Druckbuchstaben ins russische, kyrillisch konnte er besser lesen. „Ja, ja sogar Vietnamesen waren hier als Arbeiter mit dabei. Muss uns wohl vorhin von der Schubkarre gerutscht sein, oder wie auch immer. Egal : Tür zu und ab ins Haus.“ „Ja wir sollten uns endlich ausruhen.“ Bernhard hatte das Gebäudeende längst erreicht, als die beiden die Treppe zum Haupteingang erklommen hatten.

*

Auf zu GP

‚Wieviel muss ich denn jetzt noch wandern?' Bernhard schaute auf die Karte. ‚Ach nur noch 3,6 km', dachte er. ‚Ich bin ja froh, dass es kürzer ist, als ich es in Erinnerung hatte. Vom Aschefeld ist nichts zu sehen, müsste also ganz gut gehen.' ‚Das ist wohl die Bernhardini Version, ich sage ihm jetzt mal lieber nichts,' dachte Kasper. Nach wenigen Minuten kam Bernhard auf einen Trampelpfad und dann erreichte er einen Weg, der ihn in Richtung Museumsarea führte.

*

Einige Stunden früher bei GP

Bal Sing und sein Vetter Rasun Sing schauten auf die Uhr und beredeten ihren ausgedachten Plan. „Also noch mal: Jede Stunde geht ein Wecker und danach müssen wir unsere Kontroll-Runde drehen. Das dauert ca. 20 Minuten.“ „Und wenn wir schneller sind, schaffen wir das in 12 Minuten.“ „Ja aber wir müssen doch die Kontrollmarken passieren.“ „Gut also eine Normale Runde, aber einer könnte doch die beiden Ausweise mitnehmen oder?“ „Superidee. Gut, ich gehe dann schon nach der 10 Uhr Runde an Bord unseres Bootes und du kommst um 11:20 Uhr nach und sobald du da bist geht es los. Wir müssen nur um 12 in Sichtweite des Russencamps sein. Was glaubst du denn, wie lange wir brauchen um auf der anderen Seite der Insel zu sein?“ „Hey ich stehe so wie so schon auf der Abschussliste, ich muss unbedingt um 12 die Explosion sehen." „Gut wir fahren so weit vor wie es geht." „o. k." „Wir nehmen um 10 Uhr schon mal alle Klamotten mit." „Gut, legen wir uns schlafen"

Nach der 9 Uhr Runde wurden die Sachen gepackt und es wurde ausgiebig gespeist. Es war toll in der Speisekammer so zuschlagen zu können. Bal hatte das den ganzen Tag genossen, eigentlich war er schon bis oben hin abgefüllt, aber bei diesem Angebot. Rasun genoss es ebenso die fremden teuren Sachen zu verspeisen, aber wenn er ehrlich war: Nicht alles was teuer ist, schmeckte ihm auch. Truthahnpastete sollten die Amis doch lieber selber essen. Bal lag schon wieder auf der Liege. 3 Minuten später war er wieder eingeschlafen. Der Wecker, den Borg versteckt hatte, riss ihn wieder aus seinem Schlaf. „Wo steckt denn das Ding? Unserer Chef ist schon ein Meister des Versteckens." „Immer den Ohren nach. Ich glaube es kommt aus dem Aufenthaltsraum!"

Rasun ging voran und zeigte zum Küchenschrank. „Da drinnen?" Bal nickte. „Kommt von weiter oben." Rasun holte einen Stuhl und stellte ihn an den Schrank, dann kletterte er darauf. „Man das klingt so, als wäre der Wecker sogar über dem Hängeschrank." Er streckte sich und fühlte. „Aha, da ist er ja", sagte er „Schnauze", rief er und drückte auf den Aus-Knopf. Angenehme Stille herrschte nun.

Borg hatte selbstverständlich die lautesten Wecker besorgt, die es auf dem Markt gab. Er kannte seinen Bal mittlerweile; auch die Verstecke waren klasse. Ein Wecker war im Papierkorb, einer unter der Liege im Fuß des Bettes, einer im Blumentopf unter einer Seidenblume. Der bisher schwierigste war im Erste Hilfe Kasten hinter ein paar Verbandsrollen. Nach den Kontrollen im Haus, schnappten sich die beiden Sings ihre Rucksäcke und gingen zur Außenkontrolle von Steg und Turm. „Hey was drückt denn da in dem Rucksack? Ist das deine Waffe?" „Quatsch mein Wecker."

„Dein was?“ „Mein Wecker.“ „Au Mann denkst du etwa, du wirst auf dem Boot einschlafen?“ „Man weiß ja nie.“ „Ganz schön schwer das Zeug“ „Ach denk an die Ausbildung zurück, da mussten wir doch Strecken mit 15 kg Sturmgepäck laufen.“ „Ja mit 15 aber nicht mit 50 kg.“

Die Kontrolle lief problemlos ab, schnell hatten sie den Turm erreicht und fühlten an der Tür und hielten ihre Ausweise an den Kontrollsensor. „Alles o. k.“ Nun ging es fünf Minuten bergab bis zur Anlegestelle ihres „Rettungsbootes.“ Bal stellte den Rucksack ab und überließ Rasun das Beladen des Bootes. „Bis gleich.“ „Hey meine Karte musst du schon mitnehmen.“ „Her damit.“ Bal stiefelte zurück zum Hauptgebäude. ‚Wird ein kurzer Schlaf‘, dachte er. Kaum war er im Wachraum, schon lag er auf dem Bett und schlief ein.

„Brr, brr“ klingelte der Wecker, Wo war der Wecker denn diesmal? Es musste hier im Raum sein dachte er, kommt ja aus dem Telefon oder hatte Rasun etwa den Klingelton geändert. „Strafwache, Em, Security - Anak-Krakatau.“ Er hörte aber nur den Signalton am anderen Ende der Leitung und das Weckergeräusch. Es kam nicht aus dem Hörer, Bal drehte das Gerät um und schaute intensiv. In einer Ecke, in einem Hohlraum klebte eine kleine runde Dose. „Oh dieser Borg.“ 5 Minuten hatte ihn das diesmal gekostet. Er startete zu seiner Kontrollrunde im Haus.

Bernhard kam in den Detailbereich der Karte. Wieder sah er 2 Punkte blinken: einen roten für die 4. Bombe und einen gelben für einen Menschen. Die Bombe schien irgendwie 17m höher zu sein als der Mensch. Bernhard wusste nicht, was er machen sollte. Kasper reagierte sofort ‚Bernhard du geht’s Richtung Bombe und damit Richtung Turm und zwar so, dass du nicht zu sehen bist, der Schatten des Laufsteges wird dir dabei helfen. Du hast jetzt 500 m Vorsprung vor einem der Wachen.’ „Einem?“ ‚Na da sind doch 2.’ „Wo denn?“ Er schaute genauer auf die Karte und links von dem

General Powers Gelände war noch ein gelber Punkt. „Ah der erste bewegt sich jetzt, aber im Haupthaus."

Minuten später sah Bernhard dann, dass Wache 1 das Haus verließ. Bal hatte die Kontrollpunkte des Hauses abgeklappert und das Gebäude verlassen. Nun kam er an der Tafel vorbei und überflog noch mal den Text, der eigentlich erst bei der Eröffnung frei gemacht werden sollte: Hier errichteten indonesische und amerikanische Arbeiter im Jahre 2016 eine Museumsarea. Diese Aerea steht auf historischem Boden des Vulkans Krakatau und soll umfassende Informationen über Vulkanismus und Plattentektonik an Wissensdurstige übermitteln und veranschaulichen. Ein eindrucksvolles Simulationsmodell des großen Krakatau-Ausbruchs und die Möglichkeit über den Steg durch ein Fenster ins Innere eines Vulkans schauen zu können, sind die Hauptattraktionen des Museums. Das Museum ist eine Stiftung der Firma General Power an das indonesische Volk. Die Verwaltung liegt in den Händen der George Washington Stiftung Washington, den 17.07.2016 der Vorstand Mary Kennedy, Prinz George von England, Peter Trump, Bill Busch, Alvin Kennedy und Fred Rothschild.

Bal gefiel besonders das Wort Wissensdurstige, aber schnell gingen seine Gedanken doch wieder zu seinem Problem der Kontrolle. Hatte Borg etwa auch eine Abhör- Wanze installiert und kannte jetzt seinen Plan sich eher abzusetzen? Er grübelte was zu tun ist. Den Plan durchziehen oder doch bis 12 Uhr warten?

Bernhard schaute wieder auf die Karte. Er hatte noch 600 m bis zur Bombe und ca. 1200 m Vorsprung vor Wache 1. Wache 2 bewegte sich seit ewigen Zeiten auf der Stelle, direkt an der Küste, nun war zu erkennen, dass sich Punkt 2 auf einem kleinen Boot befand. Es war jetzt 23:20 Uhr, also nur noch 40 Minuten Zeit.

Bernhard ging noch 200 m und bekam dann den Befehl ‚Langsam Deckung suchen.' Da sah er den kleinen Wall, der einen

Einstieg zu den „Abwasserrohren“ ermöglichte. Die kleine Mauer war dazu benutzt worden etwas Müll zu lagern. Die Müllecke lag aber nicht im Schatten. „Soll ich dahin?“, fragte Bernhard Kasper ‚Müllsäcke 93 bis 96cm, 1 leerer müsste gehen.’ Bernhard ging zur Ecke, stapelte die Säcke übereinander, schob 2 Säcke zur Seite, zwängte sich durch und schob die Säcke wieder vor sich. Er kauerte auf dem Boden gegen die Wand gelehnt, die die Müllecke begrenzte. Er hielt die Karte direkt vor seine Augen, so dass er noch lesen konnte.

Der gelbe Punkt war noch 500 m entfernt, der andere Punkt war mal an Land, mal am Strand, irgendwie schien der nicht zu wissen, was er wollte oder dessen Nerven lagen blank. Vielleicht drückte auch nur die Blase. Bernhard spürte etwas sein Bein hoch krabbeln. „Was ist das?“ ‚Och nur eine indonesische Riesenschabe. In den Säcken sind auch Farbreste und das mögen diese Tiere liebend gerne. Sie sind ganz harmlos, du hast doch schon mit Termiten gearbeitet’. „Mach das Ding weg“ knurrte Bernhard, aber Kasper reagierte gar nicht.

2 Minuten später war die Schabe weg.

Bal schaute auf seine Uhr. Es war schon kurz vor 23:30 Uhr, da wollte er schon längst auf dem Schiff sein. Er hatte sich bis auf 50 m der Müllecke genähert.

Die nächste Schabe war etwas frecher und krabbelte an Bernhard herum und hatte dessen Hals erreicht und war auf dem Weg zum Kopf. Reflexartig schüttelte Bernhard den Kopf. Es rasselte und der Sack vor ihm drohte zu kippen, schnell griff Bernhard zu. Bal hörte ein Knistern und dachte: ‚Ach da ist schon wieder irgendein kleines Mistviech’, und ging arglos an dem Haufen vorbei.

Bernhard hatte die Karte verloren. Er drückte vorsichtig auf die Beleuchtung seiner Armbanduhr: 23:33Uhr leuchtete es. Bernhard beschloss 5 Minuten zu warten, ehe er sein Versteck verlassen wollte, bis dahin müsste die Wache am Turm und dem Ding davor sein.

Bal fummelte an seiner Hemdtasche und griff schon mal zur Kette, an der seine Kontrollkarte hing. Wo war denn die Karte von Rasun? Er fühlte alle seine Taschen durch. Man wo war sie nur? Endlich entdeckte er sie in der Seitentasche seiner Kampfhose. Er ging zum Kontrollkasten an der Tür zum Turm, hielt die beiden Karten nacheinander davor. Es piepste jedes Mal und seine Arbeit war erledigt. Nun aber dalli, dalli dachte er und rannte den Hang hinunter in Richtung Boot.

Bernhard hatte bereits das dritte Mal auf die Uhr geschaut, endlich. Es war 23:38 Uhr als er sich traute das Versteck zu verlassen. Vorsichtig schob er die Säcke zur Seite und dann fand er auch Kaspers Karte. Wo waren die gelben Punkte? Punkt 1 war wieder auf dem Schiff und Punkt 2 entfernte sich vom Turm in Richtung Boot und hatte dieses fast erreicht.

‚Im Schatten zum Kran', befahl nun Kasper. „Kran?" ‚Ja das ist ein Fensterputzkran, Marke Eigenbau.' General Power hatte zugesichert für normale Arbeiten und dazu zählte diese Dienstleistung, lokale Unternehmen zu engagieren'. Bernhard schaute und dachte: ‚Den amerikanischen TÜV hätte diese Anlage bestimmt nicht überstanden.' Hier reichte es alle Male. Eine Arbeitsebene wurde mittels des Arms eines alten Baukrans bewegt. Die Arbeitsebene schwankte gewaltig, aber das Schwanken wurde durch viele Seile abgesichert.

Ein schnelles Arbeiten war so nicht möglich, aber man kam überall hin und konnte die Reinigungsarbeiten durchführen. Es war halt etwas gefährlicher und die Absicherung bestand aus den neuen Seilen, die kaum 10 Jahre alt waren. Bernhard schaute den Kran hinauf „Wie hoch ist der denn?" ‚Na 16m, aber du musst ja nur in 12m Höhe durch das Fenster, siehst du es? Hier wurde das Seil befestigt, das da an der Plattform herunterhängt. Und deshalb ist das Fenster auch nur angelehnt' „Au Mann – jetzt werde ich auch noch zum Fensterln angestiftet. Ich hole mal die Plattform herunter, wie mache ich das?" ‚Runter holen, du spinnst wohl. Da vorne kannst du hochklettern!' „Herr Seth was sind das denn für Umgangsformen?" ‚Sorry, hätten sie vielleicht die Güte?' „Ich bin aber nicht schwindelfrei." ‚Doch jetzt schon.'

Bernhard bemerkte ein kurzes Brennen in seinem Hirn. Er ging zur Aufstiegsleiter an der Rückseite des Krans, es war die Seite, die nicht dem Boot zu gewand war. Die ersten Meter waren schnell überwunden, dann begann Bernhard schon zu schnaufen. „Ganz schön anstrengend", sagte er kurzatmig. ‚Keine Müdigkeit vorschieben es sind nur noch 15 Minuten Zeit'

Bal hatte seinen Schwager erreicht. Der jubelte gleich los „Hey geschafft" „Von wegen, weißt du wo Borg den letzten Wecker versteckt hatte?" Bal legte los und erzählte Rasun alles. „Glaubst du, wenn Borg einen Wecker so versteckt hat, dass er dann auch noch den ganzen Raum verwanzt hat? Laß uns lieber bis 12 Uhr hier warten?" „Du spinnst wohl, komm endlich ins Boot, wenn da Wanzen waren, dann wissen die anderen eh längst, was wir hier vorhaben. Jetzt ist es zu spät. „Zu spät? Nee, wenn wir jetzt umkehren, dann wird uns das als mildernde Umstände angerechnet." „Mildernde Umstände? Glaubst du, dass du als quasi „vorbestrafter" Berufsschläfer auch nochmals Gnade erwarten kannst? Im Leben nicht mehr." „Meinst du?" „Ja – steig schon ein. „Na gut", sagte Bal endlich; so ganz überzeugt war er aber nicht. „Leine los und ab ins Boot." Rasun startete den Motor, wendete und fuhr los in Richtung Westen, nur weg von der Insel. „Aber denkt dran: nur so weit, dass wir auch noch die Explosionen bei den Russen sehen können. Bal schaute auf die Uhr 23:50Uhr.

Bernhard hatte das Ende der langen Steigleiter des Krans erreicht, bis zum Laufsteg war der Abstand aber noch 3 m. Er schaute hoch und sah den Ausleger des Krans, der in Richtung Fenster zeigte. ‚Ja da auch noch hoch und dann runter auf die Plattform', bestätigte Kasper ohne wirklich gefragt worden zu sein. Kräne werden nie festgezurrt und drehen sich mit dem Wind. Bernhard kletterte in das Innere des Auflegers.

Er schaute runter „Oh Mann wie tief" ‚Ist doch kein Problem mehr für dich', beruhigte Kasper. Irgendwie empfand das Bernhard auch gar nicht mehr so schlimm. Er hätte nie geglaubt, dass er so was auch nur annähernd können würde. Nach 3 m setzte er sich und konnte dann mit den Beinen die Balustrade der Arbeitsplattform erreichen. Nun über die Plattform Richtung Fenster. Auf der Fensterseite kletterte er wieder auf die Balustrade. Mit einem kleinen Schritt öffnete er das angelehnte Fenster mit dem Bein und saß dann kurze Zeit später auf dem Fensterbalken. Er schlug das zweite Bein drüber und glitt auf den Boden des Steges.

Noch 7 Minuten. Die Karte zeigte ihm an, dass die beiden gelben Punkte mittlerweile schon 500 m vom Strand entfernt waren. Bernhard ging Richtung Turm oder Hydraulikaufleger. Feine lila Linien waren direkt hinter dem Ende des Steges, im klassischen Turmteil, auf Kaspers Karte zu erkennen. „Was ist das?" ‚Eine Lasersicherung, da kannst du nicht so einfach reingehen- Schau auf die Karte: Es sind 3 m bis zum Abluftschacht, in dem die Bombe steckt. Da vorne ist eine ausziehbare Feuer-/Sicherungsleiter. Sie besteht aus vier Teilen, zieh sie heraus und leg die Teile vorsichtig vom Aufleger bis zum Abluftschacht nebeneinander mit kleinen Lücken dazwischen. Dadurch verteilt sich dein Gewicht und die Last auf dem Boden ist dann so gering, dass kein Alarm ausgelöst wird. Du krabbelst jetzt mit einem Fuß auf der linken Leiter, die linke Hand auf die zweite Leiter von links, die rechte Hand auf die zweite Leiter von rechts und den rechten Fuß auf der rechten Leiter. Vorher nimmst du noch dein Messer in den Mund und klappst vorher den Schraubenzieherteil aus. Los jetzt!'

Bernhard war baff, was er da machen sollte. Er kam sich vor wie James Bond. Vorsichtig legte er die Leitern vor sich auf den Boden. Die Taschenlampe hatte er zur Seite gelegt, dabei leuchtete er aus versehen, auch noch blinkend in den Laufsteg hinein. In dem Moment schaute Bal gerade zum Turm. „Hey ist da ein Licht im Laufsteg?“ „Ein Licht, nee ich hab nichts gesehen.“ „Fahr zurück!“ „Du spinnst wohl, dass kannst du dir von der Backe schmieren. Hast du etwa die Alarmanlage gehört? Also keine Gefahr. Wann soll es denn knallen?“ „In 6 Minuten.“

Erstaunlicher Weise bewirkten die Saugnäpfen an den Enden, dass sich die Leitern nicht bewegten und Bernhard kam voran, wenn auch ganz langsam. Nun fühlte er sich wie Spiderman. Am Ende der Leiter angekommen fragte er wieder „Und nun?“ ‚Rechten Arm hoch, Messer nehmen, Schraube des Abluftschachtes lösen und abklappen. Halte dich nun mit rechts oberhalb der Klappe fest und dann mit links und komm langsam mit den Beinen ganz nah an die Öffnung. Ganz festhalten, besser ziehen.

Nun ein Bein rein in den Schacht. Jetzt fühlst du den Boden im Inneren, dann stellst du ein Bein dort ab. Der Absatz ist nur 8 cm breit also vorsichtig.’ Es ging kein Alarm los. Bernhard saß nun auf dem Abluftschacht. ‚Da an der Schraube, da hängt ein Draht mit der Bombe, zieh den mal hoch.’ Bernhard zog – es tat sich nichts: ‚Feste’, feuerte Kasper an.

Nun zog Bernhard, so feste, wie er das im Sitzen konnte, die schwere Schale mit dem Wecker aus dem Papierkorb hoch. Er stellte alles auf seine Oberschenkel ab und zog die Schale heraus „Das ist ja ein anderes Model. Was nun?“ schrie er fast. ‚Ruhig Blut. Da sind 4 Knöpfe rund um die Uhr. Drücke mit je einem Finger die beiden linken Knöpfe und es wird blinken.’ Bernhard drückte und registrierte 23:59:01, ‚Jetzt rechts oben drücken.’ Bernhard hatte gar keine Zeit drüber nachzudenken wie knapp das ganze war. Angestrengt wartete er auf Kaspers nächste Anweisung.

Die 23 blinkte, dann die 59, dann die 18 nun wechselte die Anzeige auf das Datum, die 19 blinkte , jetzt rechts unten drücken. , Nun stand da 20. ‚Jetzt noch auf o. k.' 20.07.2016 „Geschafft" Es war 23:59:47. ‚Langsam alles wieder herunterlassen.'

Das Boot war nun 2 km vom Festland entfernt, da kann nicht mehr gehört werden, wenn der Alarm ausgelöst wird. Du kannst also einfach raus aus dem Raum, dann ab durchs Fenster und ins Bett.' Bernhard atmete durch. Er sprang auf den Boden und ein ohrenbetäubender Lärm ging los. „Man das macht mich fertig. Und das kann man nicht mehr hören?" 'Doch ca. 1 km weit, aber da ist keiner'.

Bernhard schaute zu dem Fenster, er drehte an der Jalousie. „Wau", entfuhr es ihm: Er hatte einen gigantischen Blick. In einem hellen Rot als Basisfarbe flossen irgendwelche Ströme an dem Fenster vorbei, mal orange, mal gelblich, mal komplett rot, mal ein paar Bläschen, mal ein paar dunkel braune Teile. Toll dachte er – das muss wohl Lava sein. ‚Ja', meldete sich Kasper ‚Normalerweise war die 3 m tiefer und jetzt reicht sie schon 200 m höher – Nix wie weg hier – Es gibt noch viel zu tun.'

Bernhard ging zum Steg und zum Fenster, ging wieder ein Stück zurück und holte eine Leiter, damit er aus dem Fenster klettern konnte. Er stellt die Leiter nun daran, kletterte hoch und schwang sich auf den Fensterholm. „Uih wo ist denn die Plattform?"

Der Wind hatte sie 3 m nach rechts getrieben. „Kasper!" rief Bernhard. Der Wind kam und der Kran und mit ihm die Plattform, drehten sich wieder ein Stück nach links.Nun war die Plattform für Bernhard wieder erreichbar. Bernhard kletterte darauf. Jetzt musste er wieder kraxeln, aber irgendwie lief das jetzt wie in Trance ab. Über den Ausleger und die Leiter herunter. Die Arme schmerzten in den Ellbogenbeugen. Endlich war er unten. „Nun noch ein paar Meter und dann ab ins Bett", wiederholte er ironisch ‚Du schaffst das – Gut gemacht', lobte Kasper. Bernhard ging langsam zurück und war irgendwie stolz auf sich.

*

12 Uhr bei GP

Bal Sing schaute auf seine Uhr, es war 12Uhr Mitternacht und nichts tat sich. „Rasun: Wie spät ist es?" „Kurz nach 12" „Du hast auch kurz nach 12?" ein genervtes „Ja", kam zurück. „Hast du was gesehen oder hast du was gehört?" „Nee weder noch" „Und was sollen wir denn jetzt sagen?" „Nichts." „Wie nichts?" „Na wir haben nichts gehört und nichts gesehen. Oder?" „Nur schnell weg hier!"

*

12 Uhr bei LUKGAZ

Eugen Alexejew und Ivan Bortsch waren schon etliche Kilometer von der Insel entfernt. Eugen hatte stets darauf geachtet, dass die Insel noch zu sehen war. Ivan hatte seine Rumflasche schon halb geleert. Ihm war eigentlich egal, ob er was sehen konnte, dass da was explodiert. Eugen schaute nervös auf die Uhr 23:59 Uhr, 0:00 Uhr. Er starrte zur Insel herüber, es war nichts zu sehen. „Wie spät hast du es Ivan?" „Ist doch egal" kam es zurück „Nein, wie spät ist es denn nun?“ „0:03 Uhr“ „Ich habe nichts gesehen und nichts gehört? Und du?“ „Nein warum auch Brüderchen, ob das Projekt hier erfolgreich ist oder nicht, ist doch nicht so wichtig. Lukgaz kann doch in Kamschatka forschen, da haben wir Vulkane genug. Etwas gelernt haben die bestimmt. Unsere Wachzeiten werden allerdings wieder anstrengender, aber wir brauchen weniger Angst haben, dass wir in die Luft fliegen.“ „Ich denke Ivan, du hättest keine Angst“ „Ach weißt du: Alkohohl macht ehrlich“, er lachte laut. „Jetzt aber Vollgas nach Java.“

*

Der müde Wanderer

Es war schon kurz nach 1:00 Uhr morgens, als Bernhard endlich den Bauernhof mit den Kindern wieder sehen konnte. „Jetzt ausschlafen.“ ‚Hallo Bernhard wir müssen uns beeilen, das alles fliegt bald hier in die Luft.’ „Ich bin fix und foxi 20 km gelaufen und dann auch noch so viel Aufregung; ich bin nur ein stinknormaler Mensch.“ ‚Meinst du, ich hätte dich dann ausgewählt. Setz dich da vorne mal hin. Jetzt schließt du die Augen und denkst nur noch an Entspannung.’ Bernhard lag mehr auf dem Baumstumpf, als dass er saß. In seinen Zehen fing es an zu kribbeln und Wärme floss durch den Fuß langsam die Beine hoch. Immer wieder hörte er: ‚Die Wärme entspannt, du wirst locker’. So ging das ein paar Minuten weiter, bis die Wärme seinen Kopf erreicht hatte. ‚So nun gute Nacht und ab ins Bett.’ „Ja Chef!“ Bernhard fühlte sich wieder erstaunlich fit.

Er schlich ins Haus, genehmigte sich noch ein Bier in der Küche. Er sah 2 Teller auf dem Tisch stehen; einen mit Nudeln und einen mit Reis. Vor beiden Tellern stand für Bernhard, er war gerührt – das Kochen musste geklappt haben, nun musste er natürlich kosten und bei dem Hunger, den er hatte, schmeckte es auch kalt vorzüglich. Jetzt ging er weiter ins Schlafzimmer. Die beiden Kinder hatten ihm nur eine Matte übrig gelassen. ‚Diese Gauner', dachte er, legte sich hin und war im Nu eingeschlafen.

*

„Iah, iah, iah", blökte es durchs ganze Haus, die Sonne war aufgegangen und die Esel wurden lebendig. „Scheiß Viecher", sagte Bernhard. „Morgen", brummte David. „Hallo", murmelte Vanessa. „Na hast du alles erledigt?" „Ja, war sehr aufregend. Ich werde es euch demnächst erzählen – nun müssen wir die Eseln füttern und ihnen zu trinken geben, damit wir bald starten können." ‚Super', meldete sich auch Kasper zurück.

Nachdem die Tiere satt waren, speisten die drei Schatzsucher auch ausgiebig. „Übrigens was ihr gekocht habt, hat mir sehr gut geschmeckt", lobte Bernhard die Kinder. „Was wir wohl finden werden?" fragte Vanessa. „Zeig doch noch mal die Karte." Alle drei schauten noch mal genau hin. „Was steht denn da bei Kreuz 1?" „Grüner Fels, Schlote, Diamanten" „Wird bestimmt spannend." „Wisst ihr, eigentlich sieht die Karte ja aus wie Plastik, aber anfühlen tut sie sich immer noch wie Papier", sagte David. Bernhard fühlte auch noch mal. „Komisch das stimmt ja; ich hatte sie stundenlang in der Hand und habe nichts bemerkt." ‚Man sieht das, was man sehen soll oder will', gab Kasper zum Besten.

Schnell war alles gepackt und los ging es. Aber so einfach war es dann doch wieder nicht. Der Leitesel hatte keine Lust den schönen Stall zu verlassen. Ziehen half nicht und erst als David ihn mit einem Stück Brot lockte, bewegte er sich aus dem Gemäuer heraus. Die anderen Esel folgten. Ab da gings problemlos voran.

Die Kinder nervten Bernhard und fragten alle 50 m: „Erzähl mal was passiert war.“ Bernhard schlug einen Kompromiss vor: „Ich erzähle euch ein bisschen was, aber die komplette Geschichte gibt es erst, wenn wir in Sicherheit sind.“ „Na gut“ „Okay“ kam es. Er erzählte vom Warangehege und vom Aquarium. Die Kinder waren erstmal zufrieden und schnell hatten sie die 1,4 km bis zum Abzweig von gestern erreicht. Nach weiteren 10 Minuten kamen sie an die Stelle, an der die Abzweigung zu Schatzkreuz 1 war.

Bernhard zeigte geradeaus und David protestierte sofort los. „Hey da rechts geht es doch zu meinem Schatz, wollen wir den denn nicht holen? Sag bloß nicht jetzt Ladies first.“ „Ladies first ? Nein donkey first !“ „Häh?“ schaute David Bernhard fragend an- „Hat sich Kasper das ausgedacht? Ist das eine Regel aus dem Paradies?“ „Ncin, denk doch mal mit. Wir wollen 2 Schätze bergen und dann an den Hafen zurück gehen. Wenn wir die Esel nun mit der Hälfte beladen, müssen sie die 0,9 km von hier bis zu Schatz 1 einmal leer laufen und einmal halb beladen, dann die 2,2 km bis zu Schatz 2 halb beladen und dann 2,2 km voll beladen bis wieder zu unserem jetzigen Punkt und 4,3km von hier bis zum Hafen.

Macht ?“ „0,9 leer, 3,1 halb und 6,5km voll beladen.“ Gut David. Und nun wenn wir zu Schatz 2 gehen und mit dem beginnen?“ „Also 2,2 leer, 2,2 + 0,9 = 3,1 halb voll und 0,9 + 4,3 km = 5,2 km voll beladen. Hast recht, das hast du toll gerechnet. War Mathe auch deine Stärke?“ „Nee eigentlich nicht so.“

Kasper strahlte , Meine Ausbildung scheint zu wirken.’ „Kein Kommentar.“ „Nach 300 m kommt noch ein 400 m breites Aschefeld, dort werden wir langsamer voran kommen.“ „Aha“ Dort angelangt und nach weiteren 10 m verstanden die Kinder, was Bernhard gemeint hatte. „Geile Asche, aber tierisch anstrengend“, war Davids Kommentar. „Stinken tuts hier auch, wie im Chemieunterricht, da haben wir mal Kohlenwasserstoff hergestellt“, sagte Vanessa. „Ich denke bei Frauen duftet es nur“, lachte David.

Mühsam ging es voran bis Esel Drei, David hatte sie einfach durchnumeriert, auf irgendetwas Spitzes getreten war und blökend, Gott sei Dank, in die richtige Richtung davon stürmte. Vanessa schaffte es mit dem Leitesel und den anderen Eseln mitzurennen. Nach ein paar sanften Zügen am Halfter und einem lauten Stopp brachte sie den Leitesel zum Stehen. Einige andere Esel, besonders der Esel Drei, hatten den Leitesel zwar eingeholt bzw. überholt, aber sie blieben nun mit dem Leittier wieder stehen.

Bernhard und David hatten sich instinktiv geduckt, und die hinteren Esel vorbei laufen lassen. Die beiden rannten jetzt hinterher. Mensch und Tier rangen nach Atem. Noch 100 m Aschefeld. „Los erst raus aus der Asche und dann machen wir eine Rast“, befahl Bernhard.

Endlich konnte David mal wieder in Ruhe auf die Karte schauen, was er so spannend fand. Noch 1,5 km bis zum Schatz 2 und nach 200 m ging es vom Hauptweg ab links ins Gelände. Neben dem Kreuz stand 384,17m NN und hier war man auf 102,77m. „Hey wir müssen gleich noch ein Stück Berg hoch. Warum steht denn hier Krakatau und da hinten Anak Krakatau?“

Bernhard antwortete: „Krakatau war der alte Vulkan, der ja wie du im Reiseführer sicherlich gelesen hattest, mit einer riesen Wucht explodiert war. Es blieb noch ein Stück von dem Vulkan zurück, eine sogenannte Caldera. Diese lief mit Wasser voll. Dann entstand weiter im Norden das Kind (Anak) des Krakataus, also ein neuer Vulkan. Der wuchs und wuchs und brach vor Jahren auch schon mal leicht aus. Zuerst hob sich das Land Jahr für Jahr um ein paar cm und nun um mehrere Meter pro Jahr. Das Meer-Wasser lief aus dem Innenraum der Caldera und an den Hangenden schuf das Regenwasser den uns bekannten Süß- oder Trinkwassersee. Dieser

See ist aber an einigen Stellen ein bischen giftig und zwar dort, wo es entsprechende Mineralien gibt. Kasper wird uns dann schon warnen!

*

Hier vorne begann also der Aufstieg zum alten Krakatau, der war mal viel höher, als das was wir jetzt noch sehen, aber weniger als 1000 m hoch. Wir sollen ja zu Schlot 18. Kasper hatte Bernhard nur ganz wenig geholfen. „Vielleicht waren die Schlote früher ja auch noch größer, aber dann hätte man doch schon von einigen Diamantenfunden gehört. Oder?“ „Oder vielleicht liegt da eine dicke Steinschicht drüber oder das ganze Zeug ist ins Meer geflogen und dort im metertiefen Sand versunken?“ Langsam ging die Karawane den Trampelpfad hinauf, ehe er nach 1100 m aufhörte. Kreuz 2 - 185m - stand es nun auf der Karte, auf der man nun exakt die Felsformationen erkennen konnte.

Roter Eisenstein, weißer Kalkstein und Basalt wechselten sich dort ab. Kasper hatte natürlich die genauen Prozentsätze der Zusammensetzungen daneben geschrieben. Die Muster der Steine waren gut zu erkennen und der neben dem Kreuz sah aus wie ein schwarz, roter Zebrastreifen. Nach dem man bis zu diesem Stein hoch gestiegen war, suchten die drei nach einer geeigneten Stelle um die Esel fest zu machen. „Wo machen wir denn die Esel fest? Hier ist weit und breit kein Baum zu sehen.“ Vanessa schaute Bernhard fragend an. Der hielt sich die linke Hand vors Gesicht und überlegte. ‚Bernhard dahinten, der weiß, schwarze Fels.’ Bernhard schaute auf die Karte: Der Fels blinkte 57 kg stand daneben. „Bin ich denn ein Gewichtheber?“ ‚Na kippen bekommst du ja wohl noch hin?’ Gesagt, getan. Bernhard winkte David zu sich und die beiden kippten den Brocken so, dass Vanessa die Zügel darunter schmeißen konnte. „Und ab,“ schrie sie.

„Wo ist denn hier ein Eingang?“ „Beim Schatz steht 384,17 m NN und hier vor dem Felsen steht: 385,22 m, da muss der Eingang ja 1 m tiefer sein“, sagte David. „Hey schau mal genauer hin: Jetzt steht da 384,17 m bis 384,77 m“ „Ja und das ändert doch gar nix, wir müssen da unten mitten im großen Felsen rein.“ Kasper grinste „Was hat der denn jetzt wieder?“ fragte Bernhard ‚genauer schauen’

2 m höher sah man ein kleines Podest 2 m lang und 3 m breit.

Bernhard machte eine Hühnerleiter und David kletterte hoch. „Was ist da?“ „Gras und ne Pfütze und irgendeine Pflanze, eher ne Wurzel.“ „Hier kriegst du die Spitzhacke probier mal vorsichtig, ob der Boden hart ist.“ David machte einen Schritt nach vorne und schwupps die Erde gab nach, im Fallen ergiff er die Wurzel und konnte so einen Sturz vermeiden. Alle ca. 40 cm war da hinter der Wurzel ein Felspodest an der Wand. Er konnte langsam runter steigen in die kleine Höhle, die er nun erkennen konnte. „Was ist da?“ schrie Vanessa. „Alles o. k. ! Ihr müsst mal kommen!“ Bernhard half Vanessa beim Klettern. Es ging auch ohne Hühnerleiter problemlos hoch. Bernhard hatte neben der Spitzhacke auch noch die Grubenlampe und die Taschenlampe dabei. Die Höhle war ca. 4 m in Würfelform.

Die drei schauten sich um. Es war sehr stickig dort und an den Wänden hingen Spinnweben und Flechten herunter.

Auf der Karte konnten sie erkennen, dass der Boden auf 383,77 m war, das hieß in ungefähr 40 cm Höhe musste der Schatz sein. Das Kreuz war ungefähr 1m von der hinteren linken Höhlenecke entfernt. Bernhard ging in die Ecke und machte einen Meter Schritt. „Hier müsste das beginnen!“ David zog an der Flechte, die da herunterhing. Alles löste sich von den Wänden und es begann Flechtenstücke und dann Spinnen zu regnen. „Ihhh“, kreischte

Vanessa und bekam sofort panische Angst, David stand da wie erstarrt und Bernhard fragte „Was soll das?“ ‚Sind nur harmlose Handtellerspinnen, einfach wegschieben.’ „Von wegen einfach wegschieben, das sind Riesenspinnen, die pack ich doch nicht an.“ Vanessa stand starr da, Bernhard schüttelte ihr alle Spinnen von der Kleidung, er benutzte dazu die Taschenlampe.

Nun lag die blanke Felswand vor ihnen. David schaute wieder auf die Karte, und er sah ein paar Striche an der Wand und da stand auch Klopfpunkt. „Hey guckt mal hier, da müssen Striche an der Wand sein und wo die Linien sich kreuzen, da müssen wir draufschlagen.“

Die drei schauten angestrengt auf die Wand, sahen aber nichts. „Ich fühle was“, schrie Vanessa. Bernhard und David strichen dort wo Vanessa stand mit der Hand entlang. „Jau da ist was!“ Bernhard spuckte auf seinen Finger und rieb an der Stelle, nun konnte man den Strich gut erkennen. „Wir müssen die Wand irgendwie feucht kriegen.“ „Da ist noch ein Teil von der Pfütze, nimm mal ein großes Stück Flechte und benutz die Flechte als Schwamm.“

David wollte ein großes Stück aufheben, „Ihh“, er ließ die Flechte wieder fallen und auch eine Spinne fiel zu Boden.

Nun klappte es und schnell erkannte man die Striche an der Wand und den Schnittpunkt. „Die Spitzhacke zu mir“, sagte David und schnappte sie sich. „Halt, halt, wessen Schatz ist denn das? Na meiner!“, korrigierte Vanessa sofort und nahm David die Hacke aus der Hand. „Da hin?“ „Ja, aber dreh die Hacke herum, damit du mit der spitzen Seite zuschlagen kannst.“ Vanessa holte weit aus; bei der Vorwärtsbewegung fiel ihr allerdings die Hacke herunter.

„Pack sie weiter oben an, dann ist es nicht so schwer“, korrigierte Bernhard. „Jetzt mit Schmackes“, feuerte David an. Vanessa holte nicht ganz so weit aus und schlug zu. Es machte Bumm und Rassel, Rassel, dann wackelte die ganze Höhle so doll, dass sich die drei nicht mehr auf den Beinen halten konnten. Draußen blökten die Esel, das Band unter dem Felsen hielt, aber die letzten drei Esel 13, 14 und 15 schafften es sich los zu reißen und rannten weg. Nach kurzer Zeit hörte es auf zu wackeln. Die drei Schatzsucher wollten sich gerade wieder aufrichten, als es noch einmal wackelte und alle plumpsten wieder auf den Hosenboden. Die Spinnen fingen an eifrig Netze zu spinnen. Endlich war es ruhig.

„Du hast gesagt mit Schmackes!“ David zuckte mit den Schultern. „Gewalt ist halt nicht immer gut, Sorry.“ Bernhard lachte: „Das war ein Erdbeben“, er schaute auf die Karte 3,4 auf der Richterskala konnte er ablesen.“ Schaun wir mal, was da an der Wand zu sehen ist.“

Der Fels war an vielen Stellen weggebrochen und man sah eine ca. 30 cm breite ca. 60cm hohe Säule aus, so etwas ähnlichem wie leicht bläulichem, fast durchsichtigem Glas mit ein paar symmetrischen kleinen Rissen, die im Inneren der Säule waren und einem größeren Riss, der die Säule in der Mitte teilte. Oben war ein kleiner Spalt, Bernhard klopfte leicht mit der Hacke gegen das kleine Felsstück das noch übrig war, dann griff er an die Kante des designierten Glases, ein Stück bewegte sich und langsam glitt ihm ein viereckiges Stück in die Arme.

*

„ Ah, ne Pyramide, ganz schön schwer.“ „Gib mal her“, sagte David und riss Bernhard fast die Pyramide aus der Hand. „Uih; ist ja schwerer als die schwerste Kugel von meinem Papa und die wiegt ca. 9 kg, glaube ich.“ Vanessa reichte es die Pyramide zu streicheln. „Ist ja ganz scharf.“ Auf der Karte stand: Stück 1 14,4 kg. Bernhard nahm David die Pyramide wieder ab und trug sie zum Aufgang, d.h. zur Wurzel. David musste seine Hände gegen die sichtbaren Stücke der Säule halten. „Hm, das ist ja ein klassischer Würfel oder besser gesagt, das sind zwei Würfel über einander. Ich glaube, ich habe mal gelesen, dass Diamanten in geometrischen Formen vorkommen. Mir schwebt so was wie Oktaeder im Kopf rum.“ „Hey Bernhard, hatte ich erst vor kurzem in der Schule, wenn man einen Oktaeder in der Mitte teilt, gibt das 2 Pyramiden“, erklärte Vanessa mit stolz geschwellter Brust. „Was du nicht alles weißt!“ Vanessa strahlte.

Bernhard löste nun das zweite Stück und es glitt ihm wieder direkt in die Arme. Auch dieses Stück brachte er zum Aufgang. So ging das mit den nächsten vier Stücken weiter und der erste Würfel war geborgen. „Lass mich jetzt mal“, sagte David. Er wollte das obere Stück des zweiten Würfels anheben. So sehr er sich auch bemühte, nichts bewegte sich. „Geht nicht“ kam es traurig über seine Lippen. Bernhard bemühte sich nicht direkt einzugreifen, es wäre zwar schneller gegangen, aber er hatte David mittlerweile sehr lieb gewonnen und wollte ihn aufbauen. „Nimm mal erst die Spitzhacke und schlag alle kleinen Felsstücke auch noch ab, dann probierst du mit der weniger spitzen Seite der Hacke unter den Würfel zu kommen.“ Davids finstere Mine entspannte sich, schnell schlug er die kleinen Felsstücke noch ab. Er setzte die Spitzhacke unter den Würfel und stellte seinen Fuß auf die andere Seite, um dann sein ganzes Gewicht darauf zu stellen. Das Holz der Hacke knarrte leicht, aber dann rutschte die vorderste Pyramide schwungvoll heraus.

Vanessa musste schnell zur Seite springen, sonst hätte die Pyramide ihr das Bein aufgeschlitzt. „Au hoffentlich ist am Diamanten nichts kaputt.“ „Hey du Idiot, vergiss den Stein, Hauptsache ist ja wohl, dass mir nichts passiert ist“, beschwerte sich Vanessa und schlug David mit der flachen Hand auf den Oberarm. „Diamanten sind so hart, da passiert gar nichts, ich glaube nur dein Dickschädel ist härter, du Penner“ ergänzte sie. Bernhard musste grinsen und David rieb sich seinen Arm.

„Psst und weiter.“ ‚Genau’, meinte auch Kasper. Ein paar Minuten später standen 12 Pyramiden, alle fast gleich groß, neben dem Aufgang. „Hey ich hatte gedacht es wäre alles heruntergefallen, die Wurzel hängt aber immer noch an der Wand. Ist das schon mal jemandem aufgefallen?“ Vanessa stand da und hatte die Hände in die Hüften gestützt, als sie das sagte. „Oh Glück gehabt!“ ‚Glück?’, fragte Kasper.

„Wie kriegen wir denn jetzt die Diamanten nach draußen? So mal eben unter den Arm nehmen geht nicht. Hm, in die Hosentasche stecken geht auch nicht, eine Kette bilden und die Pyramiden weiterreichen ist auch viel zu schwer. „Hey Bernhard, mein Papa hat mir mal einen Film von Schottischen Highlandgames gezeigt, bei denen er mit gemacht hatte und da gab es eine Übung, wo man 12,5 kg rückwärts über eine Latte schmeißen musste und Papa hat 3m geschafft, ein anderer sogar über 5 m. „2 m noch was müsstest du doch auch schaffen oder?“ „Sehe ich etwas so stark aus wie dein Papa? Vergessen wir die Idee.“ „Wo sind eigentlich die schönen Spinnen? Ich habe mich so an sie gewöhnt“, log Vanessa. „Stimmt da hinten sind nur noch die ganzen Netze.“ „Wo sind die denn hin?“ „Vorhin habe ich sie da an der Wand gesehen.“ Vanessa zeigte ungefähr auf die halbe Höhe der Außenwand.

Bernhard studierte Kaspers Karte, meistens standen da doch

Details, die weiterhalfen und siehe da, außen am Boden stand biologische Masse 70 cm Durchmesser 80 cm tief, schräg nach unten gehend. „Was ist den Biol. Masse schon wieder?“ ‚Na eine alte verbrannte Wurzel von einem großen Salam- oder Lorbeer-Baum.’ „Macht mal Platz und raus damit“, dirigierte Bernhard und holte die Spitzhacke.

Jetzt erst merkte er, dass er ganz schön weit oben schlagen musste. Er kratzte alles was auf dem Boden lag zusammen und stand nun einige cm höher. Er schlug vorsichtig zu und wider Erwarten ging schon beim ersten leichten Schlag etwas los und splitterte durch die Gegend. Nach ein paar Schlägen war zu erkennen, wie die Spinnen herauskrabbeln konnten und nach ein paar weiteren Schlägen brachen größere Stücke heraus und fielen auf den Höhlenboden. Es war sehr mühsam so mittlerweile fast über Kopf zu arbeiten, aber bald war Licht zu sehen und das Loch wuchs und wuchs. Jetzt schepperte es auch ab und zu, nämlich dann wenn Bernhard gegen den Felsen schlug.

„Leuchte mal hierher“, wies Bernhard David an und nun konnte er die nächsten Holzstücke abkratzen. „Müsste jetzt reichen“, sagte er. David schaute zum Loch und dann auf die Karte. „Öffnung 25 cm steht da.“ Bernhard ging zu den Pyramiden und wollte mit seinem Unterarm messen, der genau 50cm lang war. „Pyramide 30cm steht da!“ Kasper grinste. Bernhard auch. Nach jedem weiteren Kratzer oder leichtem Schlag, gab es eine neue Meldung von einem der Kinder.

Endlich war das Loch groß genug. „Meister David klettere mal nach draußen und schau mal ob da ein Paket von mir ankommt.“ Kurze Zeit später schrie David „Paketzentrale Krakatau hat geöffnet.“ Bernhard hatte eine Pyramide geholt und schob sie nun nach oben. David hatte keine Chance durch die Pyramidenform mit an zu packen, er wartete bis die Pyramide aus dem Loch herauskippte. „Paket 1 unfrankiert angekommen, Strafzoll muss erhoben werden."

Bernhard hatte schwer zu tun bis er endlich alle Pyramiden herausgeschoben hatte. Vanessa war auch schon herausgeklettert und schaute nach den Eseln, die ja wohl jetzt beladen werden mussten.

Bernhard schnappte sich die Gerätschaften und kletterte auch aus der Höhle. Die Pyramiden funkelten in den verschiedensten Farben, je nach dem, wie die Sonnen-strahlen auf die Flächen trafen.

Der 57 kg-Stein wurde wieder gekippt und Vanessa ergriff die Zügel, die Esel hatten natürlich die Menschen wieder bemerkt und kaum hatte Vanessa die Zügel in der Hand schon zerrte der Leitesel. Bernhard und David packten sofort mit zu und so konnte der Esel gehalten werden. Kurze Zeit danach hatten sich die Esel wieder beruhigt und es wurde mit dem Verladen der Pyramiden begonnen.

Jeder Esel bekam eine seiner Satteltaschen gefüllt und erhielt dabei ein wenig Futter hatten die Drei spontan beschlossen, ein sicher guter Schachzug. „In großen Serpentinen bergab bis zum Hauptweg und auf zum nächsten Schatz." Es dauerte einige Zeit bis man den Hauptweg endlich erreicht hatte.

*

Schatz 2

David schaute natürlich, wie immer, genauer auf die Karte, denn jetzt kam ja sein Schatz an die Reihe. Zuerst dachte er, da wäre Schmutz auf der Karte, aber nun erkannte er um das Kreuz herum und mitten im Kreuz waren Punkte. Was stand denn da? Warmwasser Geysir Durchmesser 18 cm.

„Hey schaut mal wo mein Schatz liegt, da gibt es Warmwasser. 11 Punkte, nee Kreise und der in der Mitte ist am Größten, der hat sogar 30 cm Durchmesser." Bernhard schaute auch, jetzt in der Nahsicht war viel zu erkennen. Geysire, auf einem 100 mal 80 m großen Plateau. „Na das wird ja eine feuchtfröhliche Sache." ‚Fröhlich?', fragte Kasper, es gibt harte Arbeit zu erledigen.' „Schon gut", antwortete Bernhard

Sie hatten die Abzweigung erreicht und es waren nur noch 900 m bis zum Schatz 1. Die Esel wurden noch mal gefüttert und getränkt. David lugte schon wieder auf die Karte, während sie wieder unterwegs waren. „Bernhard was ist denn Atü und was ist Sinter, Eruption und Intervall?" „David ich bin kein Alleswisser, aber wie ich Kasper kenne, wird er uns das schon erklären, wenn wir näher kommen. Das hört sich auf alle Fälle so an, als wenn da steht wann ein Geysir ausbricht und wie hoch der Wasserstrahl ist."

„Hey jetzt steht das da: Schau Geysir 1 Ausbruch 11: 14 Uhr 93,3 Grad Celsius Höhe 4,35m Wassermenge und so weiter." „Na habe ich doch gesagt – Kasper gibt uns alles was wir brauchen." Minuten später erreichten sie das Schatzplateau. „Esel festmachen!" „Hier gibt es keine Bäume und auch keine dicken Steine, wo machen wir die Esel denn dieses Mal fest?" „Oh sind denn das die Löcher der Geysire? Da müssen wir auch genug Abstand haben." „Und der Wind?"

„Warten wir mal auf den nächsten Ausbruch.“ Auf der Karte blinkt Geysir 7 11:21 Uhr. „Welcher ist denn das?“ Vanessa entdeckte, dass die im Kreis herum nummeriert waren und genau bei 2 war der Berggipfel zu erkennen. „Das muss der da sein“, sagte sie und erklärte es den beiden anderen stolz. „Gehen wir mal noch ein Stück zurück und gucken mal zu, in 3 Minuten geht es ja los.“

11:21Uhr man hörte ein Zischen und dann flutschte ein Strahl aus dem Loch 6m in die Höhe, kurz danach fiel der Strahl auf ca. 3 m zurück und ca. 1 Minute sprudelte das Wasser gleichhoch, um dann anschließend immer kleiner zu werden. Mit einem gurgelnden Geräusch verebbte der Strahl. „Na jetzt kriegen wir auch mal was geboten, fast wie im Urlaub“, bemerkte David. Bernhard wertete aus, was er gesehen hatte. Der Wind kam von der rechten Seite, das Wasser besprühte einen Bereich von ungefähr der halben Höhe und es floss hinterher in die verschiedenen Löcher wieder zurück , bzw. in eine der vielen kleinen Pfützen, die es hier auch noch gab. „Hm ich denke wir bringen die Esel mal 100 m weiter weg nach rechts vom rechtesten Loch aus gemessen und da schauen wir nach einer Befestigung.“

Die Karawane trabte los. Am Ende des Plateaus ging es ein kleines Stück nach oben und hinter einem Felsen war ein großer Busch. Bernhard rüttelte daran. Er war fest. Das Band des Leitesels wurde herum geschlungen und festgemacht. Esel Eins begann auch gleich damit am Busch zu knabbern; er schien ihm zu schmecken. „Schatzsucher an die Arbeit.“ Die drei gingen zum Plateau zurück.

„Welcher ist denn als nächstes dran?“ fragte Vanessa. „Der 5er um 11:33 – der 4er war vor 2 Minuten dran, kann nicht viel gewesen sein.“

„Ja was machen wir denn nun?“ „Geysire anschauen bestimmt nicht oder?“ „Natürlich nicht“, kam es von Kasper durch den Mund Bernhard „der Kanal des Hauptgeysirs kommt am Diamantschlot vorbei, wenn wir den Druck erhöhen, wird das Wasser unseren

Schatz nach oben befördern, Ihr müsst nur schnell genug zugreifen." „Zugreifen?" ‚Den Diamant aus dem Wasserstrahl befördern.'„Ey wie denn?" ‚Mit der Hacke zum Beispiel.' „Geil wir spielen Golf", sagte David.

Bernhard schaute nicht so begeistert, er dachte nach. „Ehm, was heißt denn Druck erhöhen?" „Ihr müsst die Löcher 1 – 12 der Reihe nach schließen, d.h. jeweils einen kleinen Stein drauflegen. Der Dreizehner wird ab 11:47Uhr alle 3 Minuten ausbrechen. Also Leute Steine suchen."

Auf dem Plateau lagen genug Steine herum. Nun fiel Bernhard ein, worin eine Gefahr bestehen konnte. „Aufpassen, die können heiß sein. Ihr legt jeweils einen Stein rechts neben das jeweilige Loch. David du nimmst Loch 1, 6 und 7 Vanessa, du 2, 5 und 8 und ich 3,4,9 und 10." „Warum denn das?", wunderte sich Vanessa „Mach einfach", sagte Bernhard „das ist Wegeoptimierung und immer aufpassen, wenn das Wasser spritzt."

*

Nach 5 Minuten lagen alle Steine bereit. „David, du schiebst jetzt den Stein auf Loch 1.“ Bernhard war gespannt, gleich war es 11:47 Uhr. Er hatte die Hacke in der Hand, hatte sich auf dem Boden ein Stück zum besseren Stehen frei gekratzt und wartete an Loch 13. Es begann zu zischen und Wasser spritzte fein aus dem Loch heraus. In der Mitte war alles leer. „Da schaut ja eine Steinspitze heraus“, schrie Vanessa. „Ne Pyramide, aber da kommt ja noch was.“ Bernhard lehnte sich noch ein Stück vor. ‚Entnahme’, kam es von Kasper. Bernhard haute mit der Hacke zu, aber genau in dem Moment war die Pyramide wieder heruntergerutscht. Bernhard schlug in die Luft. „Scheiße“, die Kinder lachten. ‚Nicht so weit ausholen, aber fest schlagen.’ Die Pyramide hob sich wieder und diesmal traf Bernhard besser. Der Stein trudelte aus dem feinen Strahl heraus. Bernhard musste zur Seite springen, denn es spritze auch in seine Richtung. Der Strahl wurde dicker und dicker und hatte sich zentriert und stieg nun in die Höhe. „Boh“, staunten alle drei. Bernhards Schwinger kam langsam zurück, er hatte keine Chance und schwupps flog die Axt im Hohen Bogen in Richtung Loch 10. „Welche Gewalt“, stöhnte er.

„Stein auf Loch 2“, rief er Vanessa zu, während er der Axt hinterher lief. „David geh du schon mal zu Loch 3.“ „Hey, was ist denn da herausgekommen? Vanessas Oktaeder“, sagte David. „Nicht anfassen, der ist bestimmt heiß“, schrie Bernhard. David zog seine schon fast ausgestreckte Hand schnell zurück. Die Fontäne war abgeebbt und bald darauf ging es wieder los. Die Spitze des Oktaeders schaute heraus und Bernhard schlug zu. Beim ersten Schlag klappte es wieder nicht. ‚Nicht so weit ausholen’, wiederholte Kasper und dann traf Bernhard und der Diamant rutschte ein Stück das Plateau entlang; die Fontäne schoss noch höher als vorher und kam Loch 4 schon bedenklich nahe. „Vanessa komm mal schnell zu mir.“ Bernhard dachte schon einen Schritt weiter. „Vanessa, sobald die nächste Fontäne weg ist, rennst du zu Loch 4 und schiebst den Stein drauf, dann rennst du im großen Bogen wieder hierher.“ „Ja einverstanden.“ ‚Na hoffentlich geht das gut’, dachte Bernhard. ‚Klappt schon’, beruhigte Kasper.

Ausbruch 3 startete. Die Spitze schaute heraus und Bernhard traf beim ersten Schlag. „Tor“ schrie David. Der Oktaeder rollte und rollte. Bernhard hatte in genau an der Spitze getroffen. Die Fontäne stieg wieder höher an und der Wasserschweif hätte bis Loch4 gereicht, aber der Wind blies nun so, dass das Wasser zwischen Loch 3 und 4 auf den Boden traf. ‚Habe ich doch gesagt – klappt schon’, grinste Kasper. Die Fontäne ebbte ab. Vanessa rannte los und schrie kurz danach. „Loch 4 verstopft.“ „David zur 5.“

Der Rest ging ohne große Probleme und bei der letzten Fontäne reichte der Wasserstrahl schon über das Plateau hinaus. „Fertig? 12 abgedeckte Löcher. - Warte, warte, jetzt gibt’s die Belohnung, aber mit viel Gefühl bitte“, übersetzte Bernhard Kaspers Worte gerne. Bernhard stand an dem Loch und sah nach einem leisen Zischen etwas blinken. ‚Los’, hämmerte Kasper und Bernhard schlug behutsam zu. Bernhard traf, etwas flog ein großes Stück übers Plateau ‚und noch mal’, kam es von Kasper als es wieder blinkte. Bernhard schlug. Es machte plub und wieder hatte er etwas getroffen, so gut, dass es weit die Ebene entlang rutschte. 'Und nochmals’, als erneut etwas zu sehen war. „Die sind für Euch als Dank von eurem Kasper Michael“, übersetzte Bernhard.

Es kam keine Fontäne mehr. Es qualmte noch an einigen Stellen. „Na dann ernten wir mal unsere Diamanten vom bestückten Feld. Ich mach das mit der Hacke, denn die Diamanten sind bestimmt noch sehr heiß.“ „Bernhard auf der Karte steht, wie warm die Oktaeder sind.“ „Hier, David lies vor“, Bernhard gab ihm die Karte und Vanessa schaute mit drauf. „Ich bringe die Diamanten dann Richtung Esel.“ „Oktaeder 3 45 Grad.“ „Gut nehme ich“, sagte

Bernhard. „Sind ein bisschen leichter als die Pyramiden vom vorherigen Schatz.“ „Super Bernhard, du hast ein tolles Feeling. Die Oktaeder sind 23 * 23* 23 in jede Richtung und wiegen 12,9 statt 14,4 kg – steht da“ sagte Vanessa und zeigte auf die Karte. „A Ha.“ „Oktaeder 2 43 Grad“, „Oktaeder 5 – 43 Grad.“

Bernhard hatte zu rennen. „Bernhard bei wieviel Grad kannst du denn eigentlich die Diamanten tragen?“ „Ich denke 45 Grad sind o. k.“ Die Kinder zeigten Bernhard nun immer, welchen Diamanten er als nächsten tragen konnte. Nachdem die 12 Oktaeder Richtung Esel getragen worden waren, erkannte Vanessa den Diamanten 13 als erstes. „Für uns gibt es Würfel 7 * 7 * 7 cm, Gewicht 1,11 Kg. Was ist denn das Wert?“ „Ich glaube für eure Ausbildung reicht das dicke, und ich kann mir meine Frühpension leisten.“ „Juhu – wir sind reich“, riefen die Kinder.

„Würfel 13 hat noch 47 Grad, aber 14 ist nur 45 Grad warm und 15 sogar nur noch 43 Grad“, gab Vanessa von sich. „Na dann greift mal zu und steckt ihn euch in die Tasche.“ David griff als erster zu. Der Würfel zerbrach in 6 Teile und da waren es wieder 6 Pyramiden. David sagte: „Ach die passen viel besser in die Tasche.“ Vanessa hob ihren Würfel ganz vorsichtig auf. „Ätsch, der ist heile“, sagte sie stolz, aber beim Verstauen des Würfels in die Hosentasche, was natürlich auch sehr schwierig war, teilte sich der Würfel. Sie merkte es und griff in die Tasche und holte eine Pyramide heraus. „Hat sich doch geteilt.“ Alle 3 lachten.

Bernhards Würfel war nun kühl genug, und er hob ihn auf. „Super glasklar“, sagte er. Er warf ihn in die Luft von der linken in die rechte Hand und schloss die Hand so gut es ging. „Oh Bernhardini kann zaubern. Schau Vanessa: Vorhin hatte er einen Würfel in der linken Hand und nun welch eine Zauberei, hat er 6 kleine Pyramiden in der rechten Hand.“ „Stimmt“, sagte Bernhard und öffnete die Hand. Die 3 lachten los.

„Tja Kasper hat sich bedankt und wie kommen wir jetzt von

der Insel herunter?", bemerkte Vanessa nach kurzer Zeit. „Erst mal zum Hafen", übersetzte Bernhard Kasper erneut. „Holt die Esel, damit wir sie beladen." Vanessa stiefelte los und ging zum Festmachbusch.

*

Der Rückweg

Alle Esel standen um den Busch herum, der nun kein einziges Blatt mehr hatte, die Tiere hatten sie verspeist. Vanessa schüttelte den Kopf als sie das sah: „Gefräßige Viecher", jetzt merkte sie, dass auch sie einen tierischen Hunger hatte. Sie machte die Leine los und marschierte mit den Eseln zum Schatzplateau. „Bernhard ich habe Kohldampf", sagte sie als sie den Aufladeplatz erreicht hatte. „Ja wir haben uns eine Pause verdient, aber lasst uns erst aufladen."

‚Bernhard ich drängele nicht gerne, aber um genau zu sein, es brodelt gewaltig in der Erde. Beeilt euch, ihr müsst weg von der Insel so schnell es geht – Esst während ihr marschiert, gebt nur den Eseln am See etwas zu trinken. Hier fliegt bald alles in die Luft.' Bernhard erzählte den Kindern schnell alles weiter. David hatte längst ausprobiert, ob er denn einen Oktaeder heben konnte. Es ging, denn durch diese Form war es leichter die Diamanten hoch zu heben, da man besser greifen konnte. So war er Bernhard eine große Hilfe beim Beladen der Esel.

Es gab ein kleines Problem, man konnte den Eseln nicht ansehen, welche der Satteltasche denn beladen war und welche leer war. Die 3 machten daraus ein Wettspiel. Vanessa riet achtmal richtig, David siebenmal und Bernhard viermal.

Los ging es. Nach kurzer Zeit kam dann die erste Nachfrage. „Was heißt denn: Alles fliegt in die Luft?“ „Ja also“, begann Bernhard und Kasper erklärte: „Alles heißt, es wird eine größere Vulkanexplosion geben, wie groß die sein wird, weiß noch niemand. Ein heißer Sturm könnte kommen und würde wahnsinnig schnell über die Insel hinweg fegen, vielleicht wird es Lavaströme geben, wahrscheinlich entstehen große Wellen. Also genau weiß man das noch nicht, aber es wird sehr, sehr gefährlich.“

„Jetzt schnell die Esel festhalten, schnell alle ganz fest.“ „Was ist denn jetzt schon wieder los?“ „Ein kleines Erdbeben kommt gleich.“ Es war noch nichts zu merken, aber die Esel wurden unruhiger und unruhiger und zogen kräftig an den Leinen. Einige Zeit später wackelte die Erde, zwar nicht so heftig wie in Schatzhöhle 2, aber die Körper bebten und die 3 stolperten ab und zu. Es war sehr anstrengend die bockenden Esel fest zu halten.

Es war wieder ruhig. Die 3 atmeten wieder durch. „Weiter“, aber es dauerte noch eine Weile bis sich die Esel wieder in Bewegung setzten. Der Hauptweg war wieder erreicht und es ging Richtung Hafen. David fühlte an seiner Hosentasche, ob die Pyramiden noch da waren. Bernhard sah dies und fragte. „Na David wie oft hast du denn schon gefühlt „Einmal“, log er. „Aha“, sagte Bernhard und lachte. Nun fühlte er an seiner rechten Hosentasche. Eins, zwei . „Scheiße“, rief er „nur noch 2“, er war rot angelaufen und bekam einen dicken Adrenalinstoß.

Da kam es ihm in den Sinn: kurz nach dem Losgehen hatte er die Pyramiden in alle Taschen verteilt. „Oh Mann“, sagte er und fing tierisch an zu lachen. „Was ist denn?“ „Ich Penner hatte die Pyramiden in alle Taschen verteilt und hatte das ganz vergessen.“ Vanessa fühlte auch nach und war beruhigt. Das Aschefeld wurde diesmal ohne Probleme überwunden.

David schrie auf „Schiff im Hafen.“ „Hey“, jubelten die beiden anderen. David hatte. wie immer. die ganze Zeit die Karte beobachtet und nun waren es nur noch 3,2 km bis zum Hafen und Kaspers Detailanzeige offenbarte die Feinheiten. Ein kleines Schiff lag am Kai; einige Leute waren schon an Bord und nur noch wenige standen auf dem Festland herum.

Das Schiff vom Typ Hilawi erlaubte 48 Passagiere und 36t Gesamtgewicht. „Schaut, Kasper zeigt uns an, dass schon 51 Personen an Bord sind, dass sind ja schon mehr als erlaubt“, sagte David erregt. Bernhard schaute auch auf die Karte „Ach, halb so wild, da steht, dass noch für 1 Tonne Platz ist.“ „Aber da stehen noch 18 Leute rum, dass ist mehr als 1 Tonne oder?“ „Ja, aber es wird schon eine Lösung geben. Weiter!“

Der nächste Kilometer wurde zurückgelegt. Der Trinkwassersee war längst am Horizont zu erkennen. „Haltet die Esel wieder fest“, ließ Kasper Bernhard rufen. Die Esel blökten und zerrten mehr als beim letzten Mal. Die Erde wackelte. „Schitte, 11 und 12 haben sich losgerissen.“ „Weiter festhalten.“ Bald hörte es auf zu beben. 11 und 12 rannten auf dem Hauptweg davon und schlugen dabei ab und zu mit den Beinen aus. „Was machen wir?“, fragte Vanessa. „Wir gehen erstmal mit den anderen 10 zur Brücke und geben ihnen dann was zu trinken. Dann kann vielleicht einer die beiden einfangen.“

‚Gute Idee’, kam es von Kasper. Die 3 gingen nun mit der kleinen Karawane so schnell es ging weiter. „Hey alle Leute sind schon an Bord bis auf 4 Mann – was nun?“, schrie David kurze Zeit später. Kasper erklärte über Bernhardini. „Keine Panik, Kasper wird die Besatzung noch ein bisschen beschäftigen.“

Kurze Zeit später waren wieder mehr Leute an Land und trugen Kisten vom Schiff herunter. David hob den Daumen zu einem o. k. . „Erlaubte Passagiere 48 - aktuell 43 - erlaubtes Gewicht 36 T - aktuelles Gewicht 33T“ las er vor. „Hey 11 und 12 sind da vorne am Wasser und trinken. Hoffentlich bleiben die da“, frohlockte Vanessa „Beeilung.“

10 Minuten später erreichte die Karawane die Brücke am Trinkwassersee. Die 10 Esel tranken hastig. „Ich denke, den geben wir nur ein bisschen zu trinken, wir müssen doch gar nicht mehr weit laufen", hatte David sich ausgedacht. „Na dann erklär das mal den Eseln." „Hm, Ia, Ia", sagte David. „Vanessa geh mal vorsichtig zur 11 und probier die Zügel zu ergreifen." Vanessa schlich sich an. 11 drehte den Kopf zur anderen Seite, genau in dem Moment, in dem Vanessa zugreifen wollte und trabte ein paar Schritte davon. Vanessa ging langsam wieder auf 11 zu und wollte zugreifen und wieder trabte Elf Sekunden vorher davon. „Einzingeln", schlug Bernhard vor. „Vanessa du bleibst da stehen und ich komme von der anderen Seite." Bernhard ging in einen Bogen auf 11 zu und streckte die Hand aus, 11 trabte wieder los, aber nun konnte Vanessa zugreifen. „Yeah und versenkt", rief sie. „Schnell zusammenbinden." Mit 12 klappte es genauso.

*

Hilawi

Das Schiff im Hafen war das Hilfsschiff Hilawi der UNICEF, das von General Power angefordert worden war, als deren Schiff wieder eine Funkverbindung hatte. Das Schiff hatte die Krakatau-Insen erreicht und geholfen wo es nur ging. Die Personen, die es nicht geschafft hatten eines der drei vorherigen Boote zu erreichen, befanden sich nun an Bord der Hilawi. Kapitän Mayers gab das Kommando: „Leinen los."

Die Karawane hatte die Brücke passiert und war halb durchs Dorf gelaufen. Nun konnten sie da Boot sehen. „Das Schiff ist beladen, alle an Bord", schrie David.

Bernhard schrie aus Leibes Kräften „Hilfe!" und begann zu winken, David und Vanessa sprangen auch in die Luft und winkten wild. Die Esel fingen an zu blöken.

Matrose Klocke wollte gerade den Befehl seines Käptains ausführen, da rief dieser „Stopp Motor aus." Und zeigte in Richtung der Kinder.

Vanessa und David klatschen sich ab, als sie sahen, dass Leute vom Schiff auf sie zu kamen.

„ Gerettet, gerettet!"

Die 2 Matrosen und der Kapitän eilten den Kindern und Bernhard entgegen.

Wieder bebte die Erde kurz, aber so doll, dass sich jeder festhalten musste, der auf der Insel stand. Die Geretteten an Bord sahen das und Ängste stiegen in ihnen auf. 2 Kinder begannen sofort wieder zu weinen.

Frau Dr. Barbara Renkel, eine der Chefinnen von UNICEF Europa, die auch mit an Bord war, versuchte alle zu beruhigen und sagte immer wieder: „Tetap tenang“ (bleibt ruhig).

Die Helfer hatten die kleine Karawane erreicht.

„Gott sei Dank“, seufzte Bernhard. „Ooh, thank you“, stammelte er hinterher. David war trotz aller Anstrengung mal wieder auf Zack und sagte. „Terima kasih“ (= Danke), eins von den indonesischen Wörtern, die er gelernt und behalten hatte.

Der Matrose Klocke ergriff das Wort: „Hallo, ich bin Wolfgang Klocke und bin Deutscher und das sind Cedric Voullan, mein französischer Kollege und Kapitän Mayers aus London.

Wir sind die Besatzung des Hilfsschiffes Hilawi, das für UNICEF in dieser Region im Einsatz ist.“

„Bernhard Nienk, Vanessa Trochowski und David Reersmann“, stellte Bernard seine Leute vor.

Die Gruppe ging zum Schiff.

*

An Bord

„Zu viel Gepäck“, sagte der Kapitän und zeigte auf die Esel, „Wozu in aller Welt braucht man so viel Gepäck, wir sind ein Rettungsschiff und jeder darf nur das Nötigste mitnehmen.“

„Kapitän“, sagte Bernhard „wir müssen mal unter 4 Augen reden.“

Bernhard und Kapitän Mayers gingen voran in die Kapitänskajüte, Mayers winkte Frau Doktor Renkel zu sich.

Bernhard begann zu erzählen.

Mayers und Frau Renkel schauten sich ein paar Mal ungläubig an.

„Die Diamanten“, an Bernhards Hose begann es heiß zu werden; schnell zog er das Buch aus der Hosentasche und ein Blatt fiel heraus.

Mittlerweile vollkommen routiniert, schnappte Bernhard das Blatt und las vor: „Die Diamanten sollen an UNICEF übergeben werden; es soll verfügt sein-, dass der Erlös aus dem Verkauf dazu genommen werden soll, den Hunger in der Welt zu reduzieren. Der Verkauf soll schrittweise durchgeführt werden, damit die Hilfe jahrelang gewährt werden kann.“

„Wau“, sagte Frau Doktor Renkel. „Wie viel ist das denn Wert?“

„12 Esel gleich 24 Satteltaschen gleich 24 mal 13,33 Kilo gleich 320 Kg Diamanten.

„ Sie meinten Gramm“ „Nein, nein Kilogramm und das sind 160000 Karat“

Frau Doktor bekam den Mund nicht zu. Der Kapitän registrierte die Gefahren dieser neuen Ladung für sein Schiff sofort.

„Ich habe noch ein paar leere Reissäcke, die stülpen wir über die Satteltaschen und lagern die Säcke dann neben dem Kühlraum in der Ecke, da ist noch Platz. Ich denke wir sollten erstmal niemandem etwas sagen, bis wir in sicheren Gewässern sind, sonst passiert noch wer weiß was.“ Die beiden anderen nickten.

Die Ladung wurde verstaut und Mayers wiederholte sein Kommando „Leinen los.“

*

Die Fahrt

Bernhard schaute heimlich auf seine Karte und las Wind von Westen, Gefahrenroute Südsüdwest wählen.

Bernhard sagte zu dem Kapitän. „Sie haben ja grob gehört was geschehen ist, meine Quelle, die uns zu den Diamanten gebracht hat, sagt wir sollen Richtung Südsüdwest fahren. Und diese Quelle ist unheimlich schlau.“ ‚Danke’, kam es von Kasper ‚nicht zu viel verraten.’ „Hm“, überlegte der Kapitän und schaute Frau Dr. Renkel an. „Wir müssten eigentlich Südsüdost fahren, aber irgendwie haben sie mich überzeugt, Kurs auf Südsüdwest. Ich habe mich auch gerade gewundert, dass ich die Steuerung nach Südsüdost gar nicht durchführen konnte.“ Bernhard dachte sofort an Kasper sagte aber nichts.

Das Schiff legte langsam ab, die meisten Passagiere standen an der Reling und schauten zu der neuen Bergspitze, die in den letzten Tagen entstanden war. Eine Fontaine ragte unendlich bis in den Himmel und sprühte Asche in die Windrichtung, es sah aus wie ein hellgraues Tuch, das Kilometer weit ins Meer ragte.

Das Schiff hatte mittlerweile die ersten Seemeilen zurückgelegt als ein lautes Bumms zu hören und eine Explosion rechts neben dem Berg zu sehen war. Das war die LUKGAZ-Station – der Nordteil. Rauch und Feuer waren zu sehen. Es knallte erneut und kurz darauf ein zweites Mal. Das mussten das Verwaltungsgebäude und die Aquarien gewesen sein.

2 Minuten später wieder Rumms, diesmal auf der Seite links neben dem Vulkan. Das war die General Power Station.

Bernhardini schaute auf seine Uhr. Er dachte daran, wie knapp es war die letzte Bombe zu entschärfen, Schweiß floss ihm auf einmal den Rücken herunter, fast wäre er umgefallen.

Da gab es einen ohrenbetäubenden Knall. Die Bergkuppe wurde in die Luft geschleudert, viel Materie flog hinterher, der Himmel wurde schwarz und rot, Lava floss über den übrig gebliebenen Teil des Berges, auch aus dieser Entfernung sah es extrem hell aus, so dass man kaum hinschauen konnte.

Kapitän Mayer kannte die Notanweisung Vulkanausbruch in und auswendig. „Alle unter Deck, Luken verschließen", hektisch wurde übersetzt und schnell waren alle unter Deck.

Das Schiff hatte längst, wie empfohlen, Höchstgeschwindigkeit aufgenommen und steuerte frontal gegen den Wind und weg vom Vulkan und war auf Autopilot geschaltet.

Die größeren Brocken trommelten auf das Schiffsdeck hernieder, es wurde dunkler und unheimlich. Das Schiff wurde hin und her geschaukelt und vibrierte. Nach ein paar Sekunden, die einem wie die Ewigkeit vorkamen, wurde es wieder ruhiger.

Myers hatte aus einem Spind 5 Anzüge heraus geholt. Es waren feuerfeste Anzüge. Die Besatzung, Bernhard und ein Indonesier erhielten die Anzüge, Feuerlöscher und Schaufeln. Der Kapitän steuerte die Helfer so, dass sofort ein Mann ins Steuercockpit ging.

Was die Helfer zu sehen bekamen war schauderhaft, alles was nicht aus Metall war glimmte und qualmte, ein paar kleinere Feuer loderten, es stank bestialisches nach verbranntem Plastik und nach Schwefel und ähnlichem.

Als erstes sollten die Feuerchen gelöscht werden, dann mussten die Lavabrocken von Bord und es musste Asche, die mittlerweile cm dick auf dem Boden lag, entfernt werden.

Mayers musste abwägen, konnte sein Schiff die Aschelast solange verkraften bis die wahrscheinlich bald heranstürmenden Flutwellen vorüber waren? Er dachte blitzschnell: Das Schiff war ja relativ leer, also die Flutwellen abwarten.

Unter Deck war die Anweisung erteilt worden, sich festzuschnallen.

Über Deck gab es nichts mehr zum Anschnallen, sämtliche Taue waren zu Asche geworden. In der Kommandozentrale gab es 2 Plätze mit Festschnallmöglichkeit, also mussten Cedric, Bernhard und der Indonesier schnell wieder unter Deck und sollten sich dort festschnallen.

Kapitän Mayers spähte über den Horizont in Richtung Vulkan, durch den Ascheregen konnte man nicht mehr viel erkennen, aber dort wo der Vulkan war schimmerte es heller. Plötzlich konnte er in der Ferne erkennen, dass sich da ganz weit hinten eine Wasserwand erhob.

Schnell wurde das Wendemanöver eingeleitet, frontal gegen die Flutwelle ist das beste Rezept. Die Fahrt wurde gedrosselt, auf manuelle Steuerung umgestellt. Man hörte ein starkes Rauschen, das immer näher kam, plötzlich begann das Schiff sich langsam zu heben. Unter Deck begann alles, was nicht festgebunden war, zu rutschen.

Die Steigung wurde steiler und steiler. Die angebundene hielten sich fester und fester, die Neigung zerrte an den Seilen, die Schränke und Regale rutschten quer durch den Raum nach unten.

David sah einen Schrank aus sich zukommen, er riss die Beine hoch und der Schrank sauste ganz knapp an ihm vorbei und klatschte dann gegen die Heckwand.

Nun gab es eine Erschütterung, das Schiff schien sich in die andere Richtung zu bewegen, dann folgten 2 harte Schläge, die Neigung ging in die andere Richtung. Die meisten klatschen mir ihren Beinen und dem Po auf den Boden und stöhnten auf. „Zusammen kauern, gleich rutscht das lose Zeugs wieder zurück.“

Oben in der Kommandobrücke strahlte man bereits, der Kamm der Welle war überwunden, das Boot nicht gekentert. Die Spitze der Welle war gegen die Scheibe geklatscht und Teile der Reling waren nicht mehr zu sehen.

Nun waren noch ein paar höhere Wellen zu überstehen, aber verglichen mit dieser Monsterwelle war das nichts mehr. Viele Instrumente waren ausgefallen, anscheinend waren die Antennen auch in Mitleidenschaft gezogen worden.

Unter Deck merkte man, dass das Schaukeln weniger wurde, Bernhard und der Indonesier hatten sich mittlerweile losgebunden und probierten etwas gegen die umher fliegenden Teile zu unternehmen, in dem sie die längsten Teile ineinander verkeilten.

Einige hatten umher fliegende Teile gegen ihren Körper bekommen und einige Prellungen oder Brüche davon getragen, aber erschlagen und bewusstlos war keiner. Die Anschnallplätze in der Mitte des Raumes waren toll ausgewählt.

Das Schiff wurde wieder gewendet und Kapitän Mayers steuerte in Richtung der Südküste von Java.

Der Asche- und Lava-Regen wurde langsam etwas dünner. Die „Feuerfestmänner“ waren wieder an Deck und der Rest blieb aus Sicherheitsgründen unten.

Die Männer wurden miteinander vertaut, da auch Teile der Reling im Meer verschwunden waren. Sie beobachteten laufend das Deck, schmissen die Lavabrocken ins Meer zurück und schaufelten auch immer wieder Asche ins dreckige Meer.

Da doch fast sämtliche Antennen defekt waren konnte nur Kontakt mit den Handies aufgenommen werden und das ging auch nur sehr schlecht.

Die Notzentrale sagte: Man solle bis nach Bayah an die Südküste fahren, da es an der Westküste nicht gut aussah, denn die

Hitze- und die Flutwelle hatten riesigen Schaden angerichtet. Der Rest der Fahrt ging problemlos und bald erreichte man den Hafen von Bayah.

Frau Barbara Renkel erreichte die Unicef-Zentrale in Köln. Es wurde ein Flugzeug bereitgestellt, das anschließend die Diamantenspende und die Spender nach Deutschland bugsieren sollte. Die Versorgung der übrigen Geretteten wurde auch in die Wege geleitet.

David, Vanessa und Bernhard durften ihre Familien anrufen. Man freute sich, dass alles gut gegangen war und dass man die Lieben bald in Köln abholen kann.

Von dem Rest der Gruppe, erfuhren die beiden, waren alle bis auf 3 Verschollene heil in Djakarta angekommen, aber die komplette dänische Gruppe fehlte noch.

Bernhard fühlte an seiner Hosentasche, die Diamantenpyramiden waren noch da, aber das Buch nicht mehr. Er kramte in der Tasche und fand einen kleinen Zettel: Gut gemacht! Du darfst dich jetzt auch: fire allayer nennen. Bernhard grinste.

Wer weiß, wo das Buch je wieder auftauchen wird?

Nachwort

Begonnen hat Alles mit einem Fiebertraum. Die Grundideen für einige Teile der Geschichte existzierten bei mir im Kopf.
Nun begann die Arbeit: Das Sammeln weiterer Ideen, das Recherchieren, das Ausarbeiten und das Umformulieren. Es bereitete mir viel Spass, doch ohne meine Helfer und Unterstützer hätte ich es nicht so schön schaffen können.
Ich bedanke mich recht herzlich bei meiner Familie für die „gestohlene" Zeit, bei meiner Frau Anja und meiner Schwester Rita für Anregungen und Korrekturen, bei der Familie Keßler für Tipps rund ums Buch.
Tolle Unterstützer und Wissensträger für 3 elementare Bereiche des Buches waren meine Arbeitskollegen. der Vulkanologe Dr.Nicolas Binard, der Hobbyzauberer Eberhard Niepelt und der Hobbyflieger Andreas Kratochvil.
Danke!

Mein Roman beinhaltet zwar viele Fakten und die meisten davon stimmen, leider gibt es aber auch Dinge, die tatsächlich nicht so möglich sind, die aber den Roman hätten scheitern lassen.
Ich habe mich entschieden mit diesen wissentschaftlichen Unwahrheiten weiterzuschreiben, was ich dann auch nicht bereut habe. Nach dem Motto von Nicolas: Ich darf das so nicht sagen, aber du kannst das doch schreiben, es ist ja ein Roman.

Diamanten sind vor ca. 1 Milliarde von Jahren entstanden, die tektonischen Platten, die vor den Krakatauinseln gegeneinander arbeiten, sind einige Hundert Millionen Jahre jünger, also kann es dort eigentlich keine Diamanten geben.
Der Lavasee existiert dort auch nicht, also durfte er entstehen und der Charakter des Vulkans mußte sich von agressiv auf ruhig ändern. (Kraterseen gibt es nur an einer handvoll von Orten auf der Welt).
Die Richterskala hat nur ganze Zahlen, aber Kommazahlen werden auch in der Presse benutzt.

Eine weitere Anmerkung sei mir zu den verwendeten Namen erlaubt:

Die in diesem Roman namentlich erwähnten Personen und Firmen sind frei erfunden und haben keinen Bezug zu lebenden Personen oder existierenden Firmen.

Hans-Joachim Gellhaus

Der Autor

Hans-Joachim Gellhaus

Geboren 1957, verheiratet, eine Tochter,

wuchs im Ruhrgebiet auf und studierte allgemeine Informatik. Er arbeitet nun in der EDV eines pharmazeutischen Unternehmens im Rhein-Main-Gebiet.

Die Grundideen zu Geschichten kommen ihm meistens bei Wachträumen und am besten sogar, wenn leichtes Fieber mit im Spiel ist. Seine Erklärung dazu: Es scheint, dass der mathematische Teil des Gehirns, der sonst meinen Alltag bestimmt, dann der Phantasie mehr Platz lässt.

Hobbies: Sport, Reisen und Spielfilme.

Er ist jederzeit zu Scherzen aufgelegt.

Das Erstlingswerk von Hajo Gellhaus, das Märchen:

Die Wunschtaste

Eine völkerverbindene Geschichte:

Mick Weber ein Junge aus Köln hat noch sportlich viel vor.
Er verletzt sich, kann keinen Sport mehr machen, resigniert, fügt sich dann aber seinem neuen Schicksal.
Und dann erscheint eine neue Taste auf seiner Tastatur. Eine Fee aus einem Feenrat hat ihn auserwählt und heilt ihn. Er ist fitter als vorher und darf die nächste Aufgabe angehen.
Die Tastatur gelangt zur Ballet-Tänzerin Jenny nach San Francisco, der es ähnlich erging wie Mick, und über Igor, dem Gewichtheber kommt sie nach Alma Ata in Kasastan. Igor leitet die Tastatur an den kranken Footballspieler Harlan nach Sydney, um dann beim Läufer Abe in Kapstadt zu landen. Die Buschtrommeln verbreiten die phantatstischen Nachrichte übers Land. Sie gelangen auch zu einem Häuptling, der beschliesst die Tastatur für sich zuerobern und zu nutzen, doch die Fee läßt das natürlich nicht zu.

Das Märchen kann selber um Geschichten erweitert werden.
In jeder Stadt werden einige landesspezifische Annekdoten erzählt.

Eine Schulklasse hat das Buch mal im Sachkundeunterricht eingesetzt und jedes Kind hat freiwillig eine Geschichte geschrieben.
Zielalter 8- 11 Jahre

Der Autor ist 2.Vorsitzender des gemeinnützigen Vereins:
WIR für EUCH e.V.
(Hilfe für indische Mädchen)

Spenden ???
Ja, aber wofür ???

Wir spenden für unser eigenes Projekt in Südindien, Kerala Vor und nach dem Unterricht versorgen wir 11 Mädchen mit Essen.
Nach der Schule kommen die Mädchen zu uns und bekommen dort die erforderlichen Erklärungen und üben mit einer Lehrerin.
In den Ferien gibt es täglich außer Sonntag Zusatzunterricht.
Unsere Betreuerin weist die Mädchen in Gartenarbeit ein.

Bei uns kommen die Spenden an!

Wir brauchen keine große Verwaltung.

Wir kümmern uns vor Ort um die Umsetzung unseres Projekts.

Wir kennen jedes unserer geförderten Mädchen.
Helfen Sie uns!

Bei unserem Projekt, wir sind für jede Hilfe dankbar!

Unser Konto : WIR FÜR EUCH e.V
Volksbank Bochum Witten BLZ : 430 601 29
Kontonummer : 62 88 40 400
(BIC GENODEM1BOC IBAN DE81 4306 01290628 8404 00 für Zahlungen aus dem Ausland
Bei Spenden senden wir Ihnen eine Spendenbescheinigung zu, wenn Sie auf dem Überweisungsformular die vollständige Adresse eingeben.